Lenis Liebe

zwischen

Chaos und Katastrophen

Diana Schellhase

Diana Schellhase

Lenis Liebe

zwischen

Chaos und Katastrophen

Roman

Impressum

Texte: © 2024 Diana Schellhase dianaschellhase@freenet.de

Lektorat und Korrektorat: Holger Bruns holghp71@t-online.de

Umschlaggestaltung: © Pia Stitz

Verlag: BoD · Books on Demand GmbH, In de Tarpen 42, 22848 Norderstedt
Druck: Libri Plureos GmbH, Friedensallee 273, 22763 Hamburg

ISBN: 978-3-7583-6838-7

Printed in Germany

Liebe Martina,

dieses Buch ist für Dich,

ein wenig für mich

und für deine Familie,

in deren Herzen du tief verankert bist.

DER EILBRIEF

Jeden Morgen klingelte der Wecker zur selben Zeit, pünktlich um fünf Uhr. Schichtbeginn ist um sieben. Doch genau dieser Montag im Juni 2023 sollte mein gesamtes Leben unwiderruflich durcheinanderbringen. Eine leichte Brise strich zwischen den Ästen hindurch, auf denen Vögel zwitscherten, und ein Duft von Sommer lag in der Luft, den man förmlich riechen konnte. Es schien der perfekte Tag zu werden, um sich zu verlieben. Genau so beginnt meine Geschichte.

Man kann nicht wirklich sagen, dass mein Äußeres hässlich ist und mit meinen sechsundzwanzig Jahren bin ich noch jung. Ich habe lange gelockte rote Haare, blaue Augen, Sommersprossen und eine normale Figur. Meine Persönlichkeit ist eher ruhiger Natur – wären da nicht meine beste Freundin und ihr Hang zu leichten Katastrophen.

Trotzdem bin ich seit fast zwei Jahren Single, was bisher kein Problem darstellte. Doch nun sehnte sich mein Herz nach Liebe, Zuneigung, Zärtlichkeit, atemberaubendem Sex und Zweisamkeit. All dem, was zum Leben dazu gehört.

Wie jeden Morgen schob ich meine Gedanken beiseite, quälte mich aus dem Bett und schlurfte ins Bad. Das Duschen diente nur dazu, um gut zu riechen. Schön wäre es gewesen, wenn es auch mal jemand bemerken würde, wie gut ich duftete.

»Bitte, Leni, reiß dich zusammen. Alles wird gut, du wirst deinen Traumprinzen finden«, redete ich mit mir selbst und drehte den Hahn der Dusche auf. Weitere Gedanken waren unmöglich, denn es klingelte heftig an der Tür.

So früh holte mich meine Freundin Elli Scholz sonst nicht ab. Ebenfalls sechsundzwanzig Jahre alt. Sie hat lange blonde Haare, braune Augen und war etwas unsportlich, wunderschön und intelligent, doch eine kleine Katastrophe für sich. Mit einem Handtuch bekleidet öffnete ich hektisch die Tür. »Geht's noch, Elli?« Der Rest des Satzes blieb mir im Hals stecken. Ein Gefühl durchzog meinen Körper, als hätte ich an einem Blitz geleckt.

Nicht meine Arbeitskollegin, sondern ein außergewöhnlich, verdammt gut aussehender Mann lächelte mir ins Gesicht, wobei er einen Brief übergab. Ich stand sprachlos da, seine blauen Augen strahlten heller als die Sonne. Seine braune Haut, seine breiten Schultern und die Muskeln, die man unter seinem gut sitzenden Hemd erkennen konnte, waren nicht zu übersehen. Sofort fühlte ich mich magisch zu ihm hingezogen.

Meine Augen quollen hervor, der Mund stand offen und ich musste aufpassen, dass mir nicht der Sabber herauslief. »Guten Morgen, Frau Sommer. Ein Eilbrief für Sie«, sagte er. Mehr als ein: »Wie, so früh?«, kam nicht aus mir heraus. »Deswegen ist es ja ein Eilbrief«, antwortete er höflich, aber distanziert, und überreichte die Post.

In dem Moment bog Elli mit ihrem Fahrrad um die Ecke. Ihre Bremsen quietschten und kurz vor dem Haus kam sie zum Stehen. Ein aufdringliches, lautes Pfeifen entwich ihren Lippen, als sie ihn sah. Selbst beim Absteigen vom Fahrrad klebten ihre Augen an ihm.

Am liebsten wäre ich im Erdboden versunken. Meine Hand unterschrieb automatisch, wie von selbst. »Jetzt oder nie? Leni, frag ihn!«, sprach eine innere Stimme zu mir. »Wie heißen Sie?«, fragte ich neugierig. Er war schon dabei zu gehen. Er drehte sich noch einmal in meine Richtung um und sagte: »John Sander« und dann verschwand er in seinem großen weißen Mercedes.

Elli stand noch immer wie angewurzelt da. Schnell schob ich sie rein, schloss die Tür und legte los. »Echt? War das dein Ernst? Wie konntest du nur so unverschämt pfeifen? Hast du noch nie einen attraktiven Mann gesehen?« »Hase, im Gegensatz zu dir habe ich seit drei Jahren einen zu Hause. Jens ist mein Traummann. Könnte es sein, dass er dir gefallen hat?«, kam es etwas belustigt von ihr zurück.

»Wie kommst du darauf, Elli? Du hast ja Gedanken. Außerdem muss ich mich fertig machen, sonst kommen wir zu spät. Und glaub mir: Darauf fährt Bruno gar nicht ab. Der lässt uns die Zeit nacharbeiten in seiner Schokoladentraumfabrik«, sagte ich und versuchte abzulenken, was nicht wirklich gelang.

Meine Augen streiften im Bad den Spiegel. Jetzt wusste ich, wie man nicht aussehen möchte, wenn der Traumprinz vor einem steht. Hätte er den Brief nicht einfach am Tag bringen können? Nein, am Morgen, bevor meine Zähne die Zahnbürste gesehen hatten. John Sander, schlimmer kann mein Tag nicht werden.

Doch ich hatte den Spruch vergessen: Schlimmer geht immer. Keine Angst, ich wurde zeitnah daran erinnert. Meine Freundin bohrte weiter. »Sag schon, Hase, du hättest ihn nie nach seinem Namen gefragt, wenn er dir nicht gefallen hätte. Leni, wir sind beste Freunde von klein auf. Wem willst du was vormachen? Also rüber mit deinen geheimen Gedanken. Was läuft da?« »Komm jetzt, wir müssen los«, forderte ich meine Freundin auf. Ich stieg auf mein Fahrrad, das sich wie von allein bewegte.

Ungefähr einen Kilometer mussten wir zur Arbeit fahren. Unsere Aufgabe bestand darin, Pralinen zu verpacken. Kein super Job, aber wir verdienten gut. Es war auch immer wieder ein Genuss, welche zu essen. Bruno Leise, unser Chef, war ein angesehener Geschäftsmann. Vierzig Jahre alt, verheiratet mit Ella, Papa von Tom und Marcel. Sein Unternehmen war seit mehreren Generationen in der Familie.

Mein Traum war es, eine bekannte Malerin zu werden. Seit meinem sechsten Lebensjahr malte ich alles Mögliche, was mich beeindruckte und fesselte: Lustiges, Bewegendes, Sensationelles und auch Emotionales. Mein Gehirn speicherte alle Bilder ungewöhnlich genau ab, bis sie aufs Papier kamen. Erst dann wurden sie aus meinem Gedächtnis gelöscht. Menschen würden fasziniert vor meinen Bildern stehen bleiben, das Staunen in ihren Augen, wenn sich der Vorhang hob, der über ein bestimmtes Bild gelegt wurde. Alle würden das Verlangen spüren, es anfassen zu wollen. Jeder Einzelne dieses Bild begehren. In meinem Atelier würden sich meine Kunstwerke vermehren.

Ja, ein Traum. Klar, ein paar Aufträge gab es hier und da. Doch fast immer sollte ich Porträts malen, am besten von Fotos. Nur hin und wieder verkauften sich meine Bilder privat. Wir waren schon eine Weile unterwegs, als mich Elli fragte, was das für ein Brief gewesen sei. Ich ließ sie gar nicht ausreden, so erschrocken bremste ich ab. Der Brief, das konnte jetzt nicht wahr sein. Ein Eilbrief, der ist bestimmt wichtig. »Elli, du fährst weiter. Erzähl Bruno einfach, mein Magen sei nicht in Ordnung.«

Ohne auf das zu hören, was sie mir sagen wollte, fuhr ich zurück, so schnell es ging. Es kam mir wie eine Ewigkeit vor, bis ich endlich den Wohnungsschlüssel ins Türschloss stecken konnte. Da lag er auf der Kommode, einfach so. Wenn der Brief wüsste, welche Unruhe er verursacht hatte. Der Absender war mir unbekannt: Horst Sander aus Berlin. Was habe ich mit ihm zu tun? Meine Neugierde steigerte sich ins Unermessliche. Ohne weiter nachzudenken, öffnete ich ihn.

Liebe Leni,

vor Kurzem habe ich eines Deiner Bilder in Berlin bekommen, womit ich eine meiner Boutiquen verschönert habe. Es zeigt ein kleines Mädchen in einem roten Kleid, das im Garten mit ihrem Hund spielt. Seitdem erfreue ich mich jeden Tag an der Lebendigkeit, die dieses Bild ausstrahlt und gleichzeitig an der außergewöhnlichen Ruhe. Mein Interesse an Deinen Kunstwerken ist unbeschreiblich. Deshalb möchte ich Dich bitten, mit mir Kontakt aufzunehmen.

Liebe Grüße, Horst

Etwas benommen sank ich auf den Küchenstuhl. Dieses Gefühl der Ohnmacht, vor lauter Aufregung – es war eine Wohltat, mich setzen zu können. Irgendetwas passierte, als würde ein Abenteuer beginnen. Sander, der Name kam mir so bekannt vor, als hätte ich in der Vergangenheit mit ihm zu tun gehabt. Alle Bemühungen, mich zu erinnern, scheiterten. Ein Lächeln huschte über mein Gesicht. Schade, dass meine Träume immer nur Träume blieben. John Sander, was für ein Name. So ein Mann hat doch immer eine Frau. Deshalb wollte er auch meinen Namen nicht wissen. Stopp, den wusste er ja. Er hat die Post gebracht. Also besteht doch Hoffnung, noch etwas von ihm zu hören. Oder auch nicht.

Kurz erfasste mich eine Starre. Horst Sander! Genau wie John Sander! Jetzt war klar, die beiden gehörten zusammen. Das Mädchen auf dem Bild – es war ein Auftrag aus Berlin. Wieso wurde das Gemälde weitergereicht? Es liegt Jahre zurück. Fragen über Fragen.

»Das kann doch nicht sein!« Schon wieder klingelte es Sturm an der Tür. Wie soll man da noch klarkommen? Wenn ich nicht wüsste, dass Elli bei der Arbeit war, hätte ich gedacht, die Katastrophe stehe vor der Tür. Tatsächlich stand sie da, die Katastrophe. »Mensch, Elli, wieso bist du nicht bei der Arbeit? Hat Bruno gesagt, du sollst mich holen?«, entfuhr es mir unruhig. »Nein, meine Geschichte lautet ungefähr so: Du bist unpässlich und meine Migräne ist so schlimm, dass mein Kopf platzt«, erklärte sie die Situation.

»Moment, Kleines, das ist die Kurzfassung. Was heißt denn ›unpässlich‹? Und seit wann bekommst du Migräne? Komm rein, setz dich, trink einen Kaffee«, forderte ich sie auf. Etwas leise fing Elli an zu reden. »Leni, du weißt doch, unpässlich heißt, wenn die Frau ihre Tage hat, verbunden mit Magenkrämpfen.« Nun verlor mein Kopf die

Beherrschung und mein Mund seine freundlichen Worte. »Spinnst du? Wie kannst du unserem Chef sagen, ich hätte meine Tage? So doof kannst nur du sein.« Meine Hände vor das Gesicht gehalten, wollte ich das alles nicht mehr glauben. »Wenn der mich morgen sieht, fällt ihm als Erstes ein, dass du gesagt hast, Leni ist unpässlich. Sollte er das weitererzählen, Hase, bist du so was von erledigt. Und weiter: Wieso hast du Migräne?«

»Leni, bleib mal ruhig! Was ist los mit dir? So kenne ich dich gar nicht. Hallo, als deine einzige Vertraute sollte ich vielleicht wissen, was es mit dem Eilbrief auf sich hat. Spann mich nicht länger auf die Folter, raus mit dem Geheimnis.« »Okay, setz dich!« Unter gewaltiger Anspannung hielt ich ihr zitternd den Brief hin. Gespannt sah ich in ihr Gesicht, das sich nicht um einen Zug veränderte. Hin und wieder schob Elli ihre Brille zurecht, was darauf hinwies, dass absolute Konzentration ihrerseits bestand. Immer wieder schauten ihre Augen zu mir, dann aufmerksam zum Brief.

Blitzartig flog der Brief in die Luft. Meine Freundin nahm mich in den Arm. Genau in diesem Moment sehnte sich meine Seele nach jemandem, der mich genauso lieb hielt, wie Elli es jetzt tat. Ich spürte ihre ehrliche Zuneigung – sind wir doch wie Geschwister groß geworden. »Wer ist Horst Sander? Berlin ist nicht gerade um die Ecke. Wie kommt er an eines meiner Bilder? Der Name ist mir jedenfalls bekannt vorgekommen«, erklärte ich nachdenklich.

Und dann konnte ich es nicht mehr in mir halten und ließ einfach meine Freude raus. Singend tanzte ich wild in der Wohnung herum. Klar konnte da Elli nicht widerstehen.

Der Boden bebte und meine Vermieterin über mir dachte bestimmt, eine Horde Büffel laufe bei mir durch die Wohnung. Wir beruhigten uns wieder. Meine Sehnsucht suchte gedanklich wieder die Nähe von John, was meinen Magen sehr unruhig machte.

»Hallo, Elli an Leni, bist du noch da?« Wie aus einem Traum riss mich meine beste Freundin heraus. »Okay, Elli, ja, er hat mir gefallen. Und ja, er war auch gedanklich bei mir im Bett, wenn du weißt, was ich meine …« Mit einem fragenden Blick schaute ich sie an, wobei mein Gesicht knallrot anlief. Hätte ich das Letztere nicht einfach schlucken können? »Als hätte ich es nicht geahnt, Kleines. Du hast dich Hals über Kopf in ihn verliebt. Der Name John Sander kommt mir auch bekannt vor. Und für einen Postboten ist er ungewöhnlich gut gekleidet, findest du nicht?« »Gut, jetzt, wo du es sagst, könntest du recht haben. Noch nie hatte ein Postbote, der bei mir vor der Tür stand, solche Lackschuhe an. Aber weißt du was, Elli? Verdammt, ich bin schon so lange allein und dann steht morgens so jemand vor meiner Tür. Am liebsten hätte ich das Handtuch einfach fallen lassen. Dann kommst du und pfeifst. Nein, unpässlich bin ich auch noch. Der Tag ist zu viel für mich. Am besten wäre eine Pause. Willst du nicht heim? Du könntest für deinen lieben Mann Jens etwas kochen.« Mit ironischem Unterton versuchte ich sie loszuwerden.

WER IST HORST SANDER?

»Echt? Du schmeißt mich jetzt raus? Das kannst du vergessen. Erst will ich wissen, was du mit diesem Horst Sander machst.« »Komm, Leni, ruf ihn an, frag, was er sich vorstellt.« Sie ließ einfach nicht locker. »Ja, ich werde es jetzt sofort tun«, gab ich nach, wobei meine Finger schon am Wählen waren. Es tutete eine Zeit lang, bis sich eine Frau mit lieblicher Stimme am anderen Ende meldete.

»Sonnenoase, Frau Sander am Telefon, was kann ich für Sie tun?«, kam es fragend aus dem Hörer. Mehr als ein »Leni Sommer« bekam ich nicht heraus. Wie, die heißt auch Sander?, schoss es mir durch den Kopf. Ist das Zufall?, fragte ich mich weiter. Doch dann legte Frau Sander los. »Ach ja, Frau Sommer, ich stelle Sie durch zu Herrn Sander. Einen kleinen Moment und einen schönen Tag noch.« Zack, schon landete mein Ohr in einer Warteschleife.

»Sander hier, Frau Sommer oder ist es in Ordnung, wenn ich Leni sage?«, fragte mich eine angenehme Stimme am anderen Ende. »Gerne, Herr Sander«, antwortete ich etwas unsicher. »Nein, Leni, nicht Herr Sander, sondern ganz einfach Horst«, sprach er mit sicherer Stimme weiter. »Schön, dass du so schnell auf mein Schreiben reagiert hast. Um auf den Punkt zu kommen: Ich möchte dich bitten, eine Zeit lang zu mir nach Berlin zu kommen, um für mich einige Bilder zu malen. Du lebst in meinem Haus. Ein Raum für deine Kreativität, mit allem Drum und Dran, ist auch vorhanden.«

»Moment, nur um zu verstehen: Ich soll zu dir nach Berlin kommen. Und in deinem Haus wohnen, um für dich zu malen?« Begeisterung meinerseits sah anders aus, was ihm sehr schnell bewusst wurde. »Warte, Leni, bevor du hier etwas missverstehst, schau im Internet nach, wer ich bin. Denk dann in Ruhe darüber nach. Wenn du dich entschieden hast, meldest du dich bitte wieder. Glaub mir, ich würde dich außergewöhnlich gut bezahlen.« Mit einem »Bis bald, Leni« verabschiedete sich Horst.

Ein komisches Gefühl rumorte in mir, als ich meinen Rechner startete, um zu recherchieren, wer er ist. Außergewöhnlich, dass Elli mal schwieg, obwohl ihr Ohr mitgehört hatte. Die Spannung stieg. Eine Sekunde, nachdem der Name Horst Sander eingegeben wurde, öffneten sich einige Seiten über ihn:

Horst Sander, Modezar mit eigenem Label, Sonnenoase. Mal hier, mal dort – überall eine große Berühmtheit. Die Reichen kleideten sich gerne bei ihm ein. Ein Foto von seinem Zuhause kam zum Vorschein. Es war das Schloss Elisabeth, benannt nach seiner verstorbenen Frau. Als wäre es von Magie umgeben, stand es mitten im Wald. Sonst gab es nichts Persönliches über seine Familie zu lesen. Als würden keine Angehörigen existieren.

»Mensch, du Dummerchen, wusste ich doch, dass ich den Namen kenne«, bekräftigte meine beste Freundin ihre Aussage mit einem Rippenstoß. Sprachlos saß ich vor dem Foto. Tausend Gedanken gingen mir durch den Kopf. Und immer wieder dieselbe Frage: Wer war Frau Sander? Warum heißt sie auch so? »Leni, alles gut bei dir?«, bohrte Elli an mir herum. »Wieso habe ich mich nicht vorher über ihn informiert? Wie kann man so blöd sein?«, flüsterte ich leise vor mich hin.

»Ach, du kriegst den Mund nicht zu? Wo liegt dein verdammtes Problem, Frau Sommer? Ruf ihn an, sag, du kommst, frag aber am besten gleich, wie es mit dem Lohn aussieht.« »Elli, ich glaube, du verstehst wieder mal nichts. Da gehöre ich nicht hin, alles wäre fremd. Du nicht bei mir – das geht alles nicht. Bruno gibt mir jetzt zur Hochsaison auch keinen Urlaub. Wer sollte sich um meinen Krümmel kümmern? Du hast doch Angst vor ihm.«

»Leni, du wolltest dir eine Katze aus dem Tierheim holen, zurückgekommen bist du mit einer Ratte namens Krümmel, die hässlich wie die Nacht ist, sodass ich Angst vor ihr habe.« »Gut, alles gut, Elli. Das verstehst du sowieso nicht. Es ist fast Mittag, ich habe richtig schlimm Hunger. Also lass uns zu unserem Lieblingsitaliener gehen und eine fette Pizza essen.

Der Tag muss erst einmal verdaut werden. Ich lade dich auch ein, aber kein Wort mehr über Horst oder andere Männer«, schlug ich ihr vor. Grinsend nahm sie an. Die Pizza bei Peppone schmeckte hervorragend und ein Glas Bier löste wieder mal die Zunge meiner besten Freundin. »Schau mal da rüber, zwei Tische weiter, die zwei einsamen Jungs. Wie wäre es? Die schauen eh schon rüber.

Leni, wenn sie rüberkommen, sei bitte nicht wieder so abweisend. So finden wir nie jemanden für dich. Vielleicht ist es besser, sich von diesem Tag und dem Namen Sander abzulenken.« Also sollte mein Benehmen dieses Mal etwas netter sein. Tatsächlich kamen sie an unseren Tisch. Höflich stellten sie sich vor und warteten auf Zuspruch, um

Platz nehmen zu dürfen. Mit einem Lächeln luden wir die zwei gut aussehenden Jungs ein. Das Bier tat seine Wirkung.

Der eine hieß Lukas, war Zahnarzt. Der andere, Max, Bauunternehmer. Nach einiger Zeit und einigen Schnäpsen später teilten sich Elli und Max ein Taxi. »Seid ihr sicher, dass ihr noch hierbleiben wollt?«, hakte Elli noch mal nach. »Sicher«, kam es über meine Lippen. Das Taxi setzte zuerst Elli und dann Max ab.

Richtig klar fühlte ich mich nicht mehr. Aber eins war sicher: Ich wollte einfach nur mal mit ihm kuscheln. Ja, er sah gut aus, war nett und echt charmant. Den Rest trank ich mir noch schön. Wir küssten uns, was sich nicht sonderlich berauschend anfühlte. »Lass uns zu mir gehen. Meine Wohnung liegt gleich um die Ecke«, hauchte er mir ins Ohr. An meinem Hals spürte ich seinen Atem, was mich, durch den Alkohol verstärkt, sehr unruhig werden ließ. Lukas zahlte, in der Hoffnung, dass dieser Abend ihm gehörte. Meine Sehnsucht nach Geborgenheit und Zweisamkeit ließ mich einfach mitgehen. Ein Gespräch wollte aber nicht aufkommen. Wir hatten beide Probleme, noch geradeaus zu laufen. Angekommen in seiner Wohnung, wurde mir schon schlecht. Irgendwie wollte ich all das hier gar nicht mehr wirklich.

Nachdem er es sich in seinem Bett gemütlich gemacht hatte, schauten seine Augen mich jetzt erwartungsvoll an. »Komm, worauf wartest du noch?«, fragte er ungeduldig und klopfte mit der Hand auf seine Bettdecke – so, als wenn er sagen wollte: Komm, husch, husch, ab ins Körbchen.

Nachdem meine Schuhe, Hose und Pullover einen Platz neben seinem Bett gefunden hatten, blieb meine Unterwäsche an. Stopp, bis hierher und nicht weiter, warnten mich meine letzten funktionierenden Synapsen im Kopf. Ohne mich. Alles in mir wehrte sich. Was denkt sich dieser Lukas eigentlich? Bereit zur Flucht, wollte ich mich zumindest noch verabschieden. Gerade als sich mein Mund öffnete, um etwas zu sagen, musste ich mich übergeben. Genau in sein Bett hinein. »Alles gut bei dir?«, platzte es zornig aus ihm heraus. »Erst mich anbaggern, heiß machen und dann kotzt du in mein Bett? Geht's noch?«

Eilig sammelte ich meine Sachen. Wortlos und in Panik machte ich mich los. Der Hausflur diente mir als Ankleidezimmer – unendliche Peinlichkeit. Tränen liefen über mein Gesicht. Wieso kann nicht mal irgendwas funktionieren? Nicht mal so etwas bekomme ich hin.

Mein Heimweg führte durch einen dunklen Park, wodurch sich meine Verfassung nicht gerade verbesserte. Der Alkohol tat jetzt seine Wirkung in die andere Richtung; alles wurde nur noch schlimmer. Wo war das Loch, in dem man einfach verschwinden konnte? Nach endlos langer Zeit wurde mein Zuhause sichtbar. Eine heiße Dusche tat gut, mein Körper fühlte sich nicht mehr so schmutzig an. Mit einer Kopfschmerztablette fiel ich ins Bett. Jetzt drehte sich auch noch alles um mich oder mit mir – egal wie, es war einfach nur schlimm.

Um zwei Uhr morgens dachte ich: Toll gemacht, Leni. Um fünf Uhr aufstehen, um sechs Uhr Schichtbeginn. Es fühlte sich an, als würde der Film ›Und täglich grüßt das Murmeltier‹ laufen. Der Wecker beendete meine Träume.

Die Realität des Lebens hatte mich wieder. Ein Sonnenstrahl kitzelte meine Nase, als wollte er sagen: Komm, Kleines, steh auf. Der Tag kann nicht schlimmer als gestern werden. Womit die Sonne hundertprozentig recht behalten könnte. Mein Kopf tanzte Samba und ich schwor mir, nie wieder Alkohol zu trinken.

John, wer bist du nur? Dieser Satz machte mich noch verrückt. Einmal gesehen, mit dem Ergebnis, verliebt wie ein Teenie zu sein, aber leider unglücklich. Mit einem »Na du!« begrüßte ich Krümmel, der wie immer in meine Richtung schaute, als würde er zurückgrüßen. Schon so spät, jetzt aber schnell – mein Plan war, ausnahmsweise mal draußen auf Elli zu warten, um unangenehmen Fragen aus dem Weg zu gehen.

Gerade schob ich mein Fahrrad heraus, da kam sie schon um die Ecke – mit einem »Guten Morgen«, begleitet von ihrer lauten Fahrradklingel, machte sie auf sich aufmerksam. »Warum nimmst du nicht gleich ein Megafon und weckst meine Nachbarn auch noch?«, bemerkte ich mal so nebenbei. »Okay, Leni, an mir soll es nicht liegen«, flüsterte sie mir nun zu. Innerlich lachte meine Seele. Sie war einfach unersetzlich.

Schweigsam fuhren wir nebeneinanderher. Kurz vor der Fabrik gab es eine kleine Bäckerei. Lisbeth, eine mollige Verkäuferin, war schon immer dort beschäftigt. Sie wusste, was wir wollten, wenn sie uns sah. Mit einem »Guten Morgen!« begrüßte Lisbeth uns, dann packte sie für mich ein Käsebrötchen ein, legte einen Apfel dazu und für Elli dasselbe. Wir bedankten uns wie immer beim Rausgehen.

»Los, erzähl, wie ging die letzte Nacht aus, Leni? Aussehen tust du, als hättest du nicht viel Schlaf gehabt«, bemerkte Elli, wobei sie von Herzen anfing zu lachen. Ihr Gelächter blieb ihr regelrecht im Hals stecken, als sie mein böser Blick sekundenlang traf. »Toll, meine beste Freundin lässt mich ziemlich angetrunken allein zurück, mit einem wild fremden Mann. Hauptsache, du bist gut nach Hause gekommen«, setzte ich noch einen drauf, bemerkte aber gleichzeitig meinen Kloß im Hals, der feststeckte. Er ging weder vor noch zurück. Meine Augen füllten sich mit Tränen, aber ich wollte nicht heulen. »Stopp!«, forderte sie mich aufgebracht auf. »Bleib stehen!«

Sie kannte mich zu gut und zu lange, um nicht zu bemerken, dass hier etwas nicht stimmte. Die Fahrräder ließen wir einfach fallen, nahmen uns in die Arme und ich berichtete schluchzend von der letzten Nacht.

Wie peinlich alles war und wie meine Gedanken sich dauernd um diesen John drehten. Als ich an der Stelle ankam, wo Lukas sich sein Bett mit meiner Kotze teilen musste, konnten wir für einen kurzen Moment lachen. Ich erzählte auch den Rest. Liebevoll streichelte sie mein Haar. Diese vertraute Nähe, wie gut sie doch tat. »Meine Kleine, alles wird wieder gut«, sagte Elli. »Leni, du weißt doch, du bist wie eine Prinzessin. Wenn du fällst, stehst du wieder auf, richtest deine Krone und läufst weiter.«

»Aber jetzt ist der Plan: Ab aufs Fahrrad. Hase, wir müssen weiter. Schon zehn Minuten Verspätung. Da nützt uns leider auch deine Krone nichts«, sagte Elli mit einem Grinsen im Gesicht.

Die Fahrt ging weiter, was wäre es ein Traum, wenn wir endlos fahren könnten – nicht arbeiten müssten, nicht reden müssten, einfach nur fahren. Ein Traum, der zerplatzte, als das Schloss meines Fahrrads klickte.

DIE SCHOKOLADENFABRIK

Etwas gehetzt betraten wir die Halle, wo natürlich schon Bruno, unser Chef, stand und auf uns wartete. Sein Gesichtsausdruck verhieß nichts Gutes. Nach einem Lächeln sah seine Grimasse nicht aus. »Entschuldigung, Bruno. Leni musste noch mal dringend ins Bad. Da hat sich alles etwas verzögert«, sprudelte es aus Elli heraus. Es dauerte einen kleinen Moment, bis ich verstand, was sie gerade von sich gegeben hatte – wegen mir waren wir zu spät gekommen, weil ich noch mal aufs Klo musste.

Da war doch noch was – meine Unpässlichkeit. Jetzt schaute mich Bruno auch noch kopfschüttelnd an. Eindeutig mal wieder zu viel für mich am frühen Morgen. Verzweifelt schlug ich meine Hände vor das Gesicht und ging kopfschüttelnd, leise vor mich hin fluchend, an beiden vorbei. Achselzuckend folgte mir meine beste Freundin, wobei sie fragte, wo nun schon wieder mein Problem sei.

»Alles gut«, bemerkte ich höhnisch. »Wie kannst du nur sagen, ich musste noch mal ins Bad? Da hättest du ja gleich verkünden können: Leni musste noch mal aufs Klo, weil sie unpässlich ist. Und zu Bruno: Du weißt doch, wie das bei Frauen ist. Wie oft frage ich mich selbst, was bei mir nicht stimmt. Aber bei dir, Katastrophenfreundin, kommt die Frage genauso oft vor, was bei dir nicht stimmt«, schimpfte ich.

Unser Team begrüßte uns mit lautem Lachen und verschiedenen Sprüchen wie »Na, ausgeschlafen?« oder »War wohl eine lange Nacht«. Das Team bestand aus sechs Frauen inklusive uns. Elena war die Älteste, eine, die am längsten am Band stand. Dann gab es Linda und Bettina, zwei Geschwister. Beide hatten kleine Kinder und waren natürlich auch beide glücklich verheiratet. Und es gab noch Karin. Sie wurde mit fünfundvierzig Jahren Witwe, nachdem ihr Mann bei einem unverschuldeten Autounfall gestorben war.

Unser Miteinander bestand nicht nur darin, Kollegen zu sein. Jeder kannte den anderen nach so vielen Jahren genau. Wenn es einem nicht gut ging, wollte jeder wissen, was los war. Genau wie jetzt. Alle warteten darauf, dass ich mal auf die Toilette ging, damit sie Elli sofort ausquetschen konnten. Eins war klar – sie würde es schaffen, in den fünf Minuten alles zu erzählen, was gestern passiert war. Außer der Geschichte mit Lukas – kein Wort würde ihre Lippen verlassen, was in der Nacht vorgefallen war. Der Satz zum Schluss »Lasst euch vor ihr aber nichts anmerken« fehlte auf keinen Fall.

Aber irgendwie hatte ich genau deswegen jeden einzelnen von ihnen so lieb. Sollte jemals meine Hochzeit stattfinden, dann nicht ohne meine Mädels. »Hört zu, mein Hals ist so trocken, dass mir nur ein Glas Wasser hilft. Ich bin gleich wieder zurück.« »Lass dir Zeit, Kleines«, rief mir E-lena hinterher. Wenn sie mein Grinsen im Gesicht sehen könnten. Gut, dachte ich mir, gebe ich ihnen die Zeit –

aber nicht länger als fünf Minuten. Das waren definitiv fünf Minuten, in denen das Band sich nicht bewegen würde. Wenn Bruno davon etwas mitbekam, war alles gelaufen.

Als sie meine Rückkehr bemerkten, taten alle schnell so, als würden sie arbeiten. Keiner sagte etwas – so ist das, wenn derjenige zurückkommt, über den gerade eben geredet wurde. »Na, Elli, bist du auch fertig geworden mit Erzählen oder hast du mein Problem, die Unpässlichkeit, vergessen? Soll ich noch mal gehen?«, fragte ich lachend in die Runde. »Wie meinst du das mit der Unpässlichkeit, Elli? Was hast du ausgelassen?«, hakte Karin nach.

Klar, dass sie sofort wieder einen Anfang hatte, um zu reden. Nur weit kam sie nicht, denn Bruno fiel irgendwann auf, dass hier keine Geräusche mehr vom Band kamen, sondern lediglich Geschnatter. »Meine Damen, sollte irgendjemand von Ihnen heute weiterhin keine Lust haben zu arbeiten, dann machen Sie doch einfach Urlaub. Ich möchte auch nicht unbedingt wissen, wann hier wer unpässlich ist, hat vielleicht sonst noch irgendjemand Probleme, die wir hier bei einem Kaffee lösen könnten«, fragte er ironisch in die Runde. Er ging schnaufend davon, dabei wirkte es fast, als wäre er um fünf Zentimeter gewachsen. Schweigend arbeiteten wir kurz weiter, bis Linda dieses Mal damit anfing: »Also, wie ist das mit der Unpässlichkeit gemeint?« Weiter konnte sie nicht reden, weil sie in ein so ansteckendes Gelächter ausbrach, dass sich alle vor Lachen nicht mehr halten konnten. Und natürlich hatte das Band längst gestoppt. Voraussichtlich würde dieses auch in den nächsten Minuten nicht in Bewegung kommen. So ausgelassen hatten wir alle zusammen schon lange nicht mehr gelacht. Genau genommen seit einem halben Jahr, seit dem Tag, an dem Karins Mann gestorben war. Ihre unendliche Trauer hatte uns schweigsam gemacht, außer in den Pausen, in denen Neuigkeiten ausgetauscht wurden. Ab heute sollte sich unser Beisammensein wieder zum Positiven verändern.

In den Hallen hörten andere Kollegen unser Lachen und wurden davon angesteckt. Elke aus Halle zwei kam um die Ecke gelaufen, mit der Mitteilung, dass Bruno im Anmarsch war. Sofort arbeiteten wir weiter, als wäre nichts gewesen. Mit kritischem Blick spazierte er langsam an uns vorbei. Neben mir arbeitete Karin, was ein leises Gespräch möglich machte. »Leni, warum fährst du nicht nach Berlin? Was hält dich hier in Dornenstein, einem Dorf? Mensch, Mädchen, nimm dein Glück in die Hand, sonst bist du für immer hier«, ermunterte sie mich mit einem gut gemeinten Rat. »Weißt du, Karin, ich will schon malen. Aber hier fort – von Elli, meiner Familie oder euch – nein, auch nicht für eine Woche.«

»Hör zu, du Dummerchen. Wenn es dir nicht gefällt, wenn du dich allein fühlst oder uns vermisst, dann komm einfach wieder nach Hause«, redete Karin weiter auf mich ein. Eigentlich hatte sie recht. Es gab nichts zu verlieren. Ein Bild dauert ungefähr eine Woche – das könnte man schaffen, länger müsste ich ja nicht bleiben. So viele Gedanken durchliefen meinen Kopf und endlich kam der Feierabend. Beim Fahrradfahren lag der Duft vom Sommer, frisch gemähtem Rasen und Blumen in der Luft. Kleine Katzen spielten auf einer Wiese, Kühe grasten daneben. Ich liebte Dornenstein.

»Leni, bevor ich es vergesse: Wir sind heute Abend bei meinen Eltern eingeladen. Die Zusage steht schon. Deine Eltern sind auch da. Eine gute Gelegenheit, ihnen alles zu erzählen, findest du nicht?«, forschte sie vorsichtig nach. Bevor auch nur ein Wort meine Lippen verlassen konnte, redete Elli weiter: »Natürlich bleibt meine Wenigkeit jetzt so lange bei dir, bis du angerufen hast. Ach so, noch was – die Drähte laufen auch bei unserem Postboten Wilhelm heiß. Er versucht rauszubekommen, wer John Sander ist. Bitte sag, dass das alles nur ein Traum ist.« »Okay, fang mal damit an, wem du noch nicht davon berichtet hast«, fragte ich ungehalten.

In unserem Dorf Dornenfeld kannten sich fast alle – was nicht schwer sein konnte bei einer Einwohnerzahl von 700 Menschen. Mindestens die Hälfte wusste nun Bescheid, weil jeder es jedem weitererzählte. Mir wurde meine Unachtsamkeit, verbunden mit einem Stein auf dem Weg, zum Verhängnis. Schnurstracks fiel ich mit meinem Fahrrad einen Abhang hinunter, wobei mein Körper mit meinem linken Arm zuerst gegen einen Baum prallte, der unten am Hang stand. Ein kurzes Gefühl der Ohnmacht machte sich in mir breit, Schmerz durchlief meinen Körper. Aus lauter Not verstummte mein Schrei. Mein Unterbewusstsein registrierte, dass Elli ihr Fahrrad fallen ließ, um mir zu Hilfe zu kommen.

Leider stolperte sie über einen Ast, machte einen kleinen Salto und rutschte natürlich auch den Hang hinunter. Sie landete zwar nicht vor dem Baum, aber genau auf mir. Ein

Schrei, der sich nun bei mir löste, ließ sie erschrocken aufstehen, sie lief hin und her, schaute mich an und rief dann letztendlich einen Krankenwagen. Erleichtert hörte ich, wie ein Auto oben anhielt. Der Grund war ihr Fahrrad, das auf der Straße im Weg lag. Elli schrie wie verrückt um Hilfe.

LENI IM KRANKENHAUS

Eilig näherte sich ein Pärchen, das sich sofort um uns kümmerte. Das Martinshorn war zu hören und Erleichterung machte sich bei mir breit. Mehr wusste ich nicht mehr, erst im Krankenhaus kam ich wieder zu Bewusstsein. »Mama, bist du das?«, fragte ich eine Frau, die sehr verschwommen vor meinen Augen auftauchte. »Leni, Kleines, wie geht es dir? Hast du schlimme Schmerzen? Du wurdest operiert«, bemerkte sie mit ruhiger und liebevoller Stimme, während sie zart über meinen gesunden Arm strich. Das war meine Mutter Else, die beste Mama der Welt.
Einen Moment lang versuchte ich, in meinen Körper zu lauschen, aber mir tat einfach alles weh. »Mama, keine Ahnung, wie es mir geht. Alles tut weh. Was ist passiert? Was macht Elli?«, fragte ich neugierig. »Bleib ruhig, Kleines. Deine Freundin hat eine heftige Wunde am linken Arm. Sie wurde mit sieben Stichen genäht. Sie muss an irgendwas hängen geblieben sein,

als sie den Hang runtergerutscht ist. Ihre Brille hat es nicht überlebt, aber deine Freundin hat ja mehr als eine.« Mit diesen Worten versuchte sie mich zu beruhigen. Elli konnte schon nach Hause.

»Bei dir sieht es etwas komplizierter aus. An deiner linken Schulter ist an einem Knochen ein kleiner Splitter abgebrochen. Dein linker Arm ist angebrochen und komischerweise hast du rechts blaue Flecken. Wie kannst du rechts blaue Flecken haben, wenn du mit der linken Seite gegen den Baum gefallen bist?«, erkundigte sie sich.

Langsam kam die Erinnerung wieder und wenn ich nicht solche Schmerzen gehabt hätte, wäre ich vor lauter Lachen aus dem Bett gefallen. »Weißt du, Mama, wenn du eine Katastrophenfreundin wie ich hättest, du mit dem Fahrrad stürzt, den Hang hinunterrollst, gegen einen Baum prallst, sie dich retten will, den Hang auch hinunterfällt, weil sie ein Tollpatsch ist, und unbeabsichtigt auf dir landet, dann weiß du, warum die rechte Seite blau ist?" Es sah fast so aus, als würde meine Mama versuchen, ein Lachen zu unterdrücken.

Müdigkeit überkam mich, meine Augen fielen zu und ohne es zu bemerken, schlief ich wieder ein. Als ich erneut erwachte, stand diesmal nicht nur Mama, sondern auch mein Papa Otto, Elli und ihre Eltern Lotte und Hannes an meinem Bett.

Es bedarf schon besonderer Momente, dass ich sprachlos werde und dieser Moment war einer davon. Gerührt, dass alle da waren, liefen mir Tränen übers Gesicht, begleitet von einem leisen Schluchzen. »Alles gut, Leni. In ein paar Wochen bist du wieder in Ordnung. Alle waren schockiert, als wir von eurem Unfall erfahren haben«, sagte Ellis Mama Lotte. »Noch was«, fuhr sie fort, »deine Freundin hat schon bei Herrn Sander angerufen, ihm von dem Unfall erzählt und natürlich auch, wie gerne du seine Einladung annehmen würdest. Nur dass es halt durch deinen Unfall noch ein wenig dauern wird.‟

Mein Blick drehte sich zu Elli, die dastand, als wisse sie nicht wohin mit sich. Wieso soll ich mich erst aufregen? Sie macht eh, was sie will, aber alles kommt vom Herzen bei ihr. Neben mir nahm sie auf der Bettkante Platz. Unsere Hände berührten sich, hielten sich fest. »Es tut mir so leid, dass ich auf dich gefallen bin, Prinzessin«, flüsterte sie kaum hörbar. Der Kloß in ihrem Hals löste sich jetzt, Tränen liefen bei uns beiden. Elli zog ihre Ersatzbrille ab, um sie abzuwischen. »Kein Thema«, erwiderte ich schluchzend, »du wolltest mir ja nur helfen. Außerdem sind es auf der rechten Seite lediglich ein paar blaue Flecken. Also mach dir keinen Kopf und danke, dass Krümmel so lange bei dir bleiben darf. Aber erzähl erst mal, wie geht es dir? Mama hat schon von deinem Arm berichtet, es tut bestimmt auch ganz schön weh.«

»Geht so«, murmelte sie und hob ihren Arm, der einen Verband trug, in meine Richtung. »Wie lange muss ich hierbleiben?«, sprach ich meinen nächsten Gedanken laut aus. »Nicht lange, vielleicht eine Woche«, antwortete mein Papa Hannes, der mir den Fuß krabbelte. Meine Augen weiteten sich. Mit einem »So lange?« sah ich ihn ungläubig an. Dann drehte ich mein Gesicht wieder zu Elli. »Was hat Horst überhaupt gesagt?«, fragte ich interessiert.

»Lass mich nachdenken, Leni. Er ist untröstlich über diese traurige Nachricht. Außerdem lässt er dir gute Besserung ausrichten und freut sich aufrichtig darauf, wenn du eine Zeit lang bei ihm in seinem Schloss zu Gast bist. So, mehr gibt es nicht zu berichten.«

»Stopp, Elli! Wenn du sagst, es gibt nichts mehr zu berichten, dann ist doch etwas im Busche. Erkläre mir die Worte ›wenn du eine Zeit lang bei ihm in seinem Schloss zu Gast bist‹. Über welche Zeitspanne wurde hier genau geredet?«, forschte ich unsicher nach. Mit einem zögerlichen »Na ja« schaute sie etwas verlegen zur Seite und nuschelte so etwas wie »So in etwa vier bis sechs Monate.«

Nun mischte sich Mama ein. »Mach dir keine Gedanken, Leni. Ich habe auch schon mit ihm telefoniert. Wenn es so weit ist, steht ein Gästezimmer, mit allem was so dazugehört, für deinen Besuch zur Verfügung. Glaub mir, er hat mich verstanden. Er ist ein sehr mitfühlender Mensch.« Das war nicht wahr. Wenn mein

Arm nicht verhindert wäre, hätte ich mal wieder meine Hände verzweifelt vor das Gesicht gehalten. Nicht nur gestraft mit meiner allerbesten Freundin, die überall alles verlauten lässt, jetzt auch noch Mama. Wie kann sie dort anrufen? Kann es sein, dass bei ihr auch etwas nicht stimmt?

Mir fehlten die Worte. Ich war keine sechzehn Jahre mehr alt, sondern sechsundzwanzig, mit gelerntem Beruf und eigentlich in der Lage, den Arbeitgeber selbst zu informieren. Meine Verzweiflung schlug in leichte Wut um. Einfach super, wie alle mein Leben organisierten. Ich wurde jetzt etwas lauter. »Mama, wie kannst du dort anrufen? Aus dem Alter bin ich raus. Nie im Leben gehe ich für so lange Zeit hier fort. Ich bin von einer Woche ausgegangen. Verflucht noch mal. Wie viele Bilder will der gute Mann denn? Habt ihr mal an Bruno gedacht, der jetzt jeden Einzelnen von uns braucht? Es ist Hochsaison. Ich liebe meinen Job.«

»Keine Sorge«, unterbrach mich Papa, »du weißt doch, Bruno ist mein Freund. Kein Problem, wir haben uns gut unterhalten. Wenn du wiederkommst, egal wann, ist der Job in deinem Team dir sicher.«

»Papa, nicht du auch noch!« Meine Stimme wurde noch bestimmender. »Was ist los mit euch? Wo liegt euer Problem, mich meine Sachen selbst regeln zu lassen? Eins kann ich definitiv mitteilen: Mich bekommt keiner so lange nach Berlin. Eure Pläne sind gescheitert. Falls ihr es vergessen habt, ich bin hier Patientin, mir tut alles weh. Ich bin müde und brauche jetzt Ruhe.«

Mama versuchte mich noch zu beruhigen, aber wer mich kannte, wusste, dass es besser war, in solchen Situationen erst einmal zu gehen. Papa hatte es verstanden. »Gut, Kleines. Ich denke, es ist besser, wir lassen dich erst einmal allein. Wir haben dich lieb und meinen es alle nur gut mit dir, wir sind schon immer sehr stolz auf dich gewesen.«

Mit einem »Bis morgen« verabschiedete sich die Bande. Elli steckte noch einmal ihren Kopf zur Tür herein und fragte, ob es nicht besser wäre, wenn sie noch ein wenig bliebe. Dankend lehnte ich ab. Eine Ruhe hielt nun in meinem Zimmer Einzug, die mir unangenehm war.

Die Decke über den Kopf gezogen, versank ich etwas in Selbstmitleid. Eigentlich war es süß, wie sich alle bemühten, mein Leben zum Positiven zu verändern. Wir alle waren eine große Familie. Wir wohnten genau neben Elli und ihren Eltern. Meine Eltern waren früher sehr viel beruflich unterwegs, deshalb habe ich die Hälfte meines Lebens bei unseren Nachbarn verbracht und bin froh darüber, dass Elli auch meine beste Freundin geworden ist. Müdigkeit machte sich bei mir breit und mit den Gedanken wieder bei ihm, John Sander, siegte der Schlaf.

Stunden später nahm mein Unterbewusstsein wahr, wie jemand die Tür schloss. Schwester Helga näherte sich meinem Bett mit einem wunderschönen Strauß Sommerblumen. Egal, von wem der war, er erfreute mein Herz und der Duft der Blumen reichte bis an mein Bett. »Von wem ist dieser Blumenstrauß?«, fragte ich neugierig.

Helga bekam ein freches Grinsen ins Gesicht, das noch breiter wurde, als sie sagte, dass ein Herr Sander ihn abgegeben habe. Klar, dass Helga auch schon über alles informiert war. Bei uns in Dornenstein brauchten wir eigentlich keine Zeitung. »Leni, er sieht so gut aus. Du bist jung, begabt, verliebt. Wenn ich an deiner Stelle wäre, wären meine Koffer schon längst gepackt«, meinte Helga. Sie überreichte mir eine wunderschöne Karte, die zwischen den Blumen steckte.

Neugierig öffnete ich sie, um zu erfahren, was darin geschrieben stand. Doch bevor sich meine Gedanken darauf konzentrieren konnten, streifte Helga erst einmal einen Blick von mir, der von ihr sogleich verstanden wurde. Sie verließ ungern das Zimmer, jedoch mit der Androhung, später noch mal nach mir zu sehen. Dann war Helga verschwunden. Es war eine außergewöhnliche Karte, vorne gelb mit Schmetterlingen, Blumen und einer Frau, die auf einer Wiese stand und ein Bild malte. Ich drehte die Karte um und erschrak vor dem Bild des Mädchens im roten Kleid.

Liebe Leni,

Elli hat mir ausführlich von deinem Unfall erzählt. Es tut mir leid, dass es dich so schwer getroffen hat und ich wünsche dir eine schnelle Genesung, um dich dann in meinem Zuhause begrüßen zu dürfen.

PS: Wenn du möchtest, könnten dich auch deine Freundin Elli und Krümmel hierher begleiten und bleiben, bis du dich in Ruhe eingelebt hast!

Mit freundlichen Grüßen

Horst

Mit Elli zusammen würde ich auch bis nach Afrika reisen, um wilde, hungrige Löwen zu malen. Eine innere Erleichterung machte sich bei mir breit. Egal, was in Berlin passieren wird, ich war nicht allein. Selbst mein kleiner Krümmel konnte mit. Wie ich mein außergewöhnliches Haustier doch liebte.

Meine Schulter, mein Arm und der Rest des Körpers schmerzten, aber meine Gedanken an das kleine Mädchen lenkten mich einigermaßen ab. Was hatte es mit dem Bild auf sich? Horst musste es sehr beeindruckt haben, wenn er es sogar auf Karten so liebevoll drucken ließ. Oder hat es womöglich persönlich mit ihm zu tun?

Wie hieß nur der Auftraggeber des Bildes? Bilder waren in meinem Gedächtnis gut gespeichert, Namen jedoch vergessen, bevor sie mein Ohr erreichten. Dennoch konnte ich nachforschen, wer es in Auftrag gegeben hatte, denn jeder einzelne wurde ordentlich in meiner blauen Mappe abgeheftet. Warum fühlte ich mich so hin- und hergerissen, mich auf dieses Abenteuer einzulassen? Irgendetwas stimmte hier nicht.

Es kam mir sehr gelegen, dass Elli einfach ohne anzuklopfen in mein Zimmer stürmte. Ihr Blick fiel auf die Blumen, die nicht zu übersehen neben meinem Bett standen. »Oha, Leni, auffälliger geht es nicht. Der Familie Sander liegt anscheinend sehr viel an dir und deinem Kommen. Es ist fast so, als würdet ihr euch schon ewig kennen«, bemerkte Elli betont.

»Elli, komm mal runter und hör mir zu«, unterbrach ich sie. »Irgendein Geheimnis ruht auf dem Bild mit dem Mädchen, du weißt schon, das Kind im roten Kleid. Schau dir mal die Karte an, die zwischen den Blumen steckte!« Elli nahm die Karte und betrachtete sie genau von vorne und hinten. Als sie den Inhalt las, schrie sie so laut vor Freude, dass es beinahe meine Ohren durchdrang. „Oh mein Gott, meine Wenigkeit darf mit, solange es geht!

Aufgewühlt wie ein Erdhörnchen lief sie im Zimmer herum, bis die Zimmertür mit einem gewaltigen Schwung, mal wieder ohne anzuklopfen, von Helga geöffnet wurde und meine katastrophale Freundin traf. Sie stürzte, wie sollte es auch anders sein, auf ihren verletzten Arm. Ein Schrei, der wie ein Orkan durch meine Ohren brauste! Erschrocken half Helga ihr hoch, wobei sie sich hektisch erkundigte, ob alles in Ordnung sei. »Es tut mir echt leid, Elli. Was machst du auch hinter der Tür?«

»Was ich hinter der Tür mache? Stehen, einfach nur stehen und mich freuen, dass ich mit nach Berlin fahre, wenn ich die Besuche hier überlebe. Jetzt erklärst du mal dein stürmisches Reinkommen, ohne anzuklopfen. Macht man das als Krankenschwester heutzutage nicht mehr?«, forschte Elli nach. Doch dann kam ein leises »Danke, mir geht es gut«, während sie sich den Arm hielt. »Es hätte ja auch ein Notfall sein können, Elli. Du warst so laut. Mein Gefühl sagte mir, schau nach, was bei den beiden mal wieder passiert ist. So war es.« Endlich Ruhe, keiner sagte mehr etwas.

Helga entschloss sich geknickt, wieder zu gehen und schloss die Tür diesmal auffällig leise. Elli legte sich geschwächt neben mich, wobei mich ihr fragender Blick streifte. »Was denkst du, Leni, wenn du die Karte siehst? Sie ist eine wundervolle Geste, eine Wertschätzung deines Bildes, oder?« »Du willst wissen, was ich darüber denke? Überlege mal, Elli. Hier wird alles so persönlich. Mein Bauchgefühl sagt mir, dass irgendwas mit dem Kind nicht in Ordnung ist, wobei mein Bauch sich auch irren kann. Allerdings wäre es auch nicht die Wahrheit, wenn ich behaupten würde, John ginge mir aus dem Kopf. Er nimmt jedes Mal die Strecke von Berlin bis hierher auf sich.

Warum tut er das? So, wie es aussieht, ist er verheiratet. Frau Sander, was für ein Glück sie hat.

Da mein Aufenthalt hier noch etwas dauern wird, würde ich dich bitten, die kleine blaue Mappe, die in meinem Wohnzimmerschrank liegt, beim nächsten Besuch mitzubringen. Noch was: Mein Laptop wäre auch nicht schlecht.« »Deine Wünsche werden erfüllt, Leni. Auch wenn mein Verstand nicht alles versteht. Was willst du denn mit der Mappe? Da wird doch jeder Auftrag abgeheftet, oder nicht?« »Genau. Mein Namensgedächtnis ist verdammt schlecht, nichts Schlimmes, Elli. Ich möchte nur mal wissen, wer mir den Auftrag zu dem Bild gegeben hat, nur mal so.«

Leicht verstört stand Elli auf, schüttelte ihre langen blonden Haare und schaute mir dann tief in die Augen. »Hase, wem willst du hier was erzählen? Das ist so wie Liebe auf den ersten Blick.

So romantisch, als würden Liebesengel in der Luft fliegen, wie in einem Liebesfilm. Ob er verheiratet ist, weißt du doch gar nicht. Wer weiß, wer diese Frau am Telefon war. Okay, okay. Vielleicht könntest du recht haben, dass mit dem Mädchen ein Geheimnis verbunden ist. Aber ich denke, es wird schon kein Drama sein. Denk positiv, Krümmel und meine Wenigkeit begleiten dich. Du bist nicht allein, Süße. Wenn wir ein schlechtes Gefühl in Berlin bekommen, fahren wir sofort nach Dornenstein zurück. Jetzt trete ich erst einmal den Heimweg an. Jens wird gleich am Eingang stehen, um mich abzuholen. Er meint, eine Katastrophenfreundin sollte man lieber nicht allein rumlaufen lassen.« Wir lachten herzhaft.

Es klopfte an der Tür und Helga trat mit einem Lächeln und einem Tablett mit dem Abendbrot herein, wobei sie Elli musterte. »Alles gut, Helga. Mir ist nichts passiert. Es tut mir auch leid, dass ich etwas forsch war mit meiner Art.« Mit einer innigen Umarmung war alles geklärt. Unsere Krankenschwester, die schon bei unserer Geburt dabei war, war eine gute Seele, wie viele Menschen aus Dornenstein.

Mit einem »Bis morgen« verabschiedete sich meine Freundin. Helga hob die Haube des Tellers, der liebevoll bestückt aussah. »Leni, versuch was zu essen, damit dir die Schmerzmedikamente nicht so auf den Magen schlagen. Ich gehe davon aus, dass morgen ein anstrengender Tag für dich wird. Dein Team aus der Schokoladenfabrik hat sich angekündigt, deine Eltern ebenfalls und natürlich Elli und wer weiß, was noch passieren wird. Man könnte darüber nachdenken, dir ein größeres Zimmer zu geben, damit wir all die Menschen unterbringen können, die kommen. Kaum zu glauben, mein kleiner, unbändiger Floh, Leni, wie erwachsen du geworden bist, ja, ein richtiges Fräulein.«

»Danke, Helga. Was wären wir nur ohne dich hier in Dornenstein?« Allein ließ ich mir mein Abendbrot schmecken. Alles war mundgerecht geschnitten. Gestärkt und auch ziemlich geschafft vom Tag schlief ich ein. Bevor sich meine Augen langsam öffneten, hörten meine Ohren Geräusche. »Guten Morgen, Leni«, flüsterten gleichzeitig Elena, Linda, Bettina und Karin. »Mädels, um Himmels willen, es ist noch Nacht.« Mein Blick streifte die Uhr an der Wand, es war kurz vor fünf. Jetzt war ich jedenfalls wach. »Was macht ihr hier? Habt ihr kein Zuhause?«

Karin überreichte mir einen Korb mit Früchten, Saft und den besten Pralinen, die in der Schokoladenfabrik hergestellt wurden. »Du weißt doch, wann bei Bruno gearbeitet wird?«, fragte Elena ironisch. »Deshalb dachte dein Team, besser, wir schauen jetzt vorbei. Dein Tag ist bestimmt schon verplant und wir wollten dich wecken, damit es klar ist, wie sehr alle an dich denken. Mit Elli und dir wird es auf jeden Fall nicht langweilig. Sie hat uns genau berichtet, wie es zu deinem Unfall gekommen ist. Na ja, als deine Freundin erzählt hat, wie sie sich ihre Wunden zugezogen hat, haben wir wirklich versucht, uns zusammenzureißen, um nicht zu lachen.« In dem Moment lachten alle vier so herzlich und laut, dass ich mitgerissen wurde. So war es bestimmt auch, als Elli beim Erzählen war.

»Im Korb ist eine Karte von Bruno. Er war es, der darauf bestanden hat, dir die besten Pralinen einzupacken.« »Noch etwas«, fügte Bettina hinzu, „Liebe Grüße aus allen Abteilungen. Die sammeln schon für dich.« »Ihr seid so süß. Was würde ich ohne euch nur machen? Danke. Bitte bestellt Bruno, dass seine

Pralinen gut angekommen sind und dass natürlich meinerseits große Freude besteht. Ich bin froh, wenn ich bei euch wieder mitmischen kann.« Ungläubig sahen die vier sich an und der nächste Lachflash machte die Runde.

»Was ist hier denn los? Andere Patienten brauchen ihren Schlaf«, hörte man eine unfreundlich ernste und tiefe Stimme. Olga, fünfundfünfzig Jahre alt, hatte mal wieder ohne anzuklopfen die Tür aufgerissen. Sie lachte nie und ihr gesamtes Auftreten zeigte klar und deutlich, wer hier das Sagen hatte. Nur wenn jemand ernsthaft erkrankt war, zeigte sie ihre weiche Seite, was nicht wirklich oft vorkam.

Sofort machte sich mein Team, ohne Wenn und Aber und ohne noch einen Satz zu verlieren, auf den Weg zur Arbeit. Nachdem alle an Olga vorbeigegangen waren, schloss sie die Tür und ermahnte mich zur Ruhe.

»Ja, es ist noch verdammt früh.« Meine Augen fielen wie von allein wieder zu. So siegte die Müdigkeit über die Freude, dass mein Team mich besucht hatte. Es gibt nichts Schöneres an einem Morgen, als den Moment, wenn man die Augen öffnet, einem der Kaffeeduft in die Nase zieht und sich der Geschmack schon im Mund breitmacht, bevor auch nur ein Schluck getrunken wurde.

»Helga, du bist schon wieder hier? Wie spät ist es denn?« »Guten Morgen, Leni. Es ist kurz vor zehn. Du hast tief und fest geschlafen. Da wollte ich nicht früher stören. Jetzt wird es aber Zeit. Die Visite ist nur noch drei Zimmer weit von dir entfernt. Elli wartet auch schon in der Cafeteria darauf, dass ich Heinz anrufe, damit er ihr Bescheid gibt, dass sie hochkommen kann.«

Oje, gestern dachte ich noch, schlimmer kann mein Aufenthalt hier nicht werden, doch mir fällt wie so oft der Spruch ein: Schlimmer geht immer! »Helga, schnell, bitte bürste mein Haar. Nein, erst einmal muss ich ins Bad.« So rasch, wie es mit meinen Verletzungen machbar war, schlurfte ich ins Bad. »Hoffentlich brauchen die Ärzte ein paar Minuten länger, Helga. Nicht das ihnen meine Erscheinung in Erinnerung bleibt«, entfuhr es mir gerade, als ich das Bad verließ, nur um zu bemerken, dass die Visite schon eingetreten war und sie meinen entsetzten Gesichtsausdruck deutlich wahrnahmen.

»Ah, unserer Patientin geht es schon besser, schön, Frau Sommer. Haben Sie noch irgendwelche anderen Schmerzen außer der Schulter und dem Arm?«, entgegnete einer der Ärzte und versuchte, die Situation unter einem nicht zurück haltbaren Grinsen zu entschärfen. »Mir geht es so weit gut, danke, Dr. Hase. Wird schon werden«, antwortete ich mit hochrotem Kopf, der jetzt bestimmt zu meiner rötlichen Haarfarbe passte.

»Morgen werden wir den Verband wechseln, um zu sehen, ob die Narbe heilt«, mischte sich nun Dr. Klein

ein. »Und noch etwas mehr Ruhe. Ihr Körper muss sich erholen. Also bitte keine Besuche mehr vor der Frühstückszeit. Sie liegen in einem Krankenhaus, da sehen Patienten auch nicht wie Models aus.«

Nach der Ermahnung wechselten sie ins nächste Zimmer. »Diese doofe Olga hat mich verpetzt. Warum ist sie so schlimm, Helga?« »Sie ist sehr streng, sagen fast alle Bürger aus Dornenstein. Doch ist es ihrer Klarheit und Aufmerksamkeit zu verdanken, dass ein schwer kranker Patient überlebt hat. Eine von uns Schwestern hat vor Jahren ein falsches Medikament einem frisch Operierten gegeben. Bevor sie bei dem Patienten ins Zimmer ging, warf sie wie immer einen Blick drauf. Ohne viel Wirbel oder Blabla kehrte sie um, tauschte das Medikament aus und verschwand wieder. Die falsche Tablette hätte tödlich sein können. Es war ihr nichts anzumerken, kein Wort kam über ihre Lippen, aber uns allen war es eine Lehre. So, genug erzählt, erst einmal Frühstück. Wenn du fertig bist, komme ich wieder vorbei, dann bürste ich dein Haar. Das wird bestimmt länger dauern, so struppig, wie du aussiehst. Bis dann, Leni.« Mit diesen Worten verabschiedete sich Helga.

JOHN KOMMT ZU BESUCH

Mein Kopf war schon um elf Uhr vormittags vollkommen durcheinander, noch mehr Chaos brauchte kein Mensch. Bevor mein Schluck Kaffee den Hals hinunterlaufen konnte, schwang die Tür auf. Man glaubte es kaum, John stand einfach da, mit einem Präsentkorb und einer Ausstrahlung, die meinen Verstand sofort blockierte.

»Guten Morgen, Frau Sommer. Horst wollte sich erkundigen, wie es Ihnen geht. Er kennt die besten Ärzte weltweit. Wenn nur das kleinste Problem besteht, lässt er Sie in ein anderes Krankenhaus transportieren, um alles bestens im Auge zu behalten und schneller reagieren zu können, sollte etwas sein. Meine Wenigkeit bleibt eine Zeit lang in der Krone hier in Dornenstein.«

Meine Augen wurden immer größer. Dafür verließ kein Wort meinen Mund, nicht einmal ein Brummen. Noch vor der Tür hörte man Elli schon näherkommen, ihr Fluchen war unüberhörbar. »Kein Verlass auf dieses Personal hier. Sitze stundenlang in der Cafeteria, die einer Sauna gleicht. Keiner sagt Bescheid, dass die Visite durch ist und meine schwer verletzte Freundin wartet bestimmt schon einsam und genauso unruhig auf mich.«

Mit einem Tritt vor die Tür – sie hatte den Laptop in der einen Hand, die blaue Mappe unter dem Arm geklemmt und zu guter Letzt ihre volle Tasche quer über der Schulter – verschaffte sie sich Eintritt. Johns Blick, genau wie meiner, klebte an Elli, die erschrocken die blaue Mappe fallen ließ, wobei das Bild von dem Mädchen im roten Kleid etwas hervorguckte.

Sehr galant schob er es zurück und tat so, als hätte er es nicht bemerkt. Er hob die Mappe auf, wobei er Elli noch mit dem Laptop half. »Keine Angst, ich will Sie nicht weiter stören. So, wie Sie aussehen, geht es Ihnen noch nicht wirklich gut. Denken Sie daran, Frau Sommer, ein Anruf und ich bin innerhalb von fünf Minuten für Sie da. Ich wünsche Ihnen beiden noch einen schönen Tag.« Ein Lächeln begleitete ihn beim Gehen.

»Leni, wie? John ist nur fünf Minuten von hier entfernt? Was ist in der kurzen Zeit passiert, als er dich besucht hat? Mensch, Hase, wie siehst du eigentlich aus? Deine schönen Haare! Du hast ja immer noch so ein geschmackloses Krankenhaushemd an. Sag mal, die Dusche hat dich doch auch noch nicht gesehen. Anscheinend sind deine Gefühle nicht gefestigt. Gerade in einem Krankenhaus sollte man empfindlich auf Hygiene achten. Es könnte Besuch kommen, wie soll dein Aussehen auf andere Menschen wirken?«

Zaghaft strich meine Hand durch die roten lockigen Haare, die sich so ziemlich schrecklich anfühlten. Klar, seit gestern nicht einmal gebürstet, noch nicht gefrühstückt, keine Zähne geputzt, dazu dieses Hemd, das man hinten zubindet. Kein Wunder, dass er wie auf der Flucht war. Wieder ist einer dieser Momente eingetroffen, an dem ich nicht Leni Sommer sein mochte. »Deine Freundin würde sich über eine Antwort freuen, wenn du wieder anwesend bist, Hase. Spuck aus, was ist hier verdammt noch mal los?"

»Okay, du willst es wissen. Dir kommt es nicht im Entferntesten in den Sinn, dass meine Seele sensibel ist. Das bedeutet, dieses außer Kontrolle geratene Chaos um mich herum verunsichert mich. Elli, wir zwei sind wie Geschwister. Warum sind wir so unterschiedlich, können aber auch nicht ohneeinander sein? Wo du auftauchst, ist Weltuntergang! Der Mann meiner schlaflosen Träume hat die Begabung ausgerechnet dann zu erscheinen, als ich noch verschlafen im Bett lag wie eine, die den Weg zum Bad nicht kannte. Wenn ich ihn in meinen Träumen begegnete, sah ich aus wie eine Prinzessin. Wunderschön, alles saß perfekt. Mein Kleid mit passender Tasche und Schuhen, hundertprozentig dezentes Make-up, nur um meine Sommersprossen etwas zu verdecken. John führte mich in ein traumhaftes Restaurant, anschließend zum Tanzen, danach in eine Cocktailbar. Spät in der Nacht tauschten wir die Bar gegen sein Zimmer aus. Kein Telefon, nichts, was uns stören konnte. Morgens wurde ich von frischem Kaffeeduft geweckt, eine wundervolle Liebe begann. Aus der Traum, alles vorbei. Er hatte bestimmt die Koffer gepackt und das Hotel Krone verlassen. Dann stürmst du in mein Krankenzimmer wie ein Elefant, der auf der Suche nach seiner Familie ist. Du lässt auch noch die Mappe mit dem Bild fallen, Elli. Wie konnte dir dieser Fehler passieren?«

»Stopp mal, Hase, du kleines Miststück«, wehrte sich meine Freundin in leicht gereizter Zickenstimmung. »Nur weil mein Körper aus Versehen auf deinen gefallen ist, als er in Bewegung war, um dich zu retten, kam es auch meinerseits zu schlimmen Verletzungen. Trotzdem versorge ich Krümmel und schleppe diese doofe blaue Mappe und den drei Kilo wiegenden Laptop umher, ohne zu jammern. Das musste einmal erwähnt werden. Bevor ich es vergesse:

Liebe Grüße von Jens. Er besucht dich morgen. Er liebt deine kleine Ratte wirklich. Sie sind schon beste Freunde.«
»Entschuldige bitte, Elli. Ich weiß seit gestern nicht mehr, wo mir der Kopf steht. Ein Ereignis jagt das nächste. Genau genommen macht es exakt diese Art aus, so wie du bist, echt tollpatschig. Doch so liebenswert durch dein ehrliches Wesen, dass es mich ehrt, deine beste Freundin zu sein. Ich beneide dich manchmal so ein klein wenig. Du weißt, was deine Träume sind und bist verheiratet mit Jens, dem Traum einer jeden Schwiegermutter.«

Jetzt bekam meine kleine Katastrophe feuchte Augen. Gleichzeitig öffnete Elli den Präsentkorb, um nicht den Anschein zu erwecken, dass sie gerührt war. »Lass mal sehen, was es so alles gibt. Also, Pralinen hätte er nicht wirklich mitbringen müssen, oder Hase?«, fragte sie nach. »Na ja, nicht schlimm. Hier ist noch mehr. Kaviar, Lachs, dicke, fette Weintrauben. Was haben wir denn da? Oha, Leni, eine Schmuckschatulle, umgeben von rotem Samt, liegt versteckt unter den Sachen. Das geht einfach zu weit. Jetzt bin auch ich davon überzeugt, dass etwas nicht stimmt. Egal, was sich in dieser Schatulle befindet. Besser, wir fahren nicht nach Berlin. Wer weiß, was dieser Horst im Schilde führt? Dieses Geheimnis bleibt besser ungelöst, bevor dir etwas passiert.«

»Komm schon, Elli, gib mir die Schatulle. Nur einen Blick hineinwerfen, ohne es anzufassen, sofort wieder verschließen und zurückgeben.« »Na gut.« Widerwillig reichte sie mir die wirklich winzige Schatulle, die ihren eigenen Charme hatte. Langsam öffnete ich den Deckel. Mein Herz begann wild zu rasen, mein Gesichtsausdruck verabschiedete sich komplett und ich war stumm vor Erstaunen. Eine Melodie erklang, weich und sanft. Ich kannte dieses Lied. Ein Genuss für meine Ohren. Mir fiel nur der Titel nicht ein. Ein übles Gefühl machte sich in meinem Magen breit. Kein Wunder, mein Frühstück stand noch immer auf meinem Nachttisch. Jetzt musste ich erst einmal in ein Brötchen beißen, damit mein Kreislauf wieder in Schwung kam.

»Leni, alles gut? Sag doch etwas. Iss erst in Ruhe dein Brötchen«, forderte Elli, die die leise Melodie nicht gehört hatte, mich auf. Sie setzte sich zu mir und schaute auf die Schatulle. »Hase, hast du gesehen, ob etwas drinnen ist?« Mit vollem Mund schüttelte ich meinen Kopf und schloss die Schatulle schnell wieder, fest umschlossen von meiner rechten Hand. Ich schob sie unter die Bettdecke, gerade rechtzeitig, bevor Helga das Zimmer betrat. Sie blieb ~~bei~~ neben mir stehen, erstaunt über meinen unveränderten äußeren Zustand seit heute Morgen.

»Ich dachte, wenn Elli bei dir herum lümmelt, läuft es wie von allein. Wer liegt schon gerne im Krankenhaus und sieht auch noch so aus? Iss erst mal zu Mittag, dann komme ich vorbei und helfe dir!«, forderte eine jetzt sehr bestimmende Krankenschwester mich auf, wechselte die Tabletts aus, wobei Elli ein nicht gerade freundlicher Blick streifte, und entfernte sich dann.

Auf dem Tablett lagen zwei Gabeln und doppelt so viel Eis als Nachtisch. Und eine Portion Gulasch mit Nudeln als Hauptgericht, groß genug für zwei. Keine Frage, für wen die andere Gabel und das Eis gedacht waren? Ein Lächeln huschte über unsere Gesichter und mit den

Gedanken bei Helga, ließen wir uns das Essen schmecken. Kaum hatte ich den letzten Bissen geschluckt, kamen meine Eltern um die Ecke. »Na, Kleine«, begrüßten mich die beiden. »Deinem Aussehen nach fühlst du dich eher bescheiden, würde ich mal behaupten«, fügte meine Mama hinzu. »Alles gut, ich wollte gerade duschen gehen.« »Wie, mit deiner Schulter? Echt jetzt?«, entgegnete mein Papa erstaunt.

»Ihr seid mir zwei, natürlich meinte ich mit ›duschen gehen‹ frisch machen: Haare waschen, ebenso wie Zähne putzen. Also alles in Ordnung«, erklärte ich, um vom Thema Aussehen abzulenken.

»Merkst du was, Otto? Unsere Tochter kennt uns«, sagte Mama schmunzelnd. »Na, Elli, wie geht es deinem Arm?« »Danke, alles gut so weit, Else. Später holt Jens mich ab. Er meint, es sei besser, wenn er ein Auge auf mich hat. Leni wurde schon vor dem Wachwerden von unserem Team besucht. Die Mädels machen sich halt auch Sorgen. Verhungern wird eure Tochter nicht«, sagte Elli, wobei sie aufgeregt auf beide Präsentkörbe zeigte.

»Na, schau mal an, von wem die wohl sind? Den großen hat schätzungsweise Herr Sander gebracht«, überlegte meine Mama laut. »Eure Pralinen kenne ich ja zu Genüge. Fünf Kilo habe ich denen schon zu verdanken. Wisst ihr schon, dass Herr John Sander in der Krone übernachtet?« »Mama, das wissen wir. Wenn irgendetwas bei mir hier nicht rund läuft, will er gleich da sein, um mich in ein anderes Krankenhaus zu fahren. Alles übertrieben. Ach ja, diese kleine Schatulle lag in dem Präsentkorb. Die Melodie kommt mir bekannt vor. Mama, weißt du, wie das Lied heißt?«

Ich öffnete den Deckel und alle lauschten der Melodie. Papa sang sofort leise mit, als sei er traurig. »Weißt du, wie viel Sternlein stehen an dem blauen Himmelszelt? Weißt du, wie viele Wolken ziehen weithin über alle Welt.« Mama wurde auf einmal komplett weiß im Gesicht, etwas erstarrt berührten sich die Hände meiner Eltern. »Was ist los, Mama? Geht es dir nicht gut? Du bist so blass. Soll Helga kommen?«

»Stopp, Leni, das war nur ein Schwächeanfall. Alles in Ordnung«, stellte meine Mutter klar, wobei sie Papa tief in die Augen blickte. »Komm, Schatz«, sagte sie zu ihm, „besser, wir gehen. Die zwei kommen auch ohne uns gut klar. Die Arbeit wartet nicht.« Meine Eltern drückten mich, doch nicht wie sonst – sondern länger, intensiver, als wollte keiner der beiden mich je wieder loslassen. Als sich die Tür hinter ihnen schloss, wirkte das Chaos um mich herum noch schlimmer.

Langsam öffnete ich noch einmal den Deckel, die Melodie beruhigte anscheinend nicht nur mich, sondern auch meine Freundin, die immer noch sprachlos auf der Bettkante saß und mitsummte. Erst jetzt bemerkte ich, dass der Boden der kleinen Schatulle eine Schublade verbarg. Vorsichtig zog ich sie auf, ein Ring lag dort, als wollte er sagen: ›Das wird aber auch Zeit, zieh mich an.‹ Vorsichtig nahm ich den Ring heraus und streifte ihn über den Finger. So zart, aus Silber, mit einem Mondstein, umgeben von kleinen glitzernden Diamanten.

Dieses Schmuckstück würde wahrlich jede Frau begeistern. Meine Güte, ob Herr Sander überhaupt wusste, welch kleiner Schatz in der Schublade lag? Und wenn ja, warum sollte er mir solch ein Geschenk machen? Fragen über Fragen. »Oha«, meldete sich Elli. „Hase, das ist kein gewöhnlicher Ring, bestimmt auch nicht aus einem Kaugummiautomaten um die Ecke. Meine Bedenken werden immer größer. Vergiss John Sander, vergiss Berlin. Hier läuft nichts mehr normal. Leni, mir wird unruhig in der Magengegend. Hast du deine Mama gesehen, wie blass sie wurde, wie ihr Kreislauf zusammengebrochen ist, als du den Deckel hochgehoben hast, wie traurig dein Papa das Lied gesungen hat? Ich hatte Gänsehaut am ganzen Körper. Wieso haben die beiden so emotional reagiert? Was auch immer, Leni, wir gehen ins Bad. Wer weiß, wer hier noch alles auftaucht? Besser, du stylst dich ein wenig durch. Glaub mir, es ist nötig!«

Nach dem Haarewaschen, Zähneputzen und dem Umziehen fühlte ich mich wie neu geboren. Doch der Irrsinn in meinem Kopf ging weiter. »Elli, egal, warum diese Melodie meine Eltern so sensibel berührt hat, mit der Schatulle kann es nichts zu tun haben, unmöglich.« »Okay, Leni, das ist denkbar, aber unmöglich ist das nicht unbedingt. Blenden wir Else und Otto erst einmal aus. Darüber machen wir uns später Gedanken, auch wenn es schwerfällt. Zuerst sortieren wir dein Chaos im Kopf. Könnte es nicht sein, dass John Sander der Sohn von Horst Sander ist? Das liegt doch klar auf der Hand, Hase. Wie gehen wir weiter vor? Auf keinen Fall bewegt sich meine kleine Prinzessin irgendwohin, bevor hier nicht alles geklärt ist.«

„Elli, du hast recht. Meines Erachtens war das gleich klar, Vater und Sohn. Reich mal den Laptop und die Mappe.« Nur gut, dass ich meine rechte Hand noch bewegen konnte. Kurz bevor ich innerlich explodierte, suchten meine Finger die Seite mit der Adresse des Auftraggebers. »Hier ist sie.« Dann las ich sie laut vor: »Lennard Sander, Kreuzburgstraße 1, 14057 Berlin«

Deshalb kam mir der Name so bekannt vor, stellte ich für mich fest. Sander, dieser Name ließ mich nicht mehr los, genauso wenig wie die Gedanken an John. Jetzt nahmen meine Augen sofort das Bild genauer unter die Lupe. Ich suchte auf der Rückseite des Fotos nach einem Hinweis darauf, wie alt es sein könnte. Was ich dort erfuhr, machte mich nervös. LENA, August 2014. Sie sah ungefähr aus wie zehn. Etwas benommen drehte ich das Bild um.

Nun hatte das kleine Mädchen einen Namen: Lena. Mit einem Welpen spielte sie in der Sonne im Garten, in der Hand einen kleinen Ball, an einem Finger einen Ring, genau den Ring, der jetzt meinen Finger zierte. Sie lächelte, schien glücklich zu sein. Ihre blonden, langen Locken hatten etwas Engelhaftes an sich. Hinter dem Garten stand ein Haus, groß, mächtig, beeindruckend.

Es war mein erster Auftrag, an meinem achtzehnten Geburtstag. Ungefähr eine Woche vorher hatte ich eine Anzeige geschaltet: ›Male Bilder von Fotos‹. Jetzt kam meine Erinnerung zurück, wie stolz meine Eltern waren. Alles war schon eine Ewigkeit her. ›Lena‹, fast wie Leni. Statt meine Verwirrung zu sortieren, wurde es nur noch chaotischer.

»Elli, klapp meinen Laptop auf«, sagte ich und hoffte, dass ich vielleicht hier Antworten auf all meine Fragen finden könnte. Zitternd gab ich den Namen ›Lennard Sander‹ ein. Meine Geduld zeigte sich nach fast zehn Minuten googeln erschöpft, bis plötzlich ein Artikel erschien:

›Schwerer Unfall in Berlin-Mitte.
Die Opfer: ein Ehepaar Sander mit Kind und im Auto dahinter eine Familie Schmidt mit Kind. Sie hinterlassen einen Jungen, der sich bei der Tragödie in der Schule befand.
Ihnen wurde von einem betrunkenen Zwanzigjährigen die Vorfahrt genommen‹

Erschrocken sah ich Elli an, die mitgelesen hatte. Trauer um diese Familien überkam mich, meine Augen füllten sich mit Tränen, genauso wie die meiner Freundin. Eins war jetzt offensichtlich: Lena und ihre Eltern lebten nicht mehr. Die Zeitung war von 2015, genau ein Jahr, nachdem ich das Bild nach Berlin geschickt hatte.

Es klopfte an der Tür. Wir wischten unsere Tränen weg und ich sagte: »Herein«. »Hallo, Leni, wie geht es dir?«, fragte mich Jens, der Elli abholen wollte. »Ihr zwei seht traurig aus. Alles gut?«, hakte er nach. »Komm, lass uns gehen, Jens«, forderte Elli ihn auf. Mit einem »Bis morgen« nahm sie ihn an die Hand, bereit zum Gehen. »Bis dann und danke für alles, Elli«, sagte ich. Sie drehte sich noch einmal um und flüsterte leise: »Leni, ich habe dich lieb.« Dann verschwanden die beiden. Jens' verstörter Blick blieb nicht unbemerkt.

Um etwas zur Ruhe zu kommen, legte ich alles zur Seite, schloss meine Augen und versuchte, das Erfahrene zu verarbeiten. Alles lief wie in einem Film vor mir ab, vom ersten Treffen mit John bis zum Artikel. Er hatte Menschen aus seiner Familie bei dem Unfall verloren. Wie schlimm musste das für ihn gewesen sein? Und der arme Junge, der seine gesamte Familie verloren hatte. Was war nur aus ihm geworden? Wieder weinte ich vor mich hin, bis sich abermals die Tür öffnete.

»Frau Sommer, Entschuldigung, wenn ich störe, aber mein Aufenthalt hier verkürzt sich leider auf nur eine Nacht. Morgen, sobald es hell wird, trete ich die Heimreise an. Mein Vater braucht mich. Es tut mir leid, was nicht heißt, dass wir nicht über Sie wachen. Wäre es auch nicht langsam angebracht, dass wir uns duzen, Frau Sommer? Könnte es sein, dass Sie geweint haben? Bedrückt Sie etwas, Leni?«, forschte John nach.

»Nein, alles gut, meine Schulter schmerzt etwas. Gerne können wir zum Du übergehen. Wie du weißt, heiße ich Leni«, antwortete ich überraschend gefasst und freundlich.

»Okay, dass mein Name John ist, dürfte dir auch nicht fremd sein. Den wolltest du am ersten Tag ja schon wissen. Sobald es dir besser geht, hoffe ich sehr, dass wir uns zeitnah auf Schloss Elisabeth wiedersehen. Sollte irgendetwas sein, Leni, meine Nummer hast du. Melde dich einfach. Noch was, du siehst bezaubernd aus«, sagte er, wobei er zärtlich über meine Haare strich.

Unsicher nickte mein Kopf wie von allein, was man als Ja deuten konnte. »Keine Ahnung, was du über mich und meinen Vater denkst, aber glaube mir: Es ist, als würde ich dich schon immer kennen.« »Oh, ich wollte euch nicht unterbrechen«, sagte Helga zu uns, als sie das Tablett mit dem Abendessen brachte. Zu ihrer Zufriedenheit bemerkte sie, dass sich mein Erscheinungsbild verbessert hatte.

Echt jetzt? Gerade wollte ich nachfragen, was es mit ›Lena‹ auf sich hat, da verabschiedete sich John: »Leni, wir sehen uns bald. Helga, dir noch einen schönen Tag.« Und schon verließ er das Zimmer. »Wieso nennt er dich beim Vornamen? Machen das alle Krankenschwestern so?«, fragte ich neugierig. »Eigentlich nicht, aber um das noch zu toppen, hat John eine Pralinenschachtel vom Allerfeinsten mit hundert Euro für die Kaffeekasse ins Schwesternzimmer gelegt. Er hat mich im Vertrauen darum gebeten, auf dein Wohlbefinden zu achten. Tja, Leni, seine Telefonnummer befindet sich in meinem Büchlein für Notfälle. Komm schon, erzähl, was läuft zwischen euch beiden?«

»Helga, mein Inneres versteht hier gar nichts mehr. Es läuft halt, egal wie, nur nicht zwischen ihm und mir.« »Ach, Kleines, wenn ein Mann sich so sehr um eine Frau bemüht wie John Sander um dich, dann ist doch klar, dass er sich unsterblich in dich verliebt hat. Das Knistern zwischen euch gleicht einem leichten Gewitter, das sofort spürbar war, als ich reinkam. Sei nicht immer so verkrampft, Leni. Das Schicksal ist unbeeinflussbar, alles nimmt seinen Lauf. Du wirst sehen, ihr zwei seid wie füreinander geschaffen. Ach je, schon so spät«, stellte Helga fest, als ihr Blick auf die Uhr fiel. »Olga kommt bald, es gibt noch viel zu tun. Leni, ich wünsche dir eine gute Nacht. Bis morgen, träum was Schönes.«

Eine eigenartige Stille herrschte nun in meinem Zimmer. Meine Gedanken kreisten um John, seine Hand, wie gefühlvoll sie durch meine Haare strich. Dieses Vertraute, obwohl wir uns nicht wirklich kannten. Nun war es an der Zeit, mir einzugestehen, dass mein Herz für ihn schlug. Sollte dies nur ein Traum bleiben? Wer war diese Frau Sander am Telefon? Könnte es sein, dass John nur nett zu mir war und meine Gefühle mich nur täuschten? Da waren wieder meine unzähligen Fragen, die mich mehr als nur kribbelig machten. Olga erschien noch einmal, selbst sie war eigenartig nett zu mir. Sie wirbelte meine Bettdecke zurecht, half mir beim zu Bett gehen und wünschte mir eine gute Nacht. Beim Fernsehen siegte sehr schnell meine Müdigkeit und ich schlief ein.

Die Sonne schien schon hell, als Helga mein Frühstück brachte. »Na, Kleines, gut geschlafen, schön geträumt? Wie geht es deiner Schulter?« Der Tag fing an, wie der andere aufgehört hatte, mit Fragen über Fragen. Diese konnte ich zumindest gleich beantworten. »Danke, Helga. Gut geschlafen, nichts geträumt. Meine Schulter und der Arm schmerzen. Ich weiß gar nicht mehr, wie ich liegen soll?«

»Deine Knochen heilen wieder. Lass ein paar Wochen ins Land ziehen und du wirst sehen, alles ist wieder beim Alten. Bevor ich es vergesse, Leni, deine Mama hat angerufen. Sie können die nächsten drei Tage nicht kommen. Sie haben ein großes Projekt am Laufen. Sie melden sich telefonisch bei dir. Noch was, sag bitte Elli Bescheid, dass es auch für sie gilt: kein Besuch vor der Visite. Olga hat sie um fünf Uhr schon erwischt, als sie gerade in dein Zimmer huschen wollte.« Jetzt waren wir beide am Lachen. Ich stellte mir das Gesicht meiner Freundin vor.

»Guten Morgen, Frau Sommer. Schön, Sie hier so ausgelassen lachen zu hören. Es macht den Eindruck, als würde es Ihnen besser gehen«, bemerkte Dr. Hase, als er mit den restlichen Ärzten zur Visite vorbeischaute. »Es wäre nett, Schwester Helga, wenn Sie den Verband bei unserer Patientin vorsichtig von der Schulter lösen, damit wir die Naht begutachten können.« Sofort machte sie sich ans Werk und Dr. Klein und auch Dr. Herschelmann rückten näher, um sich mit Dr. Hase auszutauschen.

»Ja, sieht echt gut aus, dafür, dass der Unfall gerade mal drei Tage her ist. Man könnte meinen, Sie erholen sich recht gut, was bei der Fürsorge, die Sie hier erhalten, auch kein Problem darstellen sollte. Wenn alles weiter verheilt wie bisher, können Sie in ungefähr zwei Wochen nach Hause, was keinen Übermut herausfordern sollte. Liegen bleiben, nur bis zum Bad und wieder zurück ins Bett«, ermahnte mich Dr. Hase. Helga versorgte meine Schulter, wobei man ihr die Zufriedenheit anmerkte. »Noch zwei Wochen, das schaffe ich nicht. Die Sonne scheint, der Sommerduft breitet sich so verlockend im Zimmer aus. Was mach ich nur?«, brummelte ich vor mich hin.

»Ausruhen, einfach die Füße stillhalten, nicht auffallen. Weniger Besuch wäre auch nicht verkehrt. Leni, nimm die Ärzte ernst, sonst wird dein Aufenthalt um einiges länger, als dir jetzt schon lieb ist.« »Alles gut, Oberschwester«, scherzte ich, um die Situation etwas zu lockern. »Meine Genesung hat Vorrang. Keinen Blödsinn machen und am besten nicht bewegen. Es ist angekommen.« Erleichtert machte sie sich auf den Weg zum nächsten Patienten.

Meine Güte, als würde meine Anwesenheit das Krankenhaus in Unruhe versetzen. Jetzt forderte der Ring an meinem Finger wieder meine volle Aufmerksamkeit. Nie wieder würde er in die Schatulle kommen. Lena – ihr Ring an meinem Finger. Nun fühlte es sich an, als würde eine kleine Last auf mir sitzen. Nicht schlimm, aber etwas Beunruhigendes hatte es schon an sich. Meine Gedanken waren wieder auf John fokussiert. Wieso sollte ausgerechnet dieser Ring zu mir finden? Da waren wieder all die Fragen ohne Antworten in meinem Chaos.

Hin und her gerissen, mit einem wilden Rudel Schmetterlinge im Bauch, bewegte ich mich ins Bad. Supi, außer Haarewaschen lief alles recht gut. Stopp, wenn das alles funktioniert, was würde dagegensprechen, wenn ich versuche, ein Bild zu malen? Eine kleine Skizze, stehen tut ja nicht weh. Was sollte dagegensprechen? Jetzt hatte ich einen Plan.

Stundenlang versuchte ich, im Internet Informationen über die Familie Sander zu entdecken. Fehlanzeige, außer über Horst Sander und seine Boutiquen war nichts zu finden, außer wie begehrt er war. Einfach nichts. Keine Zeile über John und seine mögliche Frau. Normalerweise standen immer Familienmitglieder von Berühmtheiten in den Zeitungen, oft gab es Fotos oder Kommentare. Auch kein Wort über den Jungen der Familie Schmidt, über sein Leben oder ob er vielleicht im Heim aufgewachsen war?

Nur seine kleine Schwester Lena, die bei dem Unfall hinten saß, tauchte später in einem Artikel über ihre

Klassenkameraden auf. Ein Foto, auf dem sie klar und deutlich zu erkennen war und ihre Mitschüler, die um sie trauerten. Wie schrecklich muss es für ihren Bruder gewesen sein, nach der Schule nach Hause zu kommen und einfach niemanden mehr zu haben, der sich auf ihn freute.

Mir kam eine Idee, ich könnte doch Lena malen, einfach nur für mich. Vielleicht mache ich das, um die Geschichte zu verarbeiten. Nein, wie kann ich nur solche Gedanken haben? Es sollte etwas Erfrischendes sein, das zum Leben passt. Sofort dachte ich an John. Sollte kein Problem sein, sein Gesicht, seinen Körper, seine Augen – all das habe ich bildlich vor mir. Ein fettes Grinsen überkam mich. So sollte es sein.

Mein Telefon klingelte und riss mich aus meinen Überlegungen. »Sommer«, meldete ich mich und eine vertraute Stimme antwortete: »Hier ist Mama, Süße. Helga hat dir bestimmt ausgerichtet, dass wir in Hamburg sind, um ein neues Projekt in Augenschein zu nehmen. Dein Papa ist schon ein begehrter Architekt. Manchmal wünschte ich, es wäre etwas ruhiger um uns, aber es ist, wie es ist. Wie geht es dir heute, Leni?« »Die Visite hat meine Schulter begutachtet. Die Ärzte sind sich einig, alles sieht gut aus und in zwei Wochen kann ich nach Hause. Also nichts, worüber ihr euch Sorgen machen müsstet. Wie sieht es bei euch aus? Bei eurem letzten Besuch wirktest du etwas kränklich.«

»Süße, denk nicht darüber nach. Mein Kreislauf war im Keller. Es lag an der ganzen Aufregung und der vielen Arbeit. Noch was, liebe Grüße von deinem Vater. Er vermisst dich schon jetzt.« »Grüße an Papa zurück. Bis dann, Mama. Ich habe euch lieb.«

Ja, ich hatte wirklich Glück mit meinen Eltern. Sie waren nicht nur in ihrer Arbeit gut, sondern auch die besten und mitfühlendsten Menschen, die man sich vorstellen konnte. Immer standen sie an meiner Seite, trösteten mich, wenn meine Welt mal wieder zusammenbrach und nahmen genauso am Glück in meinem Leben teil. Ihr größter Wunsch bestand allerdings darin, aus mir eine super Architektin zu machen. Obwohl mein Leben anders verlief, als sie es sich für mich vorgestellt hatten, liebten sie mich über alles.

Was mich wunderte, wo war Elli abgeblieben? Vielleicht traute sich meine kleine Katastrophe nicht mehr her. Wer weiß, wie Olga heute Morgen mit ihr umgegangen war, als sie von ihr erwischt wurde. Schade, dass sie nicht bei mir schlafen durfte. Nun wurde mir auch noch langweilig. Keiner, der rein oder raus ging. An mein Chaos im Kopf wollte ich gar nicht erst denken. Dauernd so still zu liegen war auch blöd. John meldete sich ebenfalls nicht. Zum Mittag gab es Fisch, den ich nicht unbedingt mochte. Ohne Freundin war alles doof.

CHAOS UM KRÜMMEL

Plötzlich, kreidebleich, wie vom Zug gestreift, stand sie vor mir. »Mensch, Elli, du kommst echt spät. Ist etwas passiert? War Olga so streng zu dir?« Wie so oft in letzter Zeit stand Elli nur vor mir und bekam kein Wort heraus. Solche Momente zeigten mir, dass etwas schiefgelaufen war.

61

»Komm, du meine beste Lieblingsfreundin, spuck schon aus. Was ist dir passiert? Könnte es schlimmer sein als das, was wir bis jetzt zusammen erlebt haben?« Ihr Kopf nickte schnell, ein eindeutiges ›Ja‹. Ihre Hand deutete auf ihre Tasche. Ein leichtes Zucken überkam meinen Körper, begleitet von Panik. »So schlimm, Elli?«, fragte ich nach. Jetzt nickte sie noch schneller, ein noch eindeutigeres ›Ja‹.

Auf dem Flur wurde es laut. Man konnte hektisches Hin- und Herlaufen hören, dann einen ohrenbetäubenden Frauenschrei. Noch eine Stimme gesellte sich schreiend hinzu. Es hörte sich so an, als hätten alle Angst. Ich schaute erschrocken zu meiner Katastrophenfreundin, die gefühlt jede Minute ihre Brille wieder hochschob, obwohl sie überhaupt nicht rutschte. Mein Blick zu ihr war voller Fragen. Sie nickte bestätigend.

Jetzt krampfte sich mein Bauch zusammen und meine Stimme wurde ernster: »Elli, sag sofort, was dir mal wieder aus Versehen passiert ist. Werde ich jetzt aus dem Krankenhaus verwiesen? Sollte ein Anwalt kommen? Rede endlich! Soll Jens vielleicht kommen? Ich rufe ihn an.« »Nein, denk nicht einmal daran«, wehrte sie ab. »Das macht die Sache auch nicht besser. Weißt du, Leni, es sollte eine richtige Überraschung sein, mit Gefühl, richtig von Herzen. Ich wollte dir zeigen, wie sehr ich an dich denke. Jetzt ist halt wieder mal eine außergewöhnlich komische Sache aus dem Ruder gelaufen, die so nicht geplant war.«

Ein erneuter Schrei hallte durch den Flur. Nun fühlte ich mich das erste Mal, als hätte ich nicht nur am Blitz geleckt, sondern, als hätte er mich frontal angegriffen. »Mensch, Elli, ohne Drumherum und Blabla, in Kurzfassung bitte!«

»Okay, Kurzfassung: Hätte ich gewusst, dass Krümmel sich so unmöglich benimmt, wäre ich doch nicht auf die Idee gekommen, ihn hierher mitzunehmen, damit er sein Frauchen besuchen kann, die sich wiederum freuen sollte, ihn zu sehen. Um es noch kürzer zu machen: Er läuft hier irgendwo herum und erschreckt ein paar Krankenschwestern. Vielleicht trifft er auf Olga. Dann läuft sie nach Hause und kommt bestimmt nicht wieder.«

»Du hast bitte was? Krümmel mitgebracht? Geht's noch?«, entfuhr es mir. »Er läuft da draußen hilflos zwischen all den kreischenden Frauen herum, hat bestimmt furchtbare Angst und Heimweh, der Arme. Los, wir suchen ihn sofort und mit den Konsequenzen müssen wir dann leben. Wenn du das überlebst …«, zischte ich leise vor mich hin, wie eine ungewollte Drohung.

Kaum hatte Elli mir in den Bademantel geholfen und die Puschen über meine Füße gestülpt, stürmte Helga ins Zimmer, um uns zu warnen: »Mädels, bleibt im Zimmer. Hier treibt eine Monster-Ratte ihr Unwesen. Ich sag euch, die hat den wahren Killer-Blick und ist zu allem bereit. Der Kammerjäger ist schon unterwegs. Er wird kurzen Prozess machen. Setzt euch, nicht bewegen, alles wird gut«, ergänzte sie. »Ich muss weiter.« Dann ließ sie die Tür ins Schloss fallen, nur um sie kurz danach wieder zu öffnen und sich zu erkundigen, ob wir etwas mit der Geschichte zu tun hätten. »Ich sehe es euch an den Gesichtern an. Eure Nervosität ist nicht zu übersehen.« In atemberaubender Geschwindigkeit erklärte ich ihr Ellis gut gemeintes Unglück und dass Krümmel keineswegs ein bösartiges Monster war. »Ärger bekommt ihr zwei später. Jetzt, Leni, sollten wir erst einmal deinen kleinen, doch recht hässlichen Freund retten. Leni, du bleibst auf dieser Etage. Elli, du gehst eine Etage höher. Ich durchsuche die erste Etage«, befahl Helga. »Geht den Schreien nach, dort wurde er zuletzt gesehen. Ich bete zu Gott, dass wir ihn finden.«

Wir teilten uns auf. Komisch, aber wahr, während wir suchten, wünschte ich mir die Langeweile von vorhin zurück. Keine Hilferufe mehr, alles wirkte unheimlich ruhig. Jede noch so kleine Ecke wurde genau unter die Lupe genommen. Es kam mir wie eine Ewigkeit vor, bis dann endlich die Reinigungsfachkraft einen lauten Schrei losließ.

Der Putzraum lag genau neben mir und auch dieser Ruf durchdrang meine Ohren. Wie erstarrt stand sie vor Krümmel und traute sich nicht, auch nur eine Bewegung zu machen. Geistesgegenwärtig schob ich die entnervte Frau aus dem Raum und sagte nur: »Lauf. Ich kenne mich mit solchen Tieren aus.«

Bevor der Satz vollständig ausgesprochen war, rannte sie schon wieder schreiend los. »Komm her, mein kleiner Krümmel«, flüsterte meine Stimme ruhig in sein Ohr. »Endlich bist du in Sicherheit. Wie konnte ich dich nur Elli anvertrauen?«

Sofort begaben wir uns zurück ins Zimmer, wo Elli und Helga schon warteten. Beide schauten mich gespannt an. Die Erleichterung war ihnen anzusehen, als Krümmel aus meiner Tasche kam. Und von Helgas Herzen fiel ein Stein.

»So, dann habt ihr besten Freundinnen und euer Tierchen ja noch einmal Glück gehabt. Aber glaubt ja nicht, dass die Angelegenheit damit vom Tisch ist. Das wird definitiv noch ein böses Nachspiel für euch haben. Und Elli, du kommst die nächsten zwei Tage bitte nicht. Ihr könnt telefonieren, das reicht. Du verlässt Leni zusammen mit deiner Tasche und dem unerlaubten Besucher darin. Verhaltet euch erst einmal unauffällig.«

»Bitte, Helga, lass uns noch einen Moment lang bleiben. Ich bin doch gerade erst gekommen und Leni ist so schrecklich gelangweilt ohne mich.« »Schon gut, Elli«, sagte ich. »Meine Langeweile ist vorbei. Geht nach Hause. Krümmel könnte bestimmt auch ein wenig Ruhe gebrauchen nach diesem Abenteuer. Noch was, lass ihn um Himmels willen nicht mehr aus seinem Käfig. Und gib ihm ein großes Stück Käse. Er liebt Käse und hat sich mehr als nur ein Stück verdient.« Nun wurde Elli von einer gestressten Krankenschwester an die Hand genommen und sie folgte ihr schweigend nach draußen.

Als sich mein Gedankenwirrwarr gelegt hatte, trübte sich meine Stimmung. Zwei Tage ohne meine Freundin, keine Serie, keine Leinwand zum Bemalen, keine Gespräche – einfach nur hier liegen. Eine Strafe stand uns auch noch bevor. Genauer gesagt konnte ich noch nicht einmal etwas dafür. Doch wie heißt es so schön: Mitgegangen, mitgefangen. Es wurde Abend, doch irgendwie kam kein Essen.

Erst sehr spät brachte Olga das Tablett herein. »Hier, Leni. Schöne Grüße aus der Küche«, sagte sie, als sie den Deckel vom Teller entfernte. Ein Brot mit Käse – kein Obst oder liebevoll geschnittenes Gemüse. Mein Blick zum Essen sah anscheinend etwas irritiert aus. Olga legte sofort los: »Entschuldige das späte, dürftige Mahl. Es lief heute nicht alles so geordnet ab, wie es in einem Krankenhaus üblich sein sollte. Ob du es glaubst oder nicht, es hat sich eine Ratte hier eingeschlichen und für ziemlich viel Wirbel gesorgt. Das komplette Küchenpersonal durfte antreten, auch die, die eigentlich frei hatten, um zu reinigen. Alles musste desinfiziert werden, weil vermutet wurde, dass die Ratte durch die Küche gelaufen ist. Leni, keine Angst. Helga konnte beobachten, wie sie dann von ganz allein den Ausgang gefunden hat. Ach ja, du hast ja keine Furcht vor solchen Tieren. Wie heißt deine Ratte? Krümmel? Sie ist doch sicherlich in der Obhut deiner Freundin, die meint, dich morgens um fünf Uhr besuchen zu müssen. Na dann, guten Appetit.«

Weitere Worte von ihr folgten nicht. Woher wusste sie von meiner kleinen Ratte, wenn Helga uns nicht verraten hatte? Warum machten sie in der Küche so einen Aufstand? Krümmel war doch sauber. Das sollte mein kleinstes Problem in den nächsten Tagen sein. Es kam niemand, so als würde es mich nicht mehr geben.

Helga und Olga waren auffällig verschlossen, wenn sie zu mir kamen. Gut, dass sie mir nicht das Telefon abgeschaltet hatten. Und auf Elli war in dieser Hinsicht Verlass. Die Leitung glühte. Sie berichtete über alles. Jeder Bürger in Dornenstein war bestens über den Vorfall im Krankenhaus informiert.

Natürlich hatte Elli auch der Schokoladenfabrik einen Besuch abgestattet und unserem Team die ganze Wahrheit erzählt, mit dem Hinweis, es nicht weiterzuerzählen. Klar war, dass in dieser Zeit kein Band, keine Produktion, nichts außer lautem Lachen lief. Das hatte zur Folge, dass unser

Chef Bruno nicht gerade belustigt um die Ecke rauschte und Elli aufforderte zu gehen.

Meine Eltern riefen ab und zu an, um sich zu erkundigen, ob alles in Ordnung sei. Nicht ein Anruf von John. Ich vermisste ihn, als würden wir uns schon eine Ewigkeit kennen. Endlich war es Sonntag, ein heißer Sommertag. Ich wünschte, ich wäre im Schwimmbad. Vögel versammelten sich auf den Bäumen und zwitscherten ihre Lieder. Meine Eltern besuchten mich und erzählten, wie es in Hamburg lief – ein großer Auftrag, sehr zeitgebunden. Am Mittwoch müssten sie wieder hin.

»Wie lange musst du noch hierbleiben? Was sagen die Ärzte?«, fragte Mama schließlich. »Dr. Hase war zuversichtlich, dass ich kommenden Freitag nach Hause darf. Danach müsste ich noch einige Zeit die Schulter schonen, kein Sport, keine Arbeit und vor allem keinen Blödsinn machen, meinte er. Ich habe nicht verstanden, was der Arzt eigentlich von mir wollte. Wenn ihr wüsstet, wie viel Heimweh ich habe.«

»Kleines, wir vermissen dich«, sagte Mama. Wir bestellten Pizza und setzten uns in den Park vor dem Krankenhaus. Es war mein schönstes Erlebnis seit Langem: die Sonne, gute Pizza, meine Eltern – einfach draußen sein. Ich fühlte mich unbeschreiblich frei. Leider hielt dieses Gefühl nur kurz an. Meine Eltern machten sich auf den Heimweg und das hieß für mich, wieder ins Krankenzimmer zu gehen. Betrübt betrat ich mein Zimmer und wurde sofort von einem Ohr zum anderen angestrahlt. Endlich, meine Elli saß da und grinste.

»Krümmel ist doch nicht wieder dabei, oder?«, fragte ich lachend nach. »Glaub mir, Elli, diese Woche hat sich wie Kaugummi gezogen. Die Krankenschwestern verloren kein unnötiges Wort. Helga hat aber dichtgehalten. Die Ärzte wunderten sich nur, warum es ungewöhnlich still um mich war. Sie haben dich zwar nicht wirklich vermisst, waren aber doch erstaunt, dass keine Beschwerden mehr über uns kamen. Weißt du, schlimmer ist, dass John nichts von sich hören ließ. Als würde ich nicht mehr existieren. Ob er mich vergessen hat? Damit muss ich wohl leben. Also, erzähl, was gibt es Neues, Elli?«

GELUNGENE ÜBERRASCHUNG

»Na ja, ich habe mich nach der Angelegenheit mit Krümmel nicht wirklich hierher getraut. Ich hoffte, nicht auf Helga zu treffen. Ute aus der anderen Schicht hat gesammelt und will später auch mal kommen. Sogar Bruno hat nochmal fünfzig Euro draufgelegt. Von unseren Mädels liebe Grüße. Die kommen morgen alle. Mein Bauchgefühl sagt mir, dass John bald wieder hier ist. Noch etwas, in dein Bad habe ich eine kleine Staffelei mit Leinwand und Farben hingestellt. Lass dich bloß nicht erwischen. Welches Motiv willst du malen?« »Weißt du, Elli, das ist mein Geheimnis.« Innerlich durchzog es mich wie ein Tornado, wenn der Name John nur ausgesprochen wurde.

Beim Blick ins Bad juckte es sofort in meiner rechten Hand. Am liebsten würde ich gleich loslegen. Klar war es unmöglich. Erstens war endlich meine kleine Katastrophe hier und zweitens kam Olga gleich, um zu kontrollieren, ob alles in Ordnung war. Es klopfte zaghaft an der Tür und Ute trat ein.

»Na, Leni, du machst ja Sachen. Was für eine Action ihr zwei aber auch immer bietet, einfach unbeschreiblich. Alle an der Arbeit denken an dich. Alle wissen Bescheid wegen John. Ein wunderschöner Name. Die Daumen sind gedrückt. Ach, erzähl erst einmal, wie es dir geht. Wie fühlst du dich? Sind die Schmerzen noch sehr schlimm?«

»Mir ging es bis eben recht gut, Ute. Aber erklär mal den Satz: ›Alle sind informiert?‹« Und mein Blick streifte jetzt Elli. »Na ja, so wie ich es meine. Alle wissen Bescheid.« Sie lachte und hielt mir einen verzierten Umschlag hin. Als ich ihn öffnete, kam ein Foto zum Vorschein. »Wenn ich es nicht besser wüsste, könnte man fast glauben, dass dieses Bild mein Fahrrad zeigt, wie es jetzt nach dem Unfall aussieht«, brummelte ich vor mich hin. »Alles kaputt. Gerade mal ein Jahr alt, rosa, mit Körbchen und allem Drum und Dran. Hinüber für immer. Ich habe lange dafür gespart, mein Traumfahrrad. Doch ein Segen ist nicht mehr passiert.« Ein eigenartiges Geschenk.

»Wofür wurde denn gesammelt?« Ich schaute Ute fragend an. »Na, Leni, du stehst mal wieder auf der Leitung? Geh zum Fenster, du Troll. Schau, was dich erwartet«, forderte sie mich lachend auf. Elli stand mit Ute am Fenster. Meine Freundin legte ihren Arm behutsam um meine rechte Schulter und winkte nach unten.

Als ich hinsah, berührte mich das, was ich sah, unbeschreiblich. Alle Mitarbeiter, Bruno mit seiner Frau Ella, unser Postbote Wilhelm, der einen Brief heftig hin und her schwenkte, unsere Lisbeth aus der kleinen Bäckerei bei der Fabrik. Wie sehr vermisste ich ihre guten Käsebrötchen und den Apfel jeden Morgen! Meine Eltern, Ellis Eltern, Jens, ihr Mann – ganz weit hinten, kaum sichtbar. Er stand da und nickte mir zu. Gut, das war wieder einer dieser Momente, in denen ich nicht wusste, wohin mit mir. Ganz vorne stand mein neues Fahrrad mit einer großen weißen Schleife. Alle winkten mir zu. Ein Bettlaken mit der Aufschrift GUTE BESSERUNG wurde von Bettina und ihrer Schwester hochgehalten.

Minutenlang betrachteten meine Augen John, sein Gesicht genau gespeichert – was im Grunde genommen nicht nötig war, weil es meinem ersten abgespeicherten Bild eins zu eins glich. Wie gerne würde ich mal seine Hand berühren, sein Gesicht streicheln oder einen Spaziergang am Meer, wie in meinen Träumen, mit ihm machen. Egal, er ist hier, bei mir, so nah und doch unendlich weit entfernt! Elli ließ mich los und ich legte meine Hand an die Fensterscheibe. So viele Menschen hatten an mich gedacht, mochten mich einfach so, wie ich war. Nach und nach verabschiedeten sich alle mit einem Handkuss.

Zuletzt blieb John übrig. Wir nickten uns zu. Seine Finger formten ein Herz, dann verschwand auch er. Mein Chaos im Kopf meldete sich zurück. Wo ging er hin? Warum kam John nicht hoch? Ein Herz für mich? Oje, oje.

Eine schlaflose Nacht war vorprogrammiert. »Hallo, wir sind auch noch anwesend« Ute machte sich bemerkbar. »Na, Leni, da staunst du, was Elli gemeinsam mit eurem Team auf die Beine gestellt hat?« »Komm zu mir, meine kleine Katastrophe! Ihr seid die allerbesten, aber du bist ein

Teil von mir«, sagte ich zu meiner Freundin, während mein Arm sie fest umschlungen hielt. »Ute, sag allen, wie sehr ich sie jetzt schon vermisse und wie sehr es mich berührt hat.« »Wenn ihr so weit seid, sage ich Tschüss. Ich muss im Gegensatz zu euch leider früh raus. Ach, stopp, hier ist noch für jeden von euch eine Tüte mit einem Käsebrötchen und einem Apfel dazu. Könnte sein, dass Lisbeth Angst hat, dass ihr verhungert«, scherzte Ute und verabschiedete sich.

Sie ging und Postbote Wilhelm kam aufgelöst ins Zimmer. »Leni, schau mal, ein Brief von John. Na, so ein feiner Kerl«, betonte er und gab mir die Post, dann verschwand er. Nachdem Ruhe eingekehrt war, hielt meine Hand den Brief fest. Elli schaute mich auffordernd an. »Na los, Hase, mach endlich auf. Okay, ich verstehe, du möchtest ihn allein lesen. Dann ruf mich an, um mir alles zu erzählen. Es könnte sein, dass du sonst vor lauter Aufregung platzt.«

»Elli, wer kennt mich besser als du? Danke auch für alles, was du mit unseren Freunden und Kollegen organisiert hast. Sobald wir beide wieder hergestellt sind, alles verheilt ist, setzen wir uns auf unsere Fahrräder und fahren allein eine Woche weg. Wohin wir wollen. Endlose Freiheit, einfach mal Party, so wie früher. Übrigens, die Leinwand kommt genau richtig. Wie hast du denn allein alles hochgetragen?« »Jens hat mir natürlich geholfen. Leni, du weißt doch, wie er ist. Auf jeden Fall mein Held. Der mir meine Träume ansieht und da ist, wenn man ihn braucht. Genau wie heute. Hase, genauso einen Mann wünsche ich dir auch. Ich denke, es wird Zeit zu gehen, bevor mich Olga doch noch erwischt. Hab fast vergessen, dir etwas zu zeigen. Hier, die Kette ist von unserem Team und von Bruno. Der Anhänger ist ein Schutzengel. Echt süß. Klar sind die für jeden Scherz zu haben.« Elli grinste vor sich hin. Als sie näher zu mir herankam, um mir die Rückseite ihres Anhängers zu zeigen, stand plötzlich die Tür offen.

Da stand sie wie ein Fels in der Brandung: Olga. Mit den Händen in den Hüften und einem nicht gerade freundlichen Blick schaute sie zu Elli. Sprachlos stand diese von meinem Bett auf, legte zwei Finger auf ihr Herz, die dann zu mir zeigten. Dann ging sie, mit großem Bogen um Olga herum, nach draußen. Die stand immer noch unbeweglich im Raum, nur ihr Gesicht drehte sich zu mir. Mein Kopf drückte sich leicht ins Kopfkissen, während mein Mund versuchte, Worte zu finden. Stattdessen kam nur Gestammel heraus.

»Olga, entschuldige, es könnte sein, dass uns ein unachtsamer Moment hat vergessen lassen, wo wir uns befinden. Tagelang kein Besuch und dann ein so schöner Tag wie heute.« Meine Stimme wurde von allein leiser. »So, es war ein schöner Tag für dich«, wiederholte sie betont meine Worte, ohne auch nur eine Miene zu verziehen. Dann drehte sie sich um und ging.

Erst einmal bewegte ich mich keinen Zentimeter. Langsam spielten meine Finger mit dem Brief von John. Es dauerte nicht lange und er wurde eilig geöffnet.

Ein Brief an meine Traumfrau

Liebe Leni,
da sich die letzten Stunden für dich heute sehr anstrengend
dargestellt haben müssen, sehe ich von einem persönlichen
Besuch ab. Dein Charakter hat mich schwer beeindruckt.
Du musst ein wundervolles Wesen sein, dass so viele Menschen dir Aufmerksamkeit schenken. Gerne würde ich nur
einen einzigen Tag mit der Frau meiner Träume verbrin-
gen, um sie näher kennenzulernen. Meine Gedanken krei-
sen so oft um dich. Und mein Herz spielt nur noch verrückt. Wenn meine Augen dich sehen, fühlt es sich an, als
müsste mein Körper erstarren. Es ist deine Schönheit,
diese natürliche, fröhliche Art, die du ausstrahlst. Deine
Nähe verzaubert mein Inneres. Es gibt sie wirklich, die
Liebe auf den ersten Blick.
Bis bald. Hoffnungsvoll erwarte ich dich in Berlin.
Dein John
PS: Liebe Grüße von Horst.

Mir stockte der Atem. Ohne weiter nachzudenken, wählte
mein Finger die Nummer von Ellis Handy, das nicht weit
entfernt von mir klingelte. Ohne anzuklopfen, schlich sich
Elli wie ein Verbrecher, der auf der Flucht ist, in mein Zimmer. »Leni, endlich! Länger hätte ich nicht vor deiner Tür
warten können. Wenn Olga mir nicht so im Nacken sitzen
würde, hätte ich schon längst ein Bett hier in deinem Zimmer. Zeig schon her, was steht in dem Liebesbrief? Ist
doch einer, oder?« Elli wollte es nun genau wissen. Willen-
los reichte ich ihr den Brief. Meine Freundin las ihn laut

vor und ich lauschte ihren Worten. Es fühlte sich alles so echt an, so beruhigend, fast wie in einem meiner Träume – bis sie zu der Zeile kam, wo stand: Hoffnungsvoll erwarte ich dich in Berlin. Sofort, ohne Rücksicht auf überhaupt jemanden, kreischte sie los, als würde sie ein Erdbeben herausfordern.

»Ich wusste es, John liebt dich! Das habe ich dir doch gleich gesagt!« Mit einem noch lauterem »Ja!« genoss Elli ihren Triumph. Wieder waren wir in einer dieser Situationen, wo Ärger folgen würde und dieser ließ nicht lange auf sich warten. Dr. Hase trat mit einer Krankenakte unter dem Arm herein, begleitet von einem ernsten Gesicht und einer schnaubenden Olga. Sie wies Elli mit einem Kopfnicken zur Tür hinaus. Jetzt drehten sich beide zu mir und Dr. Hase fing mit einem sehr einseitigen Gespräch an.

»Frau Sommer, meine Kollegen und ich sind uns ziemlich einig, dass wir, wenn wir am Dienstag die Fäden an Ihrer Schulter ziehen und dann alles noch einmal röntgen, mit einem guten Befund abschließen können. Dann könnten wir Sie mit gutem Gewissen entlassen. Was zur Folge haben wird, dass hier endlich wieder eine gewisse Ordnung einkehrt. Einfach so, als hätte es nie eine Art von, nennen wir es, Durcheinander gegeben. Noch etwas, Frau Sommer, ich bitte Sie höflichst darum, dass Elli so lange dem Krankenhaus fernbleibt.«

Ohne mich weiter zu beachten, gingen die beiden. Sie hinterließen bei mir unmissverständlich den Eindruck, als bereitete es ihnen eine große Freude, mich zu entlassen. Verstehe die Situation mal wieder, wer will. Elli löste eine Unruhe nach der anderen aus und wer bekam den Ärger? Ich!

Die Superfreundin ist nie da, wenn es darum ging, die Suppe gemeinsam auszulöffeln.

Unmöglich, hier einen klaren Kopf zu behalten. Diese Nachricht von John machte es nicht besser. Liebe – wie konnte es zwischen uns beiden Liebe sein, wenn wir noch keine fünf normalen Sätze miteinander gesprochen hatten? Mein Aussehen war es nicht. Die meiste Zeit hatte er mich als nicht adrett angezogen oder frisiert gesehen. Oh ja, er sah unverschämt attraktiv aus. Demgegenüber ähnelte mein Äußeres eher dem einer grauen Maus.

Auf irgendeine Weise wurde mir unwohl in der Magengegend, als drückte mich jemand an die Wand. Geht es nicht normalerweise in etwa so: sich sehen, flirten, reden, sich treffen, erster Kuss, verlieben? Genaugenommen hatte John all diese Punkte übersprungen. Es waren so wenige Zeilen in seinem Brief, doch sie warfen doppelt so viel Durcheinander in meinen Kopf.

»War ich hoffnungslos verknallt und unsicher?«, fragte mich mein Inneres skeptisch. Ohne es zu wollen, nickte mein Kopf. Ja. Jetzt blieb mir die Sprache weg. Mein Hals trocknete aus und ich bekam vor mir selbst Angst. Mein Kopf nickte mir zu. »Echt, war es schon so weit?«, flüsterte eine innere Stimme mir zu. Bis hierhin und keinen Schritt weiter, dachte ich mir. Ich stellte den Fernseher an, machte mich genüsslich über mein und Ellis Brötchen her, welche sie bei ihrer Flucht hier liegen gelassen hatte. Lisbeth backte die besten Käsebrötchen. Ihre Äpfel waren eine Gaumenfreude – süß und knackig, voll im Geschmack, aus ihrem eigenen Garten.

Im Grunde genommen lief es doch in die richtige Richtung. Mein Aufenthalt verkürzte sich um vier Tage. John hatte sich in mich verliebt, auch wenn mir alles noch ein wenig gewöhnungsbedürftig erschien. Es würde in den nächsten zwei Tagen keine weiteren Katastrophen geben. Gut, dass wir noch telefonieren durften. Zwei Tage ohne Elli waren wie Kino mit Popcorn und Cola, aber ohne Film. Mein Tag lief vor meinem inneren Auge rückwärts ab.

Unbewusst spielte ich mit dem Ring von Lena, der seitdem an meinem Finger steckte. Am nächsten Tag würde ich mich ausführlicher über die Familie Sander erkundigen.

Vor lauter Gedanken und voller Erlebnisse schlief ich einfach ein und erwachte erst mit einem heftigen Schrecken am nächsten Morgen, als unser Briefträger regungslos neben meinem Bett stand und mich einfach anschaute.

»Guten Morgen, Leni. Bist du jetzt munter? Oder noch nicht so wirklich?«, fragte er so ruhig und gelassen, als sei es das Normalste auf der Welt, dass der Postbote neben einem stand, wenn man aufwacht.

Sein Ziel war erreicht. Ich war putzmunter. So viel zum Thema, keine Unruhe mehr während meines Aufenthalts im Krankenhaus. »Wilhelm, versuch mir einfach kurz und bündig zu erklären, was du hier machst!«

»Kurzfassung: John hat mich in der Früh angerufen, weil er dich telefonisch nicht erreichen konnte. Da er es nicht für die beste Idee hielt, bei Olga nachzufragen, informierte mich dein Freund.« »Okay, Wilhelm, mein ›Freund‹ informierte dich, meinen Briefträger, dass er über alles Bescheid weiß, was hier passiert ist, eingeschlossen Olga. Du bist jetzt hier und willst überprüfen, warum mein Telefonanschluss nicht funktioniert. Um eins klarzustellen, er ist nicht mein Freund. Es wäre nett, wenn nicht die Hälfte der Bürger von Dornenstein mehr über mich erfahren würde, als ich selbst über mich weiß«, zischte ich zickig, wobei meine Augen dem Telefonkabel vom Gerät bis zur Wand neugierig folgten.

Jetzt war wieder einer dieser Momente, wo der Morgen bereits für den ganzen Tag ausreichte. Das Kabelende befand sich nicht in der Steckdose. Eins war mir bewusst: Diese Krankenschwester brachte mich um das letzte bisschen Verstand, wenn überhaupt noch welcher vorhanden sein sollte.

Vor der Tür hatte Olga bestimmt ausgiebig gelacht und sich bildlich vorgestellt, wie ich auf Ellis Anruf wartete. Oha, meine Laune sank von Minute zu Minute. Es fühlte sich an, als würde ein Vulkan in mir brodeln. Bleib ruhig, Leni. Alles ist gut, sprachen meine Gedanken mit mir selbst. Höflich bat ich Wilhelm, den Stecker in die Dose zu stecken. Und nachdem alles wieder in Ordnung war, klingelte auch gleich das Telefon.

Die Tür öffnete sich und Helga betrat kopfschüttelnd das Zimmer, stellte mein Frühstück auf das Schränkchen neben mir ab und genauso, wie sie gekommen war, entfernte sich Helga auch wieder, ebenfalls mit Kopfschütteln. Wilhelm schloss sich ihr an. Als ob das nicht genug wäre, schüttelte auch er mit dem Kopf. Als ob sich mein Briefträger fragen würde, was bei mir nicht stimmte.

»Hallo Leni, hörst du mich nicht?«, forschte Elli am anderen Ende nach. »Doch«, erwiderte ich, »ich bin jetzt dran,

Elli. Du glaubst nicht, was hier schon alles passiert ist, obwohl du noch nicht einmal anwesend bist. Mein Chaos im Kopf ist sogar schon vor mir aufgestanden. Jetzt versteht es sich selbst nicht mehr.« Haargenau berichtete ich von der ersten Minute meines Wachwerdens bis zu dem Zeitpunkt, als das Telefon klingelte. Es herrschte Schweigen auf der anderen Seite, bis sich die Zunge meiner Freundin löste.

»Warum denkt John, er sei dein Freund? Oder läuft da etwas, von dem ich als deine beste Freundin, mit der du sonst alles austauschst, nichts weiß?« »Es gibt nichts, was du nicht weißt, Elli. Genaugenommen befürchte ich, dass halb Dornenstein mehr weiß als wir. Nur das Wissen, dass übermorgen meine Geschichte im Krankenhaus endet, lässt mich ruhig bleiben. Auf keinen Fall werde ich das Bett verlassen. Die negativen Schwingungen hier im Raum kann man förmlich riechen. Meine Pinsel werden erst zu Hause zum Einsatz kommen. Sicher ist sicher. Das Gemälde muss warten.« »Leni, wie und wann kommst du am Mittwoch nach Hause?«, unterbrach mich meine Freundin. »Meine Eltern holen mich mittags ab. Wir werden gemeinsam bei Peppone eine Pizza essen. Komm doch mit. Das wird bestimmt lustig. Danach könntest du mir zu Hause etwas helfen. Dann hätten wir endlich einmal Zeit, um in Ruhe über alles zu reden. Ohne zusammenzuzucken, wenn die Tür aufgeht. Na, was hältst du davon?«

»Super, passt wie die Faust aufs Auge. Bei mir werden die Fäden am Mittwoch erst gezogen. Dr. Hase meint, bei meiner unruhigen Art würde er sie am liebsten noch länger drin lassen. Dann könnte es aber passieren, dass sie anwachsen. Weißt du, Leni, mich beschleicht immer mehr so ein Gefühl im Bauch, als könnten die nicht mit Menschen wie wir es sind umgehen. Dass das Chaos in deiner Birne nicht mehr klarkommt, ist doch nur verständlich. Halte durch, Kleines. Frühstücke erst einmal, bevor Helga kommt und das Tablett abräumt«, bemerkte sie fürsorglich.

Damit konnte sie recht haben und wir verabredeten, am Abend noch einmal miteinander zu telefonieren. Abgelenkt von meinem knurrenden Magen, ließ ich mir mein dürftiges Frühstück schmecken. Von dem Vorhaben, nicht einen Fuß vor das Bett zu setzen, konnte mich keiner abbringen. Die einzige Ausnahme bestand darin, kurz ins Bad und gleich wieder ins Bett zu gehen. Der Fernseher lief den kompletten Tag durch, meine Hand beförderte eine Praline nach der anderen aus dem recht großen Vorrat in meinen Mund, wobei sich eine nicht unerhebliche Menge Verpackungsmaterial auf der Bettdecke ansammelte.

Olga brachte misstrauisch mein Abendbrot und die negativen Schwingungen verdoppelten sich. Es war, als könnte ich sie sehen und schmecken. Automatisch drückte sich mein Körper noch fester in die Matratze und zeitgleich zog meine gesunde Hand die Decke bis zum Kinn, als wäre sie mein letzter Schutz. Die Schwester schaute erst mich an, dann schweifte ihr Blick zu meinem Müll auf der Decke, stellte das Tablett auf das Schränkchen und fing so herzhaft an zu lachen, dass mir noch unheimlicher wurde. Jetzt erreicht die Bettdecke meine Augen, noch ein Stück höher und es wäre dunkel um mich.

»Olga, egal, welche Katastrophe hier heute vorgekommen ist, ich war es nicht, ausgeschlossen, Elli hat keinen Schritt ins Krankenhaus gemacht. Ich war nur hier, nicht einmal draußen, ich schwöre es dir!« Nun lachte sie noch mehr. Es dauerte einige Zeit, bis Olga sich wieder beruhigt hatte. »Weißt du, Leni, du und Elli habt uns hier alle richtig auf Trab gehalten. Wenn auch die Ratte genauso schnell wieder verschwunden ist, wie sie gekommen war, hat das Tier doch seine Spuren hinterlassen. Würde ich behaupten, ihr seid unauffällig, bekäme mein Gesicht eine lange Nase und der Rest des Körpers hätte so kurze Beine, dass die Hände den Boden von allein berühren würden. Das wiederum hat uns später zum Lachen gebracht. Manche hatten am nächsten Tag Muskelkater im Bauch. Das heißt nicht, dass hier jemand vom Personal unbedingt traurig ist, wenn du uns etwas früher verlässt. Und es war mir ein Vergnügen, deinen Telefonanschluss zumindest für eine Nacht zu unterbrechen. Die Auszeit tat dir unter Garantie gut. So, das war's. Du kannst unter deiner Decke hervorkommen und dein Abendessen genießen. Bevor es in Vergessenheit gerät, morgen früh kommt die Visite. Einer von den Ärzten wird die Fäden ziehen und davor geht es zum Röntgen. Sei bitte pünktlich um neun Uhr fertig zum Abholen. Gemeint ist damit auch Zähneputzen, Wasser ins Gesicht und einmal die Bürste durchs Haar schwingen lassen. Gute Nacht und schlaf gut«, sagte Olga, fast nett, noch beim Rausgehen.

Sofort glühte die Leitung zu Elli, bis ins kleinste Detail wurde alles berichtet, auch dass eine sehr nette Krankenschwester mir eine gute Nacht gewünscht hatte. Da unterbrach meine Freundin mich, kaum hörbar. »Nein, Hase, könnte es nicht eher sein, dass deinem Essen etwas untergemischt wurde, das Halluzinationen hervorruft? Olga ist nicht nett, niemals wird es jemand erleben, dass ihre Erscheinung nicht bedrohlich wirkt«, betonte Elli und schwieg.

Wenn wir auch nur telefonierten und keiner den anderen sah, spürte ich, dass Unbehagen in ihr herrschte. Nur noch ein recht belangloses Gespräch mit einem kurzen »Bis dann« folgte. Meine Stimmung kippte. Ohne nachzudenken, zog ich die Schublade am Nachtschränkchen auf, nahm die kleine rote Schatulle heraus und öffnete den Deckel. Kaum fing die Melodie ›Weißt du, wie viel Sternlein stehen‹ an zu spielen, schon machte sich der Ring am Finger bemerkbar. Eilig verschloss ich das Kästchen und legte es zurück. Nein, heute kamen keine neuen Gedanken dazu. Ich war konfus genug. Nur John wollte nicht weichen. Meine Sehnsucht nach ihm war fast unerträglich. Trotz der Horde wilder Ameisen im Bauch und seinem Bild, das bildlich vor mir erschien, siegte die Müdigkeit.

Gut riechender Kaffeeduft lag in der Luft. Eine angenehme Ruhe herrschte im Zimmer, als meine Augen sich wieder öffneten. Helga ermahnte mich grinsend beim Gehen: »Denk daran, in einer Stunde geht es runter zum Röntgen.« »Versprochen, Helga!«, rief ich ihr hinterher. Diesmal war der Teller liebevoll angerichtet: zwei Brötchen mit allem Drum und Dran. Besser als in den letzten drei Tagen. Dazu gab es zwei Schnitten Brot, Butter, eine Scheibe Käse – ach ja, da war noch etwas, Marmelade, genau genommen Zitronengelee. Aber okay, die Strafe aus der Küche, nicht wirklich nett, kam aber klar und deutlich rüber. Kein langes Herumbummeln, Leni, redete ich mir zu. In einer nicht zu übertreffenden Schnelligkeit hatte ich alles erledigt und wartete auf Helga, die wie aus dem Nichts an meiner Seite stand.

Beim Röntgen schmerzte meine Schulter ein wenig, aber nicht weiter schlimm. Die Visite stand schon wartend im Zimmer, als Helga mich zurückbrachte.

TRAURIGE HEIMKEHR

Dr. Herschelmann fragte nach meinem Befinden und ob ich noch Schmerzen hätte, was ich verneinte. Dr. Klein schaute sich mit Dr. Hase hoch konzentriert die Röntgenbilder auf einem Laptop an und Dr. Herschelmann betrachtete in der Zeit meine Narbe an der Schulter. »Sieht sehr gut aus, verheilt so, wie es sein sollte«, stellte er zufrieden fest und fing an, mir die Fäden zu ziehen. »Wenn jetzt die Bilder noch vollständig ausgewertet werden, können Sie morgen nach Hause, Frau Sommer. Aber nur unter der Voraussetzung, dass Sie sich schonen.«

Die anderen beiden Ärzte nickten. Jetzt übernahm Dr. Hase das Wort: »Wir werden Sie morgen nach dem Frühstück entlassen – jedoch unter Vorbehalt –, weiterhin mit einer Schiene für den Arm und einer Schlaufe für die Schulter. Mein Kollege hat recht. Sie sollten sich ausruhen und nicht überanstrengen, Frau Sommer. Wir wünschen Ihnen alles Gute und hoffen, dass Sie unser Krankenhaus nicht so schnell wieder beehren müssen.«

Na, das war echt nett. Unschuldig verurteilt. Elli sollte echt mal an sich arbeiten. Dann würde es unter Garantie ruhiger in meinem Leben. Glücksgefühle durchströmten mein Inneres, als mir wieder einfiel: Nur ein Tag noch. So gut es ging, versuchte ich alles zu packen, was nicht mehr benötigt wurde. Genau richtig kam meine Mama herein. Sie übernahm ab jetzt den Rest. So gut wie fertig, öffnete Mama die Schublade des Schränkchens, um dort auch alles zu sichern. Da fiel ihr die Schatulle in die Hände. Kurz blieb sie unbeweglich stehen, machte dann aber weiter, als sei nichts gewesen und legte alles, was in der Schublade lag, in eine Tasche.

»Mama, du glaubst nicht wirklich, wie sehr ich mich auf die Pizza von Peppone und auf Papa freue. Elli wird uns begleiten und mir hinterher zu Hause helfen. Ihre Fäden werden morgen gezogen. Vielleicht kann sie gleich mit uns fahren. Was meinst du, ist das in Ordnung?«, forschte ich nach. Es lag mir auf der Zunge zu fragen, weshalb sie immer so emotional auf die Schatulle reagierte, doch kam kein Wort dazu über meine Lippen.

»Ja, das wäre schön, Leni. Es erwartet dich noch eine Überraschung bei Peppone«, erwähnte sie beiläufig, als sei sie abwesend, so leise und in sich gekehrt, dass ich nun die Gewissheit hatte: Hier stimmte etwas nicht. »Mama, du und Papa, ihr seid so lieb. Eine Überraschung für mich? Komm schon, gib mir einen Tipp. Bis morgen ist es noch so lange hin«, erwiderte ich zuckersüß, sodass es ihr ein kleines Lächeln entlockte. »Leni, wenn du es jetzt erfährst, ist es keine Überraschung mehr. Glaub mir, du wirst dich freuen. Es wird Zeit zu gehen, dein Papa wartet im Büro auf mich, mit nicht wenig Arbeit. Kleines, setz dich in den Park. Die Sonne scheint und es ist warm. Das tut der Seele gut. Papa holt dich vor dem Mittag ab. Bis du fertig bist, ist er da. Deine Sachen nehme ich gleich mit und fahre alles zu dir nach Hause. Dadurch wird es morgen einfacher. Bis dann, Leni. Ich habe dich sehr lieb.«

Minutenlang hielt sie mich fest in ihren Armen, dann ging sie. Zurück blieb ein eigenartiges Drücken im Magen. Der Ring von Lena, der wirklich jedem auffiel, wurde von ihr nicht beachtet. Sehr ungewöhnlich, denn eigentlich wusste sie sofort, wenn etwas Neues mich begleitete. So betrübt war ich lange nicht mehr. Auch eine Überraschung schaffte es nicht, mich aufzuheitern. Erst glücklich, zehn Minuten später traurig. Wie ich mit mir noch klarkommen konnte, keine Ahnung. Noch nie habe ich Mama so verletzlich erlebt.

Mir würde es erst einmal reichen, wenn meine Freundin bei mir wäre, um mich wieder auf ›normal‹ einzustellen. Gerade als meine Hand nach dem Telefonhörer greifen wollte, klingelte es. Einfach eine geniale Gedankenübertragung!

»Na, Hase, tat es sehr weh, als dir die Fäden entfernt wurden?«, fragte Elli wie aus der Pistole geschossen. »Nein, es hat etwas gezogen, aber richtig wehgetan hat es nicht. Wärst du doch nur hier, ich weiß nicht mehr, wohin mit mir. Du wirst es nicht glauben, meine Eltern haben anscheinend ein dunkles Geheimnis.«

»Schau mal aus dem Fenster!«, unterbrach mich meine Freundin, die draußen im Park stand und winkte. »Meine Anwesenheit ist nur im Krankenhaus unerwünscht, doch hier ist es außerhalb. Also hopp, hopp.« Fünf Minuten später saß ich neben ihr auf der Bank und wir unterhielten uns über alles, was so passiert war.

»Echt jetzt, Leni? Denkst du das wirklich? Deine Eltern sind genaugenommen keineswegs Menschen, die Unheimliches zu verbergen haben. Hase, könnte es sein, dass deine Fantasie mit dir durchgeht? Verständlich, wenn dein Gehirn beim Fahrradsturz etwas verrutscht ist. Hör auf, über die zwei nachzudenken. Mit was wollen sie dich denn nur überraschen? Ich verstehe jetzt aber auch nicht, warum mir keiner was gesagt hat. Sie können doch sonst auch nichts für sich behalten. Okay, vielleicht hast du recht und wir sollten versuchen, der Wahrheit auf den Grund zu gehen, auch wenn es unmöglich erscheint.«

»So sehe ich das auch, Elli. Jetzt mal echt im Ernst, John meldet sich auch nicht mehr. Erst das Herz, sein liebevoller Brief an mich, der Ring, seine eng anliegenden Hemden, die mich um meinen letzten Verstand bringen, sein Blick, der mich jedes Mal dahinschmelzen lässt, wie Butter in der Sonne – wie in einem Roman. Die Nummer meines Handys, das immer griffbereit parat liegt, kennt er auch. Nicht eine WhatsApp. Wenn sich so seine Liebe anfühlt, lässt es mich nachdenklich werden, ob das alles hier nicht ein schlechter Scherz ist. Die Zweifel meinerseits werden immer stärker. Könnte auch sein, dass ich zu viel von ihm erwarte. Vielleicht ist meine Sehnsucht nach Liebe doch nicht so greifbar nah, wie mein Herz es sich erhofft hatte.«

»Warte, Leni. Das könnte es vielleicht sein. John – ja, die Überraschung für morgen. So wie er mit unserem Postboten Wilhelm, seinem neuen Freund oder Informanten,

Kontakt hält, weiß er Bescheid. Denk mal darüber nach, ob er nicht auch mit deinen Eltern in Verbindung stehen könnte. Wundern tut mich nichts mehr bei der Familie Sander. Else hat doch auch schon einmal mit ihm telefoniert. Trotzdem, merkwürdige Sachen gehen hier vor und weder du noch ich können irgendwie klarsehen.«

Nun saßen wir beide eine halbe Ewigkeit stumm nebeneinander auf der Bank und reckten den Kopf der warmen Sonne entgegen. Vogelgezwitscher erklang neben uns im Baum, so schön und klar, als würden sie eine Geschichte über die Liebe singen, die ohne Umwege mein Herz erreichte, anscheinend auch das meiner Freundin. Man könnte behaupten, wir wären einfach mal wieder tiefenentspannt, genau wie noch vor ein paar Wochen, bevor mich der Brief von Horst Sander erreichte.

Leider sollte sich dieses Wohlbefinden umgehend in Luft auflösen. Eine Hand legte sich von hinten auf meine Schulter und gleichzeitig vernahm ich Helgas Stimme, die redete, als würde sie keine Luft zwischen den Wörtern holen. »Frau Sommer, wir suchen dich überall. Kannst du nicht mal Bescheid geben, wenn du die Station verlässt, um dich hier mit deiner Freundin zu treffen? Dein Essen wird kalt sein, bevor du die Gabel in der Hand hältst.«

Vom Schock erholt, standen wir zwei stramm vor unserer Krankenschwester. Diesmal lachte Elli aus vollem Herzen los, wobei sie mal wieder versuchte, ihre Brille unter Kontrolle zu bringen. Mein Kopf hatte bestimmt schon die Farbe einer Tomate. Trotzdem versuchte ich mich mal wieder aus der Atmosphäre zu ziehen.

»Helga, Mama hat schon einige Sachen geholt. Sie meinte, dass es nicht schaden könnte, mal an die frische Luft zu gehen. Es war beileibe reiner Zufall, unser Zusammenkommen.« Elli und ich saßen still nebeneinander, so als würde keine die andere kennen. »Wie du bemerkt hast, ist nichts passiert. Im Gegenteil, die Ruhe tat meinem Körper und meinem Inneren unbeschreiblich gut.«

»Na, dann los jetzt, Leni. Eins muss man dir lassen: Im Ausredenerfinden bist du die Nummer eins, einfach unschlagbar in diesem Bereich. Von wegen ›Meine Mama hat zu mir gesagt: Geh mal raus in den Park‹ «, tadelte mich Helga und begleitet mich zurück auf die Station.

»Selbst wenn man die halbe Wahrheit sagt, glaubt einem keiner«, flüsterte ich, aber anscheinend doch noch laut genug für Helga, um es zu hören. »Vorsicht, junges Fräulein. Auch die halbe Wahrheit ist nicht die ganze Wahrheit«, ermahnte sie mich und hielt mir die Zimmertür auf, die sich gleich wieder hinter mir schloss.

Jetzt erreichte auch mich die Erkenntnis: Nur mit Ehrlichkeit kommt man durchs Leben. Gut, wenn es sein musste, dann eben keine Notlügen mehr. Nicht mal die kleinste würde ich mehr benutzen. Beizeiten musste das auch Elli mal jemand erklären, natürlich ruhig und schlicht, damit sie es auch verstand. Meine Spaghetti waren kalt, doch das war mir gleichgültig. Mich bewegte nur eins: Konnte es wirklich sein, dass John morgen Mittag bei Peppone saß und auf mich wartete?

Egal, was für Geheimnisse im Raum standen, meine Gefühle fuhren Achterbahn. Eine Bremse gab es nicht. Gut, dass ich nicht wusste, was mich am nächsten Tag erwartete. Es sollten wieder mal unglückliche, nicht voraussehbare Situationen entstehen, die dann zu einer Kette von Missverständnissen führen sollten.

Jeden Tag treffen Menschen Entscheidungen, spontan oder gut überlegt, doch sind Entscheidungen erst einmal gefallen, kommt es selten vor, dass man sie noch einmal ändert und sie werden uns lenken in dem, was wir tun oder nicht tun. Leider sind meine Entscheidungen, auch wenn sie nicht wirklich verkehrt sind und oft spontan getroffen werden, nicht immer die besten.

Die letzten Stunden hier im Krankenhaus zogen sich wie Kaugummi, wie freitags kurz vor Feierabend. Endlich weckte mich die Sonne in Begleitung von Vogelgezwitscher, mein Elan sprühte nur so aus mir heraus. Schon vor dem Frühstück kümmerte ich mich um mein Äußeres. John sollte aus dem Staunen nicht herauskommen, auch wenn es mit der Schulter und dem Arm ab und zu schmerzte, wie beim Haarewaschen oder Rock anziehen. Ich gab alles und ja, das Endergebnis ließ mein Spiegelbild über beide Wangen lächeln. Damit konnte man zufrieden sein. Noch etwas Wimperntusche und ein dezenter Lippenstift rundeten das Gesamtbild ab.

Meine Nervosität stieg von Stunde zu Stunde. Ob er mich in den Arm nehmen würde, wenn wir uns begrüßten? Wird er mit seiner Hand durch mein Haar streifen, meine Lippen mit einem Kuss berühren, so wie es immer im Kino ablief? Meiner Fantasie waren gerade keine Grenzen gesetzt, beim Träumen verging die Zeit wie im Flug.

»Von wegen, Leni, Fäden ziehen tat nicht weh. Es hat sich angefühlt, als wollte Dr. Hase meine Haut gleich mit abziehen«, klagte Elli, während sie schimpfend in mein Zimmer trat und mir ihre Narbe zeigte. Aus einem winzigen Loch, wo sich vorher ein Faden befunden hatte, lief ein noch kleinerer Blutstropfen. »Nicht mal ein Pflaster war auf die Wunde geklebt worden. Der Arzt hat nur etwas Desinfektionsmittel darauf gesprüht, was natürlich saumäßig gebrannt hat, aber ich zuckte nur leicht zusammen. Daraufhin konnte ich mir gleich hören, wie tapfer du warst und dass deine Verletzungen ja auch um einiges ausgeprägter waren. Komm, Hase, wir verlassen das Irrenhaus hier. Wie wäre es mit einem Kaffee draußen vor der Cafeteria?« Elli hatte oft gute Ideen, also stimmte ich zu. Heinz brachte uns zwei Eiskaffee an den Tisch, die locker zwei Kugeln Vanilleeis mehr hatten als sonst. »Ich gehe wohl lieber noch einmal für kleine Mädchen, bevor deine Eltern kommen. Es könnte sein, dass Jens auf dem Weg zu einem Kunden hier vorbeifährt und anhält. Gib ihm einen fetten Kuss von mir. Erzähl ihm aber auch, wie grausam es bei Dr. Hase war.«

So kam es auch. Elli ging in Richtung Toilette und Jens hielt in der Parklücke keine fünf Meter vom Tisch entfernt. Wir gingen aufeinander zu und drückten uns liebevoll, so wie wir es schon seit Kindertagen taten. Schon im Kindergarten wollte er Elli heiraten. Die beiden sind, seit ich denken konnte, einfach unzertrennlich, das absolute Traumpaar. Man könnte behaupten, wir drei hätten eine vertrauensvolle Freundschaft.

Er strich mir durchs Haar, wobei er schmunzelte und fragte, für wen ich mich so schön gemacht habe. Wenn es Jens schon auffiel, sollte es John auch auffallen. Dass John längst meine Aufmerksamkeit hatte, war mir nicht bewusst. Da fiel mir der Auftrag von Elli ein: Erst erzählte ich die Story, wie rücksichtslos Dr. Hase sie versorgt hatte, dann folgte ein liebevoller Kuss auf den Mund. »So, die Aufträge deiner Frau sind erledigt.« »Aha, wenn ich euch nicht kennen würde, könnte man fast glauben, ihr wärt ein glückliches Paar«, vernahm ich die Stimme meiner Freundin hinter mir. Jens umarmte sie und flüsterte, dass nur sie seine Prinzessin sei. Dann musste er weiter und wir nahmen wieder Platz.

Meine Eltern waren eigentlich immer pünktlich. Es war schon halb eins, zwanzig Minuten drüber. »Da wird doch nichts passiert sein«, äußerte ich mich. Im selben Moment kam eine WhatsApp-Nachricht auf mein Handy. Sie war von meiner Mama. »Leni, es gibt eine kleine Planänderung. Gleich wird euch ein Taxi abholen und zu Peppone bringen. Es tut mir leid.«

Kaum hatte ich die Nachricht gelesen, hielt das Taxi neben uns. Nachdem Elli von mir aufgeklärt worden war, stiegen wir wortlos ein und sahen uns nur fragend an. Die Fahrt zur Pizzeria dauerte höchstens fünfzehn Minuten. Als wir ankamen, saßen meine Eltern draußen, geschützt an einem überdachten Tisch. Bei der Wettervorhersage wurde Regen angekündigt, aber daran glaubte niemand, weil der Himmel so klar und schön aussah. Wir gesellten uns zu meinen Eltern. Sofort fiel mein Blick auf das fünfte Gedeck auf dem Tisch. Mein Herz schlug so schnell und laut, dass ich Angst bekam, es könnte noch jemand außer mir hören. »Na, Mama, kommt noch jemand? Meine Überraschung?«, fragte ich vorsichtig nach. »Genaugenommen sollte hier jemand sitzen, der dich überraschen wollte«, antwortete mein Papa mit einem kleinen Grinsen, als sei es ihm recht, dass es so gekommen war. Mama wirkte auch fast erleichtert. Sofort kam Unbehagen in mir hoch. »Also, Leni, John dachte sich, er holt dich und Elli vom Krankenhaus ab. Doch plötzlich kam ein Telefonat von ihm, dass etwas dazwischengekommen sei. Er hat sich leicht verstört, irgendwie mitgenommen angehört. Wir sollen dich grüßen. Er würde sich wieder melden, mehr wissen wir auch nicht«, betonte Mama, als wüsste sie doch mehr.

Gerade, als ich mehr wissen wollte, kam Peppone an unseren Tisch, freute sich uns zu sehen, betrachtete ausgiebig meine Verletzung und Ellis Narbe am Arm. »Na, ihr zwei. Ihr haltet Dornenstein ja echt auf Trab. Schade, dass John nicht gekommen ist. Er ist ein netter Mensch. Meine Pizza schmeckt ihm richtig gut. Kein Vergleich zu Pizzen in Berlin, ist seine Meinung. Na, Leni, war das ein schöner Tag, als wir alle versammelt mit Fahrrad im Park der Klinik standen?« »Peppone, es tat so gut, euch alle zu sehen. Und das mit dem Fahrrad, war mehr als nur lieb«, bedankte ich mich mit einer Umarmung. Dann gaben wir unsere Bestellungen auf. »Ich muss kurz mal zur Toilette. Ich bin gleich wieder da«, sagte ich und verschwand. Da war sie wieder, meine innere Unruhe. Es gab keinen Grund zur Hoffnung, dass John Sehnsucht nach mir empfand. Sonst wäre er hier und würde mit mir essen. Meine Tränen spiegelten meine Seele, die sich anfühlte, als stocherte jemand mit einem Messer in ihr herum.

GEHEIMNISSE

»Wieso hat John mich nicht angerufen? Es ist, als würde eine Mauer zwischen uns stehen.« Mein Spiegelbild antwortete nicht. Ich hielt meine Hände vors Gesicht und mein Weinen wurde heftiger. Während ich immer noch abwesend war, unterhielt sich Elli mit meinen Eltern. »Das ist aber schade, dass John nicht gekommen ist«, begann meine Freundin das Gespräch. »Ja, das finden wir auch. Vielleicht ist es aber auch besser so. Keiner kennt ihn eigentlich. Sein Papa, Horst Sander, und er sind so vertraut mit unserer Leni. Warum eigentlich?«, fragte Otto nach, als wäre es ihm gar nicht recht.

»Eure Tochter hatte den Eindruck, es hätte sein können, dass er sich in sie verliebt hat. Auf jeden Fall besteht ihrerseits ein wenig Interesse an ihm. Ihr habt doch auch Kontakt zu ihm. Man hätte denken können, dass ihr ihn auch sympathisch findet.« »Ja, ja, John ist ein netter Mann«, bestätigte Otto. »Aber wie gesagt, so genau kennen wir ihn ja auch nicht. Das Einzige, was wir sehen, ist, dass Leni nicht ausgesprochen glücklich erscheint. Das macht uns Sorgen.«

»Schau bitte mal nach ihr. Die Pizza kommt gleich«, bat Else nun Elli. Während meine Freundin sich auf den Weg zu mir machte, erfrischte ich mein Gesicht mit Wasser. Es sollte niemand meine verheulten Augen sehen.

»Hase, da bist du ja. Deine Eltern machen sich schon Sorgen um dich. Ach, komm mal her«, sagte Elli, wobei sie mich in den Arm nahm. „Los jetzt, verzehren wir die beste Pizza auf dieser Welt. Und dann sofort nach Hause und reden. Deine Eltern verhalten sich jetzt schon auffällig unruhig.« Ich nickte und versuchte mich zu sammeln.

»Kommt, die Pizza steht schon auf dem Tisch«, sagte Mama, als sie uns sah. So recht wollte mir der Appetit nicht kommen, der Kloß im Hals ließ sich auch nicht mit Cola herunterspülen. So blieb mehr als die Hälfte auf dem Teller liegen. Es kam auch kein richtiges Gespräch mehr zustande. Doch bemerkte ich, dass Mama immer wieder meinen Ring am Finger anstarrte, als würde er sie stören.

Nachdem alle fertig waren, kam Peppone an den Tisch, um abzuräumen. »Was ist los, Leni? Großen Hunger hattest du wohl nicht, oder hat es dir nicht geschmeckt?« »Doch, doch, lecker wie immer. Aber mein Frühstück war heute etwas später. Sei bitte so nett und pack die Hälfte ein, ich werde sie mitnehmen«, erklärte ich ihm. Mein Papa bezahlte, bedankte sich und dann fuhren wir gemeinsam zu mir nach Hause. Beim Verabschieden erwähnte Papa, dass sie beruflich mindestens eine Woche in Bayern sein würden. »Also pass gut auf dich auf. Wenn etwas ist, melde dich bei uns«, sagte er. Mama drückte mir noch einen Kuss auf die Wange, bevor sie losfuhren.

Na großartig, jetzt erzählten mir meine Eltern zwischendurch, einfach so, dass sie eine Zeit lang abwesend waren. Sonst hatte Papa immer bis ins Kleinste berichtet, wenn er auf Reisen ging. Jetzt wurde ich schon vor der Wohnung abgesetzt, noch nicht einmal mit reingekommen sind sie. Unbeweglich und in Gedanken stand ich immer noch vor der Wohnungstür.

»Komm, Leni, Krümmel wartet auch auf dich«, forderte Elli mich auf und nahm den Schlüssel, um die Tür zu öffnen. »Hör zu, nimm dein Handy in die Hand und schreib ihm. Wo ist denn dein Problem, Hase? Weißt du, was man einmal als kostbar empfunden hat, kann schnell seinen Wert verlieren. Verschaff dir Klarheit!« Immer noch mit einem Kloß im Hals begrüßte ich Krümmel, der sich so sehr freute, dass er nicht aufhörte, sich an mich zu kuscheln, wobei er leise Geräusche wie ein zufriedenes Schnurren von sich gab. Zumindest einer, der mich lieb hatte. »Komm, steh auf und schreib John eine WhatsApp. Wo ist meine sonst so glückliche, unbeschwerte, witzige Weggefährtin? Jetzt ist Schluss, das kann man sich ja nicht mehr mit ansehen«, bemerkte Elli. Sie hatte einfach recht. Also schnappte ich mir das Handy und meine Finger tippten eine Nachricht:

Hallo John,
in deinem Brief hast du von Liebe auf den ersten Blick geschrieben. So war es jedenfalls bei mir. In deinen Zeilen stand, wie schön du mich findest, wie sehr dir mein Charakter zusagt. Jetzt verstehe ich den Abstand nicht wirklich. Kein Telefonat, keine Nachricht. Daran zu denken, vielleicht nie wieder in deine Augen zu schauen, betrübt mich. Denn alles in mir, liebt alles an dir.
LG Leni

Es tat gut, auch wenn mir wieder Tränen kamen. Aber nun war es raus, es gab kein Zurück mehr. In ein paar Sätzen, einer kurzen Nachricht, offenbarte ich ihm meine Liebe. Minuten später ärgerte ich mich über den letzten Satz:

Alles in mir liebt alles an dir. Wieder einer dieser Momente, die mich verunsicherten.

Okay, meine Oma hatte mal zu mir gesagt: »Mädchen, schau nie zurück, schau immer nur nach vorne.« Oma Rosa hatte ständig gute Weisheiten. Schade, dass wir sie so selten in Dänemark besuchten. Vor vier Jahren kamen Oma Rosa und Opa Karl, der nicht der leibliche Papa meiner Mama war, zum letzten Mal zu Besuch. Meine Eltern und sie hatten nicht das beste Verhältnis.

Oma war die Mutter meiner Mama. Jetzt wurde mir erst richtig bewusst, dass auch sie ein Geheimnis verbargen. Noch ein Geheimnis mehr. Meine Erkenntnisse ließen mich innerlich an mir zweifeln. »Klar, Leni, deine Oma ist auch noch darin verwickelt«, sprach ich kurz zu mir selbst und schob all diese unerfreulichen Gedanken beiseite.

Mama hatte meine Kleidung schon gewaschen und ordentlich in den Schrank gelegt. Mein Kühlschrank war mit all den Lebensmitteln bestückt, die ich gerne mochte und die rote Schatulle stand im Wohnzimmer auf dem Tisch, als würde sie auf etwas warten. Ein frischer Kaffeeduft zog an mir vorbei und kurz darauf trug Elli einen Erdbeerkuchen von meiner Mama auf die Terrasse. Krümmel, der mir immer noch folgte, krabbelte an meinem Bein hoch, weil er auch etwas vom Kuchen wollte.

»Leni, muss das sein?«, beschwerte sich meine Freundin, die, auch wenn sie ihn nun mochte, so etwas gar nicht sehen konnte. »Schon gut, schenk schon mal ein, ich bringe ihn rein«, sagte ich und nahm einen kleinen Teil des Kuchens für Krümmel mit. Es ging mir besser, aber auf eine Antwort von John konnte ich lange warten. Zu meinem

Entsetzen stellten meine Augen irgendwann fest, dass ich bei WhatsApp von ihm blockiert war. »Elli, sag, dass das alles hier nur ein Albtraum ist. Gib mir einen Grund zur Hoffnung. Vielleicht brauchen wir nur etwas mehr Zeit«, bat ich meine Freundin und versuchte, mir meine Welt schöner zu reden. Aber es änderte nichts an der Tatsache, dass John, aus welchen Gründen auch immer, keinen Kontakt mehr zu mir wollte.

Faktisch war nie etwas zwischen uns gewesen und leider alles zu Ende, bevor es überhaupt einen Anfang genommen hatte. Meine Freundin versuchte mit allen Mitteln, mich zu trösten, doch bemerkte sie schnell, dass mir eher nach Alleinsein und Wunden lecken zumute war. »Wenn ich dir nur irgendwie helfen könnte, Leni. Ruf mich an, egal wann. Hase, alles wird gut. Du weißt doch, immer wenn du denkst, es geht nicht mehr, kommt irgendwo ein Lichtlein her.« Wieder lagen wir uns in den Armen und ich bedankte mich für ihre Freundschaft. Ich gab ihr noch liebe Grüße an Jens mit auf den Weg.

Nachdem Elli gegangen war, zog ich den Ring vom Finger. Es fühlte sich fast so an, als würde eine kleine Last von mir fallen. Dann legte ich ihn in die Schublade der Schatulle, die wiederum fand einen Platz unter meinem Bett, in einer großen Schachtel, in der all meine Erinnerungen lagen – die ersten Liebesbriefe, Fotos von ehemaligen Schulfreunden, eben Vergangenheit. Nun sollte auch Familie Sander meiner Vergangenheit angehören. Doch meine gegenwärtige Unruhe ließ sich leider nicht so einfach in die Schachtel quetschen.

Krümmel saß mit mir in der Abenddämmerung noch auf der Terrasse. Es herrschte eine angenehme Stille um uns herum. Stundenlang verharrte ich so, dann genoss ich die erste Nacht in meinem eigenen Bett. Beim Aufwachen zerriss es fast meine Seele. Nicht erwiderte Liebe kann man eben nicht einfach so abschütteln. Man versucht nur, mit ihr zu leben. Wie schwer es werden würde, sollte ich bald spüren.

Trotzdem stand ich auf, wenn auch sehr spät. Ich putzte mir die Zähne, kämmte gelangweilt mein Haar, zog einen Jogginganzug an und schaute in den Spiegel. »Na, Hase, verstehst du es immer noch nicht?«, sprach mein Spiegelbild mich an. »Was sich einmal wie Liebe angefühlt hat, wurde zur Lüge.« Die unterdrückten Tränen schmerzten in meinen Augen. Es tat weh, wenn man dem Herzen etwas verbieten musste, wonach es sich so sehr sehnt.

Ohne darüber nachzudenken, was ich malen wollte, holte ich meine Staffelei und eine leere Leinwand heraus und stellte sie auf die Terrasse. Meine Aquarellfarben waren schnell zusammengesucht. Alles, was wichtig für mich war, hatte seinen Platz in der Wohnung. Keine Ahnung, wie lange ich die leere Leinwand schon angestarrt hatte. Ein absolutes Desaster, wenn man wollte und nicht konnte.

GEKLAUTE KEKSE

Es war schon spätnachmittags, als es klingelte und ich aus meiner Starre aufschreckte. Ich saß immer noch so da wie Stunden zuvor, der Pinsel in meiner Hand hatte sich nicht einmal über die Leinwand bewegt. So öffnete ich widerwillig meine Haustür. Wie nicht anders erwartet, stand Elli davor, die – um es milde auszudrücken – meine Wohnung stürmte. Sofort legte sie mit einem leicht dramatischen Auftritt los.

»Mensch Leni, warum gehst du nicht an dein Handy? Vor zwei Stunden habe ich schon einmal bei dir geklingelt. Sag mal, was stimmt denn bei dir nicht? Egal, meine Wenigkeit wird dich schon auf andere Gedanken bringen.« Oh ja, das sollte sie wirklich schaffen, wenn es auch nicht so gewollt war, wie es passieren würde. Ein kleines Fiasko mit minimalen Folgen. Es wäre nicht Elli, wenn es nicht so wäre.

»Leni, schau, was ich hier habe. Ein paar Kekse, frisch gebacken. Komm, koch doch mal einen Kaffee für uns«, verkündete meine Freundin und holte einige Kekse aus ihrer Tasche, die in Zewa verpackt waren. Ein komisches Transportmittel für Plätzchen, dachte ich, doch es sollte mir egal sein. Mein Hunger tat schon fast weh und ich hatte noch nichts gegessen. Also befolgte ich wortlos ihren Wunsch und kochte Kaffee. Nachdem wir draußen saßen und uns die Kekse schmecken ließen, versuchte Elli mich zu belehren.

»Hase, ja, es ist hart, wenn dir jemand viel bedeutet, dich aber ignoriert, als würdest du für ihn nicht mehr existieren. Doch noch härter ist es, so zu tun, als wäre nie etwas passiert. Manchmal braucht das Herz mehr Zeit, um etwas zu akzeptieren, was der Kopf längst weiß. Kleines, die Welt steht dir mit all ihrem Glanz immer noch offen. Da hat sich nichts verändert.«

Tränen tropften in meinen Kaffee und ich versuchte, mich zusammenzureißen. Keine Ahnung was in mir vorging. Irgendetwas fühlte sich in mir komisch an, nicht unangenehm, eher ein Glücksgefühl, das mich aber gleichzeitig stark in den Gartenstuhl drückte. Ein Blick streifte meine Freundin, die grinsend dasaß und sich noch einen Keks schmecken ließ. Keine Süßigkeit war vor uns sicher. Bis sie dann auf die Idee kam, eine Flasche Erdbeerlikör zu holen. Die Gläser füllten sich wie von allein und unsere Laune erreichte ihren Höhepunkt.

Nachdem es draußen dunkel wurde und auch der letzte Keks verzehrt war, überlegten wir, was man noch so in Dornenstein unternehmen konnte. »Komm, Leni, lass uns dem Schwimmbad einen Besuch abstatten. Wer sollte dort schon um diese Uhrzeit sein? Oder noch besser, wir gehen zur Schule. Vielleicht kommen wir durch den Bioraum rein, du weißt schon, der mit dem separaten Eingang. Manchmal wird er nicht verschlossen. Nein, Hase, erst Schwimmbad, dann Schule. Wenn schon, denn schon. Das volle Programm.«

Also liefen wir erst Richtung Schwimmbad, das als Erstes auf unserem Weg lag. Meine Beine fühlten sich an, als wären sie aus Blei. Jeder Schritt fiel uns beiden schwer und doch konnten wir nicht aufhören zu lachen. Egal, was passierte, selbst wenn ein Frosch unseren Weg kreuzte, fielen wir kreischend um. Während Elli eine Runde schwamm, hielt ich einfach nur meine Füße ins Wasser. Mehr Mut war von meiner Seite aus nicht zu erwarten.

Die Müdigkeit breitete sich stark aus und ich legte mich rückwärts hin. Oha, so hatte mich noch nichts umgehauen.

Ein Traum wäre es, wenn mich jetzt jemand nach Hause tragen würde. Meine Freundin kam grinsend aus der Umkleide. »Leni, machst du etwa schon schlapp? Denk nicht einmal darüber nach! Auf, steh auf und weiter Richtung Schule. Du bist echt ein kleiner Jammerlappen geworden, Hase.« Nicht mehr Herr meiner Sinne, ließ ich mich nur widerwillig zur Schule mitschleifen. Elli hatte recht, der Bioraum war unverschlossen.

Der letzte Rest meines Verstandes, wenn da überhaupt noch etwas vorhanden sein sollte, wollte nur noch ins Bett. Keine Ahnung, wie lange ich auf dem Lehrerpult geschlafen hatte. Auf jeden Fall so lange, bis eine verzweifelte Stimme an mein Ohr drang und nach Hilfe jammerte. Sofort war ich in Alarmbereitschaft, wischte den Sabber vom Mund und suchte nach Elli. Sie stand vor der neuen Glastür vom Biosaal und hielt sich mit schmerzverzerrtem Gesicht und leisem Jammern die Nase. »Echt jetzt, Elli, was ist denn nun passiert? Kann man dich nicht einmal allein lassen, ohne dass gleich der Katastrophenalarm ausgelöst wird?«, fragte ich besorgt nach, denn aus ihrer Nase lief nicht gerade wenig Blut. »Schon gut, schon gut, kaum etwas passiert. Seit wann hat der Raum hier eine Glastür? Noch nicht einmal auf die Schule ist Verlass«, brummelte sie vor sich hin. Nun war der Zeitpunkt erreicht, an dem sie sagte: »Leni, lass uns zu dir gehen und schlafen. Morgen sieht alles wieder ganz anders aus.« Ein Glück lag die Schule nur fünf Minuten von meinem Zuhause entfernt. Unser Heimweg dauerte jedoch eine halbe Stunde länger, weil sich keiner mehr auf den Füßen halten konnte. Es gab immer wieder kurze Pausen. Doch kaum angekommen, schliefen wir ein. Keine schaffte es mehr ins Bett. Beide schliefen wir im Flur auf dem harten Boden ein.

»Hase, lebst du noch?«, stöhnte Elli, als sie neben mir aufwachte. Dabei schüttelte sie aus Versehen meine schlimme Schulter leicht und ließ immer wieder verlauten: »Ich bin blind auf einem Auge.« Sofort löste sich ein lauter Schmerzensschrei aus mir heraus. »Bist du denn nicht mehr ganz klar im Kopf, du Katastrophe?« Dann entfuhr mir ein zweiter entsetzter Schrei, als ich meine Freundin und das ganze Blut an ihr sah. Ihr Gesicht, ihr T-Shirt, ihre Beine – alles war voll. Und ihre Nase, wenn man dazu noch Nase sagen konnte, glich eher einer dicken roten Tomate. Selbst ihre Brille hatte nur noch ein Glas. Ich erklärte ihr sofort, dass es keine Erblindung sei, um sie zu beruhigen. »Was hast du gemacht, Elli?« Meine nächste Frage verunsicherte mich noch mehr: »Trägst du keinen BH unter deinem weißen, fast durchsichtigen Shirt? Du hattest doch einen an, bevor wir ins Schwimmbad gingen.« Unsere Blicke trafen sich fragend und sie zuckte mit den Schultern, als sie an sich heruntersah. »Leni, glaub mir, ich habe keine Ahnung, was letzte Nacht passiert ist. Es fühlt sich an, als hätte ich eine ungewollte Begegnung mit einem Laster gehabt«, erklärte sie. Wir rappelten uns hoch, wobei jede ihre Knochen einzeln spürte. »Um Himmels willen, Hase, eine kleine Flasche Erdbeerlikör haut uns normalerweise nicht so um. Aber eins muss man der letzten Nacht lassen – soweit mein Gedächtnis noch funktioniert. Wir hatten bis zu einem gewissen Punkt echt viel Spaß.«

Erschüttert saßen wir uns auf der Terrasse am Tisch gegenüber. Vor uns stand jeweils eine Tasse Kaffee und ein

Glas Wasser, in dem sich gerade eine Kopfschmerztablette auflöste. Unsere Sonnenbrillen hatten wir aufgesetzt, um uns vor der lästigen Helligkeit zu schützen. Ich empfand Beschämung. Mit sechsundzwanzig Jahren solch ein Erlebnis – jetzt wussten wir, wie sich ein Blackout anfühlte. Unerwartet kamen mehrere WhatsApp-Nachrichten auf Ellis Handy an. Zögernd, als wollte sie gar nicht wissen, welche Nachrichten sie erreicht hatten, umfasste sie das Handy. »Oha, bitte lass uns das alles nicht gemacht haben. Nie im Leben waren wir das«, flüsterte sie vor sich hin und starrte wie gebannt auf den Bildschirm. »Was, Elli? Was haben wir wirklich nie im Leben getan?«, platzte es erstaunlicherweise ruhig aus mir heraus.

Ohne etwas zu sagen, reichte sie mir ihr Handy. Die erste Nachricht war von Jens und die weiteren sollten auch von ihm sein. Ich schaute auf das Foto und erkannte ihren verschwundenen BH, der im Schwimmbad am Fahnenmast hing, da wo sich sonst die DLRG-Fahne befand. Um besser lesen zu können, was unter dem Foto stand, schob ich mir die Sonnenbrille auf den Kopf. »Guten Morgen, meine Elfe.« So nannte Jens sie oft. »Falls du einen Teil deiner Unterwäsche suchst, die ich dir vor zwei Wochen geschenkt habe, sie hängt im Schwimmbad zum Abholen bereit. Hoffentlich hast du noch das Gegenstück dazu an.« Mein Daumen scrollte zur nächsten Nachricht. Wieder ein Foto, diesmal außerhalb des Schwimmbads aufgenommen. Auf der Straße lagen Tonnen mit Papier und Pappe. »Das könnte wer weiß wer getan haben«, kommentierte ich die Nachricht für mich und hoffte auf Beistand von meiner Freundin. Sie forderte mich nur auf runterzuscrollen.

Die nächste Nachricht zeigte die alte Schulkatze Kralle, die schon immer in der Schule lebte und ihrem Namen alle Ehre machte. Sie hasste es, von Kindern angefasst zu werden und einige hatten schon Bekanntschaft mit ihren Krallen gemacht. Nun trug Kralle ein Baby-Shirt mit der Aufschrift ›Vorsicht Stinktier‹. Jetzt wussten wir zumindest, wo unsere zerkratzten Arme herkamen. Als wäre das alles nicht schlimm genug, zeigte das nächste Beweismittel eine Glastür mit dem Abdruck einer Nase und etwas Blut. Automatisch drehte ich das Handy zu meiner Freundin, die kleinlaut gestand: »Ja, da hängt meine DNA an der Tür.« Es gab noch zwei offene Nachrichten, aber eigentlich reichte es schon. Trotzdem scrollte ich weiter. Das nächste Foto offenbarte das Blumenbeet der Familie Horn, das sonst immer so liebevoll gepflegt wurde. Statt Blumen waren jedoch Gartenzwerge zu sehen, die verkehrt herum in der Erde steckten. Sieben Stück an der Zahl. Es war nicht schwer zu erraten, wem all die Blutstropfen auf den Hintern der Zwerge gehörten – Elli, die auch auf dem Bürgersteig eine Blutspur hinterlassen hatte.

Das letzte Foto wurde vor meiner Haustür gemacht. Es zeigte Gegenstände aus dem Garten meiner Nachbarin, Frau Engelbert. Sie war alt und nicht gerade freundlich – im Gegenteil, sie war echt unfreundlich und mürrisch.

»Oha, Elli, jetzt sind wir erledigt«, sagte ich, als ich aufsprang und zur Haustür eilte. Ich öffnete sie mit einem heftigen Schwung. Zu meinem Erstaunen stand hier jedoch nichts mehr. Alles schien in bester Ordnung. Mein Blick ging nach links und dann nach rechts, wo auch prompt meine Nachbarin stand und mich prüfend anvisierte. »Na, Leni, wieder da?« Frau Engelberts Stimme durchbrach meine Gedanken. »Und dein Krümmel sitzt hoffentlich im Käfig. Letztens waren Ratten im Krankenhaus. Es waren so viele, dass der Kammerjäger gerufen werden musste.« »Alles gut, Frau Engelbert. Einen schönen Tag wünsche ich Ihnen noch«, stotterte ich verlegen vor mich hin. Ich drehte mich um und ließ sie einfach stehen. Mein Herz pochte bis zum Hals, meine Schulter schmerzte – wen wunderte das? Der Boden im Flur war wirklich nicht zum Schlafen geeignet. Dort, etwas seitlich am Schuhschrank, lag ein Gegenstand, der sich beim näheren Betrachten als Ellis Brillenglas entpuppte. »Na, da wird aber jemand erleichtert sein«, murmelte ich. Jens stand auf der Terrasse neben meiner Freundin und schüttelte nur vorwurfsvoll den Kopf, bis er das wiederholte, was er Elli gerade erzählt hat.

»Leni, seit wie vielen Jahren sind wir befreundet? Langsam frage ich mich, ob ihr beiden euch guttut. Wie kannst du Elli ermutigen, ihre Unterwäsche als Fahne zu benutzen? Immer wenn ihr zwei zusammen seid, passieren außergewöhnliche Abenteuer oder Katastrophen. In der Früh kam mir die Idee, euch mal mit frischen Brötchen aus eurer Lieblingsbäckerei zu verwöhnen. Auch liebe Grüße von Lisbeth an euch. Gerade, als ich bei guter Musik auf der Rückfahrt am Schwimmbad vorbeifuhr, streifte ein flüchtiger Blick den Fahnenmast. Was hing da? Der BH meiner Frau. Also steuerte ich erst einmal auf den Parkplatz davor, um zu parken. Dabei entdeckte ich die umgeworfenen Tonnen für Pappe. Wie man sich vorstellen konnte, waren das Papier und die Pappe nicht mehr in den Tonnen. Also bin ich über die Mauer ins Schwimmbad geklettert, habe den BH meiner Frau gegen die DLRG-Flagge ausgetauscht, bin wie ein Dieb über die Mauer zurückgeklettert, habe sämtliche Tonnen aufgestellt und wieder befüllt. Bei der letzten Tonne kam es zu einem Treffen mit Kralle. Beim Versuch, ihn zu entkleiden, hat er sich bedankt – auf seine Art.« Jens zeigte seine zerkratzten Arme, nahm das Shirt von Kralle aus seiner Hosentasche und legte es wie eine Trophäe auf den Tisch. »Und dann bemerkte ich eine kleine Versammlung an der Schule vor dem Bioraum, der eine Glastür hat. An dieser konnte man einen Abdruck einer Nase erkennen, verfeinert mit Blut. Dasselbe – gehe ich mal davon aus – entpuppte sich in Form von Tropfen als Wegweiser zum nächsten Tatort. Dem Blumenbeet der Familie Horn. Was für ein Glück, dass sie gerade im Urlaub sind und die Ecke von der Straße her nicht gleich sichtbar ist. So war es mir ein Vergnügen, die Zwerge aus der Erde zu ziehen, den Dreck zu entfernen und die Blumen, die überall lagen, wieder einzupflanzen. Eure Spur verliert sich kurz danach. Ellis Nase muss aufgehört haben zu tropfen. Aber war ja klar, wo mein Weg hinführte. Ach ja, schon von Weitem sah ich die Sachen deiner netten Frau Engelbert vor deiner Tür. Das Glück stand auf meiner Seite. Gerade als die Schubkarre wieder ihren Platz erreichte, zog deine Nachbarin das erste Rollo hoch. Leni, Gott sei Dank, dass du nur eine Nachbarin hast und deine Terrasse von Wald umgeben ist. So, Mädels, wäre es möglich, dass ihr euch nicht mehr benehmt wie Teenies? Und du, meine Elfe, behalte bitte deine Unterwäsche an. Noch ein Tipp am Rande: Geht duschen, Elli. Hast du dich heute schon im Spiegel gesehen? Wenn euch deine Vermieterin, von oben, Frau Leise, sieht, fällt sie tot um. Sei froh, dass ihre Ohren mit fünfundachtzig Jahren kaum noch etwas hören. So, ich muss los. Ich komme jetzt schon zu spät zur Arbeit.«

»Stopp, Jens«, murmelte ich und streckte ihm das verlorene Brillenglas von Elli entgegen. Etwas vor sich hin stöhnend nahm er die Brille entgegen und setzte das Glas mit einem Klick hier und einem Klick da wieder ins Brillengestell ein. »Du bist unser Held, Jens«, riefen wir beide erleichtert wie im Chor. Mit einem Lächeln im Gesicht verabschiedete er sich. Schweigend, kraftlos, einfach ausgelaugt saßen wir vor unserem kalten Kaffee und mussten erst einmal alles sacken lassen.

Viel Zeit blieb uns nicht dazu. Keine fünf Minuten, nachdem Jens gegangen war, klingelte es wieder an der Tür. Wir dachten, er hätte etwas vergessen. So schleppte ich mich erneut zur Tür. Doch es war nicht Jens, sondern die vierzigjährige Nachbarin von Elli, Frau Jutta Hansen. Sie lebte mit noch zehn weiteren Leuten auf einem kleinen Bauernhof in einer WG zusammen. Erschrocken starrte ich sie an, wobei ich gleichzeitig froh darüber war, meine Sonnenbrille zu tragen. »Frau Hansen, was führt Sie denn zu mir? Ist etwas vorgefallen oder stimmt etwas nicht?«, fragte ich unbehaglich nach.

»Alles gut, Leni. Meinst du, ich könnte mal kurz reinkommen?«, antwortete Frau Hansen und ohne meine Antwort abzuwarten, lief sie einfach an mir vorbei Richtung Terrasse, als würde sie mich und meine Wohnung kennen. »So wie ihr aussieht, habt ihr sie gegessen«, stellte Frau Hansen mit Erschrecken fest und ihr Blick fiel wieder auf Elli, die immer noch mit Blut bedeckt dasaß.

»Was haben wir denn gegessen, Frau Hansen?«, fragte ich neugierig nach, wobei mir ein Verdacht kam. »Die Kekse, die mein Neffe Leo, der zu Besuch ist, gebacken hat, als wir alle bei der Arbeit waren. Er hatte sie vor dem Küchenfenster zum Abkühlen deponiert. Nachdem du da warst, um die Eier zu bezahlen, die Jens schon geholt hatte, fehlten genau acht Kekse. Daraufhin hat Leo mir gebeichtet, dass er Cannabutter verarbeitet habe. Jetzt bin ich hier, nicht weil ich sauer bin, dass Elli ein paar Kekse bei uns gemopst hat, sondern um zu schauen, wie die Kekse euch bekommen sind. So wie ihr aussieht, hättet ihr gut darauf verzichten können. Die restlichen Plätzchen würde ich gerne wieder mitnehmen, um sie zu entsorgen.« »Also das ist so, Frau Hansen …«, begann ich vorsichtig. »Wie sollen wir es sagen? Es sind keine mehr da." Meine Freundin unterbrach mich: „Es tut uns leid. Wir konnten nicht ahnen, welche Wirkung die Kekse bei uns auslösen würden. Und wenn auch auf ihre eigene Art, haben sie echt lecker geschmeckt. Das Lob kannst du an Leo weitergeben.« Frau Hansen schlug die Hände vors Gesicht. »Es tut uns leid.« Ich versuchte, die Situation zu retten.

»Nach eurem Äußeren zu urteilen, bereut ihr es auf jeden Fall. Deshalb ist es Geschichte. Es wäre nur nett, wenn keiner davon erfährt. Ihr wisst ja, wie die Leute in Dornenstein sein können. Am Ende heißt es noch, die Kommune vom Bauernhof hätte euch beeinflusst. Na, hoffentlich wart ihr nicht draußen unterwegs.« Sofort, als wäre es eingeübt, verneinten wir mit einem Kopfschütteln.

»Also, Elli, wenn dir mal wieder irgendetwas bei uns gefällt, sag Bescheid. Man kann über alles reden. Ich muss los. Bis dann. Noch was: Du solltest eventuell deine Nase kühlen!« Nachdem Ruhe eingekehrt war, hatte ich nicht gerade die freundlichsten Worte für meine Freundin. »Haschkekse? Wie kannst du so etwas stehlen? Man nimmt nicht einfach so Sachen von anderen Menschen mit. Vielleicht sollten wir die Worte deines Mannes mal überdenken, dass es wirklich sein könnte, dass wir uns gegenseitig nicht guttun. Egal, geh einfach duschen. Wer weiß, wer hier noch auftaucht.«

Das Haupt gesenkt, leise weinend schlich sie an mir vorbei. Sofort tat mir das Gesagte leid und ich entschuldigte mich bei ihr. »Es war nicht so gemeint. Scheiß auf die Kekse. Wenn ich behaupten würde, der Anfang des Abends hätte keinen Spaß gemacht, würde ich lügen. Wir hatten anscheinend nur einfach zu viele von den guten Plätzchen. Elli, seitdem du gestern bei mir angekommen bist, habe ich nicht einmal an John gedacht. Ehrlich, egal was du machst, zum Teil tut es mir unendlich gut.«

»Danke, Leni. Das kommt in meiner Seele richtig gut an. Man könnte nämlich behaupten, dass sie sensibel ist«, sagte Elli erleichtert, lächelte und ging duschen, während sie das Lied ›Chim Chim Cher-ee‹ von dem Schornsteinfeger aus Mary Poppins sang. Unsere gesamte Kindheit wurde von Mary Poppins, Pippi Langstrumpf, Tom Sawyer und Huckleberry Finn begleitet. Schon damals erlebten wir deren Abenteuer mit, aber anscheinend zu intensiv.

Nachdem meine Weggefährtin mit dem Duschen fertig war, frisch gekleidet und mit BH, bekam ihre Nase gar nicht mehr so viel Aufmerksamkeit. Trotzdem holte ich etwas Eis zum Kühlen, das schadete nicht. Während das Eis Erleichterung brachte, machten wir schon Witze über die Ereignisse der letzten Nacht. »Hase, nächste Woche muss ich leider wieder arbeiten. Ehrlich gesagt wird es verdammt schwer für mich sein, unserem Team nichts von diesem Abenteuer zu erzählen.« Mein Blick zu ihr reichte aus und sie rettete die Situation mit dem Satz: »Kein Thema, wir haben Jutta versprochen, kein Wort über die Kekse zu verlieren. Es bleibt unser Geheimnis. Gut, dass mein Mann uns gedeckt hat. Er ist der beste Mann auf der Welt und welch ein Glück, dass ihr zwei euch auch auf eure eigene Art lieb habt.« Ja, da hatte sie recht. Jens war nicht nur der Mann meiner Freundin, sondern auch ein echter Freund für mich. Nichts wünschte ich mir mehr, als nur ein einziges Mal so von John gesehen zu werden. Er fehlte mir und meine Träume von uns hielten mich in ihrem Bann.

Um nicht wieder ins Grübeln zu kommen, begab ich mich ins Badezimmer. Beim Duschen überrollte mich ein Chaos im Kopf, gemischt mit unendlicher Traurigkeit. »Leni, du bist schon eine Träumerin«, sprach meine innere Stimme zu meinem Spiegelbild. »Du wolltest nach Berlin, um eine angesehene Künstlerin zu werden. Inklusive eines Aufenthalts auf dem Schloss von Horst Sander, um zu malen und in der Nähe von John zu sein. Nun stehst du hier und heulst.« Wahrhaftig, mein Spiegelbild zeigte mich so, wie ich mich gerade fühlte. Nein, so konnte es nicht mehr weitergehen. Keine Ahnung, wie lange Elli in der Tür gestanden hatte, aber sie spürte, was in mir vorging und blieb ernst.

Nun kam das Zitat, auf das ich schon gewartet hatte. »Wenn eine Prinzessin fällt, steht sie auf, richtet ihre Krone und läuft weiter. Du hast dich bei ihm gemeldet. Wenn er keinen Kontakt möchte – was sehr mysteriös ist, nach seinem Brief an dich –, musst du es akzeptieren. Da steckt irgendwas dahinter. Und Horst Sander meldet sich nicht, weil er weiß, dass du noch Zeit zur Erholung brauchst. Leni, John wird von sich hören lassen. Ja, du wirst schon sehen. Also, dir bleiben noch ungefähr vier Wochen, bis deine Arbeit dich ruft. Hör auf zu jammern. Wenn Jens mich nach der Arbeit abholt, nimmst du einen Pinsel in die Hand und fängst an zu malen. Die Staffelei auf der Terrasse ruft förmlich nach dir. Die Leinwand will Farbe aufsaugen. Konzentriere dich auf deine Gabe und male. Deine Bilder hinterlassen mehr Eindruck auf die Menschen, als wir uns vorstellen können. Horst ist nicht umsonst neugierig auf die Persönlichkeit geworden, die mit so viel Hingabe ihre Bilder malt. Drück einfach deine jetzigen Gefühle aus, Leni. Beschäftige deinen Kopf mit etwas Neuem. Krümmel wartet schon auf dich, oder soll er verhungern, nur weil dein Selbstmitleid siegt?«

Es klingelte wieder an der Tür und wir sahen uns erschrocken an. »Was können wir noch angestellt haben, Elli? Gibt es etwas, von dem ich nichts weiß?« Es klingelte noch einmal, diesmal etwas länger. »Komm schön mit an die Tür«, drängte ich meine Freundin und führte sie durch den Flur. Als wir sahen, dass Jens dahinterstand und gerade zum nächsten Klingeln den Arm hob, holten wir gleichzeitig vor lauter Erleichterung tief Luft. »Nein, nicht schon wieder. Klärt mich gleich auf. Was ist es diesmal? Habt ihr vielleicht aus Versehen letzte Nacht noch eine Bank ausgeraubt? Die Wahrheit, bitte!« »Alles ist gut, Jens. Nichts ist los. Wir haben Musik gehört und nicht gleich die Klingel gehört«, beschwichtigte ich seine Unruhe. Man konnte sehen, wie sehr er sich freute, dass seine Prinzessin sich sichtbar wieder erholte. Den Besuch von Frau Hansen sollte Elli in einer ruhigen Minute selbst beichten.

Als ich so vor der leeren Leinwand stand, alles bereit zum Malen, griff meine Hand wirklich nach dem Pinsel. Nach kurzem Überlegen stand fest, es sollte ein Gemälde von John werden. Der Moment, als er das erste Mal vor meiner Tür stand und mir den Eilbrief überreichte. Dieses ehrliche Lächeln, seine Augen – alles, was mich umgab, als ich noch davon ausging, dass er ein Angestellter von Horst Sander sei. Genau diese Wärme sollte mein Werk festhalten, bevor meine Erinnerung an ihn zu verblassen drohte – insofern das überhaupt möglich war, was ich mir nicht wirklich vorstellen konnte. Es vergingen die ersten Tage. Elli arbeitete ohne Wenn und Aber. Bei ihr machte der Arm keine Probleme mehr. Was ihr mehr zu schaffen machte, war die Erkenntnis, dass sie gerne auch etwas – oder alles – von dieser Nacht preisgeben würde. Es durfte nicht sein. So musste sie sich einige Male auf die Lippe beißen, damit kein falsches Wort herausrutschte. Klar wussten die anderen am Band gleich Bescheid, dass mal wieder etwas aus dem Ruder gelaufen sein musste. Karin hatte einiges gehört, was in unserer Nacht in Dornenstein alles vorgefallen war. Jens hatte zwar unsere Spuren beseitigt, doch anscheinend gab es noch mehr Frühaufsteher in dem Ort, die schon lange vor Jens unterwegs gewesen waren. Es sprach sich einiges herum, es gab wilde Vermutungen, doch keine Beweismittel. Das sollte unser Glück sein – nur der bittere Beigeschmack von Schuldgefühlen blieb. Meine Schulter und auch mein Arm verheilten super, die Krankengymnastik nervte mich zwar, aber wie gesagt, es wurde besser. Der Arm ließ sich schmerzfrei bewegen.

Es verging kein Morgen, an dem ich nicht an meine unerwiderte Liebe dachte, kein Tag, an dem es mir nicht einen Stich ins Herz versetzte. Der Spruch ›Die Zeit heilt alle Wunden‹ war fett gelogen. Man ging anders mit dem Schmerz um, doch er blieb.

Das Malen ließ mich für einige Stunden vergessen, was mich so quälte. So wurde das Gemälde von John und mir schneller fertig als gedacht. Nach dem letzten Pinselstrich setzte ich mich in den Gartenstuhl und betrachtete das Bild. Zum ersten Mal seit langem durchströmte mich ein Gefühl des Glücklichseins. Ein zufriedenes Lächeln breitete sich auf meinem Gesicht aus. Es zeigte nicht nur John, wie er mir den Brief gab, sondern auch mich, nur von einem Handtuch umhüllt. Mein Äußeres war eher eine Lachnummer. Auch Elli war gut getroffen, wie sie pfeifend das Fahrrad bremste. Doch genau so fing alles an. Minutenlang betrachtete ich zufrieden mein Werk. Seine Augen strahlten mich an. Es hatte etwas Beruhigendes an sich. Es würde einen Platz in meinem Schlafzimmer bekommen, da wo es nicht jeder sehen konnte. Nachdem es getrocknet war, tauschte ich es gegen eine leere Leinwand aus und schaute, wo es am besten hängen könnte. Der Platz war schnell gefunden – genau neben meinem Bett, ganz in meiner Nähe.

WAHRHEIT IN WEITER FERNE

Es fühlte sich einfach gut an, auch wenn mein Unterbewusstsein wusste, dass alles nur ein Traum bleiben würde. Kaum hing es, hörte ich meine Mama, wie sie rufend über die Terrasse reinkam und sofort hinter mir stand. Ihre Augen konnten nicht glauben, was für ein Bild da hing. »Papa und ich dachten, die Geschichte mit John sei vorüber – oder hat er sich wieder gemeldet?«, fragte sie. »Leni, was tust du? Lass los, es macht dich doch nur traurig. Häng das Bild bitte wieder ab, bring es in den Keller und vergiss ihn«, sagte sie bestimmend, wobei ihre Hände schon nach dem Bild greifen wollten. »Mama, lass es hängen. Es ist nur eine Erinnerung, Elli ist auch drauf. Hallo, das ist meine Wohnung! Komm, wir gehen raus und trinken einen Kaffee, bevor hier irgendetwas eskaliert.« Mit diesen Worten versuchte ich, die Situation zu entschärfen.

Erst schwiegen wir uns an, bis es mir reichte. Jetzt wollte ich wissen, warum sie sich so verändert hatte, so still und in sich gekehrt in den letzten Wochen, seit die rote Schatulle ihre Melodie preisgegeben hatte.

»Sag mal, Mama, was ist eigentlich mit dir los? Du bist so ruhig geworden seit meinem Krankenhausaufenthalt und der Verbindung zur Familie Sander. Könnte es sein, dass du und Papa ein Problem mit denen habt? Ihr wolltet doch selbst, dass ich nach Berlin zu Horst fahre. Papa war begeistert«, fuhr ich fort. »Abgesehen davon, dass sich mein Traum in Berlin nicht verwirklichen lässt, da Herr Sander sich nicht mehr meldet – warum auch immer –, ist alles so unklar. Und wie euch die Melodie von der Schatulle gefühlsmäßig berührt hat … Mama, sag jetzt nicht, dass da nichts war. Wir haben nie Geheimnisse voreinander gehabt.« Damit forderte ich Antworten.

Verlegen schaute sie an mir vorbei und schien zu allem bereit, nur nicht für die Wahrheit. »Entschuldige, Leni. Nur weil ich dir sage, dass es besser ist, dein Werk von John von der Wand zu nehmen, weil du unglücklich in ihn verliebt bist, bedeutet das nicht, dass es eine Verschwörung gibt. Könnte es sein, dass Horst und John sich nicht mehr melden, weil wir nicht gut genug für die feinen Sanders sind? Denk mal darüber nach. Du bist unsere Tochter, wir lieben dich so sehr, dass es uns berührt, wenn du nicht glücklich bist«, erklärte sie.

Ohne dass ich noch etwas sagen konnte, stand Mama auf und behauptete, Papa warte wie immer mit der Arbeit auf sie. Wir drückten uns noch liebevoll, das war's. Zurück blieb ein Unwohlsein in mir, das mich wie betäubt im Stuhl sitzen ließ. Jetzt drohten meine Synapsen zu verblöden. Keine Ahnung, was in meinem Kopf abging. Alle Schubladen öffneten sich gleichzeitig und all meine Gedanken wirbelten durcheinander. Und jetzt auch noch der Schlag ins Gesicht, dass wir nicht gut genug für die Familie Sander sein könnten. Und die Frage an mich selbst, ob Mama recht haben könnte – ob alles nur in meiner Fantasie außer Rand und Band war und mein Gehirn mir einen schlechten

Streich spielte. Hin- und hergerissen beschloss ich, das Gemälde doch in den Keller zu bringen, auch wenn es mir nicht leichtfiel. Elli kam vorbei, voller Elan und verdammt guter Laune. Sie wollte mein fertiges Bild sehen, da sie wusste, dass sie auch drauf war. Ich erzählte ihr in Kurzfassung von den Gesprächen mit meiner Mama, während Hilflosigkeit mir ins Gesicht geschrieben stand. »Leni, du hast die absolute Berechtigung, alles anzuzweifeln. Jeder benimmt sich eigenartig in dieser Story«, sagte Elli. »Komm, wir holen es wieder aus dem Keller und hängen es an seinen Platz. Wenn du die Wahrheit über alles weißt, kannst du immer noch entscheiden, ob es hängen bleibt oder im Keller verrottet.« Meine Freundin bestaunte alles bis ins Kleinste, als das Bild wieder hing. »Verdammt, Hase. Besser hättest du es nicht malen können. Da steckt Leidenschaft, Liebe und Hingabe von dir drin. Und wie gut ich gelungen bin! Man könnte meinen, es sei dein schönstes Bild, das du je gemalt hast. Nun zu einer anderen Sache, Leni. Jens weiß Bescheid über die Kekse. Und ob du es glaubst oder nicht, er kommt aus dem Lachen nicht mehr heraus. Das Universum ist da wohl auch nicht mehr zu verstehen. Das heitert dich immer noch nicht auf«, bemerkte meine Freundin, als sie von mir keine Reaktion wahrnahm. »Gut, wir müssen dringend etwas unternehmen. Du musst erst übernächsten Montag wieder zur Arbeit. Was würde dagegensprechen, wenn wir nächste Woche Donnerstag nach Berlin fahren und dort bis Samstag bleiben? Wir könnten uns alles vor Ort anschauen – die Boutiquen von Horst, sein Schloss, Berlin. Vielleicht erfahren wir dort mehr über die Familie Sander. Im Internet ist es ja gerade so, als gäbe es nur ihn. Keine Bilder oder Artikel über seine Kinder. Natürlich werden wir auch so einiges unternehmen. Auf jeden Fall shoppen gehen, bis wir umfallen. Die Auswahl an Kleidung ... Leni, ich darf gar nicht daran denken. Wie sieht es bei dir aus? Meine spontanen Ideen sind doch schon immer die besten gewesen.« Unruhig tänzelte ich von einem Bein aufs andere. »Ja, Elli, lass uns nach Berlin fahren«, platze es schließlich begeistert aus mir heraus. Ich wusste, meine Augen würden John nicht sehen, aber all das andere, was er jeden Tag um sich herumhatte. Keine Ahnung, warum der Gedanke mich für diesen Moment so glücklich machen konnte und von dem ich wusste, dass er mich vor Ort unglücklich zurücklassen könnte. Aber der Plan stand fest – wir fuhren nach Berlin. Das war wieder eine Entscheidung meinerseits, die einen Teil meines Lebens gravierend verändern sollte.

Nun wusste ich nicht mehr, wohin mit mir. Deshalb beschloss ich, die Boutique von Horst zu malen, die ich schon einmal in einer Zeitung gesehen hatte. Sie lag in einem gepflegten Viertel der Reichen. Auch wenn es nichts Besonderes war, wollte ich mal sehen, was ich daraus machen konnte. Sofort fing meine Hand an, den Pinsel zu schwingen. Elli verabschiedete sich mit einem: »Na geht doch, so kenne ich meinen Hasen.« Der Artikel mit dem Foto von der Boutique befand sich noch in meinem Besitz und diente als Vorlage. Es sollte ein Präsent für Horst werden. Auch wenn ich ihm nicht über den Weg laufen würde, konnte ich es ihm in seinem Geschäft hinterlassen. Diese Überlegung spornte mich noch mehr an. Tag und Nacht bewegte sich der Pinsel, immer wieder überprüfte ich meine Arbeit mit starker Selbstkritik, die noch größer wurde, als ich fertig war.

Selbst Elli, die gerade gekommen war, stand neben mir und meinte, es sähe langweilig und gleichgültig aus. Selbst das superschöne Gebäude hatte keinen Reiz. Die paar Bäume in der Reihe davor bewegten auch nichts. Eine wunderschöne Sonne strahlte über das Bild, doch man spürte keine Wärme. Es fehlte die Freude an dem Gemälde, wenn man es betrachtete.

Es war schon Montag, in drei Tagen wollten wir los. Etwas Neues anzufangen, schaffte ich nicht. Es war zum Verzweifeln.

»Komm, darüber mache ich mir später Gedanken«, sagte ich frustriert. »Hast du dir schon Urlaub für die zwei Tage genommen?« »Klar und glaub mir, seitdem habe ich speziell vor unserem Geschwisterduo, Bettina und Linda, keine Ruhe mehr. Dauernd fragen sie, was ich vorhabe, ob ich verreisen will und was du machst«, antwortete Elli. »Du kennst mich, Leni«, fuhr sie fort. »Es fällt mir schwer, dichtzuhalten, doch bis jetzt habe ich selbst über unsere Nacht nichts ausgeplaudert. Meine Ausrede lautet ungefähr so, dass mein Körper mal eine Pause bräuchte und Jens und ich Fahrrad fahren wollen. Du kannst dir sicher vorstellen, wie sie nächste Woche an dir kleben werden, um etwas zu erfahren. Es redet auch keiner mehr über John oder Berlin. Alle wissen längst, dass bei euch gerade Funkstille herrscht. Nur weiß keiner, wieso, weshalb oder warum. Denn nur ich weiß alles und verrate es nicht. Hast du deine Eltern schon informiert? »Elli, was denkst du denn? Hast du meinen Krümmel vergessen, oder soll ich ihn mitnehmen?«, scherzte ich. »Da ist noch etwas. Besser, du weißt es. Mir ist herausgerutscht, dass wir nach Hamburg zum Musical ›Der König der Löwen‹ fahren. Die Notlüge kam schneller aus meinem Mund, als mein Gehirn denken konnte. Du weißt doch, wie sie auf Berlin oder den Namen Sander reagieren. Verplappere dich bloß nicht bei ihnen und sag auch Jens Bescheid. Wie hat er eigentlich auf unseren Reiseplan reagiert?« »Er wünscht uns viel Spaß. Okay, es gibt drei Bedingungen seinerseits. Keine eskalierenden Abenteuer, meine Unterwäsche sollte dort bleiben, wo sie hingehört und Finger weg von den Keksen anderer Leute. Heute möchte Jens sich um unser Hotel kümmern, als würde er uns das nicht zutrauen. Das soll mal jemand verstehen.«

Nachdem wir bis zum späten Nachmittag aufgeregt zusammengesessen und uns auf Berlin eingestellt hatten, machte sich meine Freundin auf den Weg.

Die Wärme wurde erträglicher und ich beschloss, Krümmel noch ein wenig mit nach draußen zu nehmen. Nachdem er es sich auf meinem Bein gemütlich gemacht hatte, schauten wir beide auf das Bild. Ich grübelte und überlegte, aber ich hatte keine Idee, wie ich aus dem Gemälde etwas Besonderes machen könnte. Bis plötzlich, wie aus dem Nichts, ein wunderschöner, bunter Schmetterling auf Krümmels Rücken landete und es sich dort bequem machte. So ein ausgeglichenes Gefühl durch die Nähe eines Schmetterlings – das ist es, sprach ich zu mir selbst. Es sollten Schmetterlinge über das Bild fliegen, ein Schwarm in all seinen bunten Farben, der sich von den Bäumen her in alle Richtungen ausbreiten würde. Nicht zu viele, aber genug, um dem Werk das gewisse Etwas an Frische und Lebendigkeit zu verleihen. Nun durfte nichts mehr schiefgehen.

Erst kochte ich noch einen Kaffee, dann begann mein Pinsel sich zu bewegen. Krümmel hatte seinen Platz in seinem Körbchen, der jetzt sicher vor anderen Tieren auf dem Tisch stand. Schade, dass Elli ihn als kleines Monster sah. Dabei war er ein Tier wie jedes andere. Und als er im Tierheim in so einer kleinen Box saß, da musste ich ihm einfach ein Zuhause geben. Seitdem war er mein Glücksbringer, so wie der Schmetterling jetzt. Bis in den Morgen malte der Pinsel hier und dort. Es wurde schon hell, als mein müder Körper ins Bett fiel, ohne noch einmal das Werk als Ganzes zu betrachten oder mich auszuziehen. Ich lag im Bett, bis Elli davorstand und immer wieder auf mich einredete.

»Leni, ey, was ist los mit dir? Es ist schon Nachmittag und du trägst immer noch die Klamotten von gestern. Selbst Krümmel läuft schon im Flur herum.« Von einer Sekunde auf die andere sprang ich aus dem Bett. »Wo ist die Katastrophe? Ich war's nicht!«, betonte ich hektisch beim klarkommen. »Komm mal runter, Hase. Alles gut. Dein kleines Monster sitzt im Käfig. Aber wie siehst du aus? Warum schläfst du am helllichten Tag?«, fragte Elli ungeduldig.

»Bitte koch erst einmal einen starken Kaffee. Ein Brot würde sich auch gut machen, vielleicht auch ein Ei«, bat ich sie mit einem säuselnden Ton in meinen Worten, worüber sie schon lächeln musste. Erst einmal tat das Wasser unter der Dusche gut, um wach zu werden. Nun schweiften meine Gedanken zu meinem Werk, an das ich mich kaum noch erinnern konnte. Meine Freundin schien es schon gesehen zu haben. Daraufhin erreichten mich ihre Komplimente bis ins Bad. »Das Bild wirkt echt realistisch. Es macht alles so warm, so bunt. Echt eine kreative Idee mit den Schmetterlingen.« Von Neugier geplagt, bewegte ich mich einen Schritt schneller auf die Terrasse, wo auch schon mein verspätetes Frühstück auf mich wartete. Bei der ersten Tasse Kaffee begutachteten meine Augen das Bild. Selbst mich beeindruckte es bei Tageslicht. Das Bild entfaltete eine völlig andere Wirkung als vorher.

VERGESSENER GEBURTSTAG

Meine Mama unterbrach die Atmosphäre mit einem Anruf. Sie wollte nur wissen, ob wir mit dem Zug oder dem Auto fahren wollten. Nach kurzer Rücksprache mit Elli, da Jens alles organisierte, stand fest: Wir fuhren um acht Uhr morgens mit dem Zug los. Er würde uns zum Bahnhof bringen, teilte ich ihr mit. »Dann ist ja schon alles geklärt, Leni. Wir kommen morgen noch mal bei dir vorbei. Ich denke, Papa ist so um vierzehn Uhr bei dem Kunden fertig, Kleines.« Und mit einem »Bis dann«, legte Mama auf. »Die behandeln mich echt noch wie ein Kleinkind. Na ja, auch nicht schlimm. So hat zumindest etwas Bestand in unserem Verhältnis zueinander«, murmelte ich vor mich hin, während ich mich wieder zu meiner Freundin setzte und mein Frühstück bei unserer Unterhaltung genoss, wie schon ewig nicht mehr. Schade, dass Elli wieder gehen musste. Es fing an, früher dunkel zu werden.

Mittlerweile war Ende September. Tagsüber war es richtig schön, aber abends wurde es kälter. Ich beschloss, schon einmal meinen Koffer zu packen. Doch mein ganzer Besitz bestand aus ein paar langen und kurzen Jeans, langweiligen Shirts, einem Kleid, das ich auf der Hochzeit meiner Freundin getragen hatte und zwei Blusen, die aber auch schon zehn Jahre alt waren. Der Rest bestand aus sechs verschiedenen Pullovern und dem Gemälde, dass ich sorgfältig verpackt hatte. Ich lebte halt in Dornenstein – unkompliziert und einfach schlicht, auch was meine Kleidung anging. Na ja, am besten sollten wir gleich am ersten Tag shoppen gehen. Elli wäre begeistert. Eine lange Jeans, zwei Shirts, einen Pullover und alles, was ich noch so brauchte, wanderten in meinen Koffer. Für zwei Nächte befand sich am Schluss doch einiges darin. Am nächsten Tag kamen meine Eltern mit einem Geschenk für mich. Mama überreichte es mir und meinte, dass ich es aber erst am folgenden Tag öffnen sollte. Sie hatte auch eine Schokoladentorte gebacken. Die gab es auf jeder Familienfeier bei uns. Erst jetzt fiel mir ein, dass morgen, am 28. September, mein Geburtstag war. Wie konnte mir das entfallen? Selbst meine Freundin hatte nicht ein Wort darüber verloren. Sonst machte sie doch Wochen vorher immer einen wilden Wirbel um jede Feier. Egal, so etwas konnte eben vorkommen. Nachdem ich meine Eltern lieb gedrückt und mich für das Geschenk bedankt hatte, nahmen wir draußen Platz.

»Jetzt wirst du siebenundzwanzig Jahre alt«, fing mein Papa eine Unterhaltung an. »Die Jahre vergingen wie im Flug, Leni. Als du das erste Mal ›Papa‹ gesagt hast, boah, ich war so stolz. Und jetzt sitzt eine ausgesprochen hübsche junge Frau vor mir. Du bist so schön wie deine Mama!« Er hatte recht. Mama und ich sahen uns sehr ähnlich. Ja, sie wirkte für ihr Alter recht jung. Meine roten Locken und die Sommersprossen hatte ich auch von ihr. Wer uns nicht kannte, hätte sie für meine große Schwester halten können. »Was ist in dem Geschenk?«, fragte ich neugierig. »Morgen, morgen an deinem Geburtstag kannst du es öffnen. Dann wirst du es sehen. Leni, du wirst dich nie ändern. Schon als Kind war deine Neugierde unbeschreiblich anstrengend«, sagte Mama schmunzelnd, während sie sich noch ein Stück Kuchen auf den Teller legte.

Es waren schöne Stunden mit meinen Eltern. Kein Wort fiel über die Familie Sander. Papa erzählte viel aus meiner Kindheit und man merkte, wie sehr er die Jahre genossen hatte. Es tat mir auf einmal schrecklich leid, dass ich sie wegen Berlin angelogen hatte. Doch nun gab es kein Zurück mehr – meine erste fette Lüge. So viel zum Thema: ›Noch nicht einmal eine Notlüge sollte meinen Mund verlassen‹. Als sie nach Hause wollten, drückte ich meine Mama so lieb, wie ich nur konnte. Mit Krümmel im Gepäck machten sie sich auf den Weg. Jetzt fühlte sich meine Wohnung leer und einsam an. Vor dem Geschenk sitzend, kam mir kurz die Überlegung, es zu öffnen. Doch irgendetwas hielt mich davon ab. Vielleicht lag es daran, dass es mir wegen der Lüge nicht so gut ging. Okay, es sollte bis zum nächsten Morgen unberührt hier liegen bleiben und darauf warten, geöffnet zu werden.

Mein Schlaf in dieser Nacht war mehr als nur unruhig. Krümmel fehlte und John fehlte. Klar hoffte ich auf ein zufälliges Treffen mit ihm in meinen Träumen.

Kurz vor sechs Uhr früh am Morgen klingelte mein Handy. Meine Eltern gratulierten mir. Sie ließen es sich nicht nehmen, jedes Jahr die Ersten zu sein, die gratulierten.

Um halb sieben riefen die Frauen aus der Schokoladenfabrik an. Gemeinsam mit Bruno sangen sie lautstark ein Geburtstagslied für mich. Besser konnte der Morgen nicht beginnen. Doch etwas fehlte – eine Nachricht von meinem Traummann. Kurz danach klingelte es an der Tür. Beim Öffnen kam mir das zweite Ständchen von Elli und Jens entgegen.

»Happy birthday to you! Happy birthday ...« Und verdammt gut gelaunt betraten sie den Flur. So aufgedreht hatte ich Elli schon lange nicht mehr erlebt. Es war echt ansteckend. Jens übergab mir ein Geschenk – einen Briefumschlag mit einer Schleife. In diesem Umschlag steckte ein Gutschein für eine Pension in einem guten Viertel Berlins und eine Zugfahrkarte für die Hin- und Rückreise.

»Wie verrückt seid ihr denn? Wenn meine Eltern nicht gewesen wären, hätte ich meinen eigenen Geburtstag vergessen, jetzt auch noch ihr, mit so einem Geschenk. Berlin, wir kommen. Das Abenteuer kann beginnen«, rutschte mir ein unüberlegter Satz heraus. Damit erreichte ich Jens' Aufmerksamkeit – vielleicht nicht gerade in positiver Hinsicht. Sein Blick wanderte zwischen mir und seiner Frau hin und her. »Denk an dein Versprechen!«, ermahnte er sie. »Es gibt drei festgelegte Regeln. Sollte etwas Unvorhergesehenes passieren, ruf mich sofort an! Leni, mach mir keine Angst! Lass es mich nicht bereuen, dass ich euch zum Bahnhof fahre. Berlin ist eine große Stadt, mit Millionen von Menschen. Da ist es nicht so wie in Dornenstein. Da gibt es auch viele Menschen, die es nicht so eng sehen mit dem Gesetz«, predigte Jens und versuchte, uns zu warnen. Wie aus der Pistole geschossen, zählten wir die drei Regeln auf:

- keine Abenteuer
- die Unterwäsche bleibt am Körper
- und es werden keine Kekse gestohlen

Jetzt sah uns Jens noch ängstlicher an als zuvor. Es lag wohl daran, dass er uns beide besser kannte, als er manchmal zugeben wollte. »Kommt, wir müssen los. Der Zug wird nicht auf euch zwei Prinzessinnen warten«, forderte er uns auf. Bis zum Bahnhof waren es keine fünf Minuten. Es war ein kleiner Bahnhof. Der Schaffner hielt seine Lokomotive nur an, wenn er sah, dass auch Menschen am Bahnsteig standen und auf ihn warteten. Es war sehr frisch draußen. Jens fuhr wieder, nachdem er sich nochmals tadelnd an uns gewandt und uns keine Abenteuer gewünscht hatte. Da saßen wir nun auf einer Bank am Gleis 1 und warteten schweigend auf den Zug. Jens hatte recht. Es sollte zu schaffen sein, sich wie völlig normale Urlauber zu verhalten. Na ja, es waren gerade mal zwei Nächte. Das schafften wir schon.

Einige Bäume standen mal hier, mal dort herum. Manche hatten bereits ihre Blätter verloren, die sich schon leicht verfärbt hatten. Langsam aber sicher wollte es Herbst werden. Unser Zug kam genau vor uns zum Stehen und ein freundlicher Schaffner prüfte unsere Fahrkarte. Mit diesem Zug fuhren wir eine knappe Stunde, dann stiegen wir in Göttingen in einen ICE nach Berlin um. Die Fahrt dauerte insgesamt um die drei Stunden.

Es erreichten mich noch einige Geburtstagsgrüße von meiner Familie, sogar von Oma Rosa, die schrieb, dass sie mich vermissen würde, was mich überraschte. Uns kam es vor, als fahre der ICE mit dreifacher Geschwindigkeit. Jetzt hatten wir Zeit und Hunger. Ich holte die restliche Schokoladentorte hervor, von der nur noch drei Stück übrig waren. Die Augen meiner Freundin weiteten sich. »Nicht dein Ernst, Leni! Meine Lieblingstorte und dann nur drei Stück? Wo ist der Rest geblieben?«, empörte sie sich. Mit der Hand streichelte ich über meinen Bauch und sagte: »Meine Eltern haben auch gut gegessen und noch etwas mit nach Hause genommen. Das darf man auch nicht vergessen.« Nach kurzer Überlegung bestückte ich ihren Teller mit zwei Stück Kuchen. Ein zufriedenes Lächeln erschien auf ihrem Gesicht. Nun fiel mir das Geschenk meiner Eltern ein. Nachdem ich es in meinem Rucksack gefunden hatte, wurde es sofort geöffnet. Ein rosa Shirt lag nun vor mir – mit viel Glitzer und Spitze. Absolut nicht mein Geschmack. Was hatte sich Mama nur dabei gedacht? Als ich den Umschlag öffnete, lagen dreihundert Euro mit einer Karte dabei.

Liebe Leni,

dein erster Geburtstag ohne uns ist gewöhnungsbedürftig. Das rosa Shirt wird nicht dein Liebling werden, aber es wird bestimmt sehr gut an dir aussehen. Papa meinte, das Geld könntest du beim Shoppen wohl gut gebrauchen. Wir wünschen dir viel Spaß. Pass gut auf dich auf.

Mama und Papa

Dreihundert Euro, so viel hatte ich noch nie bekommen. Da mein Krankengeld gerade so reichte, war die Freude enorm groß. Das Geld steckte ich erst einmal in meine Hosentasche, damit es keiner sehen konnte. »Hase, ein Glück, dass wir Einzelkinder in unseren Familien sind. So verwöhnt zu werden, ist schon Luxus. Noch zwei Stunden, dann kommt endlich Berlin. Als erstes steigen wir in ein Taxi, das Jens schon vorbestellt hat. Es wird dort schon auf uns warten und fährt uns zur Pension Sonnenschein, die von einer älteren Frau und ihrer Enkelin geführt wird«, bemerkte meine Freundin, während sie das letzte Stück Torte verdrückte.

»Oha, da ist dein lieber Mann aber auf Nummer sicher gegangen, dass wir auch gut ankommen. Glaubt er, wir würden unser Ziel nicht erreichen?«, fragte ich lachend.

»Doch, Leni, erreichen schon, doch wie, unter welchen Umständen, meinte Jens, als ich ihn genau dasselbe gefragt habe.« Mittlerweile zeigte die Uhr halb zwei, eine Durchsage unterbrach unser Gespräch.

BERLIN, STADT DER TRÄUME

»Wir erreichen Berlin in fünf Minuten. Dieser Zug endet hier.« Nachdem wir unsere Sachen wieder eingepackt hatten, reihten wir uns bei den Menschen ein, die auch schon Richtung Ausgang unterwegs waren. Der Hauptbahnhof Berlin war riesig, überall Geschäfte, egal was man brauchte, hier gab es eine große Auswahl. Wenn das Taxi nicht draußen für uns bereitstünde, würden wir erst einmal ausgiebig herumbummeln.

Vor dem Bahnhof stand tatsächlich schon unser Taxi, der Fahrer winkte bereits in unsere Richtung. »Woher weiß er, dass wir seine Fahrgäste sind?«, fragte ich verwundert. »Steht irgendwo an uns geschrieben, dass wir die aus Dornenstein sind?«

»Mensch Hase, wer hat denn das Taxi bestellt? Jens überlässt nichts dem Zufall, er wird uns einfach beschrieben haben. Eine Blonde, eine Rothaarige, ungefähr so«, antwortete sie grinsend. Womit sie recht behalten sollte. Ein junger Fahrer hielt uns freundlich den Kofferraum auf und half uns mit dem Gepäck. »Nach der Beschreibung von Jens habe ich euch gleich erkannt, eine Rothaarige mit wilden Locken und eine Blonde, die aussieht wie ein Engel. Mein Name ist Nick und wenn ihr ein Taxi benötigt, dann ruft mich an! Egal wie spät es ist. Die Rechnung geht dann am Ende eures Aufenthalts nach Dornenstein an Jens. Zweihundert Euro hat er schon angezahlt, und sein Wunsch ist mein Befehl«, berichtete Nick und fuhr los.

Elli und ich schauten uns ungläubig an, bis ich wieder Worte fand. »Könnte es sein, dass dein Mann etwas übertreibt? Er tut gerade so, als wären wir noch nie aus Dornenstein herausgekommen.« »Bei all dem, was er mir erzählt hat, kann ich ihn verstehen. Außerdem ist Vorsicht immer besser als Nachsicht«, mischte sich Nick ins Gespräch ein, fuhr in eine Einfahrt und hielt vor einer wunderschönen, richtig gemütlichen Pension an. Eine beeindruckende kleine Villa mit eigenem Park und kreativ gestaltetem Garten, in dem sich ein großer Teich mit Fischen befand. Eine schmale Brücke führte über den Teich, in dem immer noch Wasserrosen in ihrer schönsten Blüte standen. Es sah aus, als würde das Anwesen schon immer existieren. Und diese Villa: Als könnte sie über das Erlebte ein Buch schreiben. Nick gab mir noch seine Visitenkarte mit seiner Handynummer und fuhr los. Noch beeindruckt von allem, was unsere Augen wahrnahmen, standen wir einfach still herum und betrachteten alles. Es war alles andere als nur eine Pension, einfach ein Traum.

»Ihr müsst Elli und Leni sein«, sprach uns eine ältere, gemütliche Frau in einem schicken Anzug an. »Und du bist das Geburtstagskind«, sagte sie zu mir und reichte mir zum Gratulieren die Hand.

Mein tiefes Einatmen verstand Elli ganz genau und sie zuckte mit den Schultern. Auch ihr war klar, dass Jens hier nicht nur das Doppelzimmer für uns gebucht hatte. »Ich heiße Edith von Fabeck, aber nennt mich bitte Edith. Dieses Anwesen, das ihr hier seht, ist seit Generationen schon in unserem Familienbesitz. Hotel Sonnenschein gründete ich, nachdem mein Mann verstorben war. Nach mir wird es meine Enkelin Andrea von Fabeck weiterführen und hoffentlich danach ihre Kinder, die irgendwann noch kommen werden.«

Sie führte uns zur Rezeption, wo schon ihre Enkelin, die in unserem Alter sein müsste, uns den Zimmerschlüssel mit der Nummer sieben reichte und uns einen schönen Aufenthalt wünschte. »Den Flur entlang und dann rechts abbiegen«, beschrieb uns Edith noch den Weg.

Unser Glück vervollständigte sich mit unserem Zimmer. Es gab uns das Gefühl, jemand Besonderes zu sein. Es sah aus wie im Märchen. Elli ließ sich rückwärts auf eines der zwei Betten fallen und stöhnte laut vor sich hin. »Leni, im Grunde genommen bin ich schon so fertig vom Tag, dass ich am liebsten gleich in diesem märchenhaften Bett bleiben würde.« »Nix da, Elli. Denk daran, wer heute Geburtstag hat …«, stichelte ich lachend. »Wenn wir uns frisch gemacht haben, erkundigen wir uns bei Edith, ob eine von Sanders Boutiquen hier in der Nähe ist. Sie und Andrea sind außergewöhnliche Menschen. Sie haben etwas Herzliches an sich, das spürt man hier in jeder Ecke. Und erst der Park und der Garten – man muss sich hier einfach wohlfühlen. Dein Mann ist echt lieb, wie er alles bis ins Kleinste geplant hat für uns beide und die Leute auch gleich über uns aufgeklärt hat. Ein Traum! Deswegen gehe ich als Erste ins Bad. Dann kannst du Jens anrufen, um dich auch in meinem Namen zu bedanken. Sag ihm, dass es mein bester Geburtstag ist und auch nichts passiert sei – bis jetzt. Nicht die kleinste Katastrophe!« Kaum im Bad verschwunden, hörten meine Ohren, wie sie aufgeregt telefonierte.

Gut, dass es noch warm geworden war. Deshalb entschloss ich mich für kurze Jeans, ein rotes Shirt und Flipflops. Meine Freundin sah mich erstaunt an und hielt mit ihrer Kritik nicht hinterm Berg. »Du willst doch hier nicht im Ernst so langweilig herumlaufen wie eine graue Maus, oder? Wir sind in Berlin, mitten in einem Viertel der Reichen. Tu mir einen Gefallen und nimm eins meiner Kleider. Vielleicht probierst du das gelbe einmal an. Widerrede läuft nicht. Schmink dich ein wenig, leg dir Schmuck an, zeig, wer du bist, mach dich interessant«, rief sie aus dem Bad.

Ohne zu überlegen, folgte ich den Anweisungen. Das Kleid holte einiges aus mir heraus. Es betonte meine braune Haut. Mit einer Kette, einem Armband und einem Ring fühlte ich mich völlig anders. Wie lange war es her, dass mein Körper das letzte Mal Schmuck gesehen hatte oder Schminke, die gerade von mir dezent aufgelegt wurde? Ob John noch einen Gedanken an mich verschwendete? Allein die Überlegung versetzte mir einen Stich ins Herz.

Hätte ich zu diesem Zeitpunkt schon gewusst, was uns in den nächsten zwei Tagen erwarten würde, hätte ich Elli an die Hand genommen und wäre mit ihr bis zum Bahnhof gelaufen, um vor der Katastrophe zu Hause zu sein. So nahm alles unaufhaltsam seinen Lauf.

»Hey, Hase, siehst du gut aus. Ich habe gar nicht mehr daran gedacht, wie schön dein Äußeres sein kann, bis auf die Flipflops. Mein Vorschlag: Hier, diese weißen Sandalen mit etwas Strass. Jens lässt dich grüßen. Er ist sehr erfreut, dass wir uns wohlfühlen und so begeistert sind.« Warum nicht auch noch ihre Sandalen, wenn es sie glücklich machte, bitte. Dann sollte es so sein. Am Ende bürstete Elli noch ausgiebig meine Haare. Das war eine ihrer Lieblingsbeschäftigungen: mich verändern. Danach betrachtete sie mich, erst von vorn, dann von hinten im Spiegel. Anscheinend äußerst zufrieden, auch mit sich selbst, ließ sie einen Spruch verlauten, der genauso ging: »Tja, Mädels, entweder man hat das gewisse Etwas oder man hat es nicht.« In dem Moment, als der Satz in meinen Ohren ankam, setzte ich mich vor lauter Lachen hin und Tränen liefen und verwischten meine Wimperntusche. »Hör auf zu lachen, Leni. Schau, wie du aussiehst. Komm, setz dich. Das kann man schnell nachbessern.« Nachdem wir uns fertig gemacht hatten, das Bild für Horst verpackt und unterm Arm geklemmt, wollten wir uns noch über die Boutique erkundigen, um zu erfahren, wie weit sie von der Villa entfernt war, oder ob es gleich besser wäre, Nick anzurufen, um uns zu fahren.

Welches Glück, denn gerade, als wir die Tür öffneten, lief Edith an unserem Zimmer vorbei. Ohne zu zögern, sprach ich sie an. »Entschuldige bitte, Edith. Weißt du, wie wir von hier aus zu der Boutique von Horst Sander kommen?« »Ah, ihr wollt zu einem seiner Geschäfte. Bekleidung für Kinder und Frauen, na, da habt ihr aber echtes Glück. Eines davon liegt drei Straßen weiter. Sie wurde nach ihm benannt, die Sanderstraße. Also, ein Taxi ist unnötig. Ich frage mich, wie kommen zwei Frauen aus Dornenstein darauf, bei Horst einkaufen zu wollen? Er hat sehr außergewöhnliche Mode, seine Preise sind nicht auch ohne.«

»Wir wollen nicht nur wegen der Kleidung hin. Hier, ich habe ein Bild für Horst gemalt. Ein kleines Präsent für ihn.« Ich hielt freudig das Gemälde in die Höhe. »Jetzt machst du mich neugierig, Leni. Ihr kennt Horst also persönlich? Darf man dein Werk betrachten? Würdest du es für mich auspacken? Bitte, mach mir die Freude.«

Ausgepackt war es schnell und voller Stolz präsentierte ich mein Gemälde. Erst guckte Edith minutenlang, als würde sie durch das Bild hindurchschauen. Mir wurde schon komisch. Es könnte ja sein, dass es ihr gar nicht gefällt.

»Warum hast du nicht gleich gesagt, dass du die Künstlerin bist, von der Horst schon ein Bild in genau dieser Boutique hängen hat? Jedes Mal fällt es mir ins Auge, wenn ich ihn besuche oder er mal anruft, ob ich nicht Lust auf einen kleinen Plausch hätte. Ihr müsst wissen, wir kennen uns bereits aus der Schulzeit. Leni, dieses Gemälde übertrifft alles, was meine Augen je gesehen haben. Wie du aus seinem Gebäude ein Kunstwerk geschaffen hast, die vielen Schmetterlinge – was für ein grandioser Einfall! Es ist eine Bereicherung für dieses Haus, dass ihr da seid. Andrea und ich würden uns freuen, wenn ihr zwei uns beim Abendbrot so gegen achtzehn Uhr Gesellschaft leisten würdet.« Sie schaute dabei Elli fragend an. »Selbstverständlich nur, wenn es eure Zeit erlaubt.« »Gerne, Edith. Wir werden um sechs pünktlich wieder hier sein«, bestätigte meine Freundin die Einladung.

So, nun machten wir uns also auf den Weg. Es kribbelte in meinem Magen, als wären alle Schmetterlinge vom Bild in meinem Bauch gelandet. »Siehst du, Hase, deiner Karriere steht nichts mehr im Weg. Die Menschen werden nach

Berlin reisen, um deine Bilder zu sehen und zu kaufen. Du wirst alle verzaubern. Ich habe doch schon immer gesagt, dass du nie wieder eine Praline verpacken musst. Genau genommen gilt das auch für mich, da deine Managerin jetzt vor dir steht.«

Nachdem von mir ein überschwänglicher Luftsprung, begleitet von einem überzeugten »Ja, ich schaffe das!« kam, nahm ich meine Freundin, der ich all das zu verdanken hatte, und die immer an meiner Seite stand, in den Arm und flüsterte ihr ins Ohr, wie lieb ich sie hatte. Elli bekam feuchte Augen und bestätigte, dass sie mich genauso lieb hätte. »Komm, Leni, es muss gleich um die Ecke sein, bevor hier das große Heulen anfängt«

ALLES LÄUFT SCHIEF

Auf der anderen Straßenseite, noch ein wenig entfernt, sahen wir die Boutique. Sie sah genauso aus wie auf dem Bild. Meine Aufregung stieg, als stünde John gleich vor mir. Das würde er auch, aber anders als erhofft. »So, Leni, gib alles«, forderte Elli mich auf, wobei sie mir einen bestimmenden Schubs gab. Abrupt blieb ich stehen und forderte meinerseits meine Weggefährtin auf, sich nicht zu bewegen. »Was ist denn nun schon wieder los? Sag bitte nicht, irgendeine Katastrophe geht dir durch den Kopf.«

»Nicht durch den Kopf, sondern durch meine Augen. Schau mal nach vorne. Siehst du nicht, wer da glücklich mit seiner Familie, Hand in Hand, ankommt, mit einem kleinen Mädchen in der Mitte? Da läuft eine Bilderbuchfamilie. Sie steuern das Geschäft seines Papas an.«

Jetzt verstand mich Elli und stellte sich augenblicklich vor mich, in der Hoffnung, dass er mich nicht sehen konnte und hielt meine Hand, die so fest von mir gedrückt wurde, als hoffte ich, ein wenig von meinem Schmerz verlagern zu können. Gegenüber lag ein kleines, gemütliches Café. Sofort steuerten wir es an und setzten uns draußen hin. So konnten wir alles genau beobachten, würden aber selbst nicht auffallen. Sprachlos, ohne auch nur einen Wortwechsel, bestellte ich zwei Kaffee.

»Meine Hoffnung, John einmal in meinem Leben nahe zu kommen, ist dahin«, flüsterte ich ihr zu. »Er hat es mir so deutlich zu verstehen gegeben, dass meine Liebe zu ihm keine Chance hat. Aber mein Herz hat es einfach ignoriert. Sein Liebesbrief, gerichtet an mich, eine Lüge und trotzdem wünschte ich mir nichts Sehnlicheres, als diese Frau an seiner Seite zu sein. Dann würden meine Ohren den Satz ›Ich liebe dich‹ von ihm hören. Es schmerzt, wenn du einen Menschen in deinem Herzen trägst, die Hände sich aber nie berühren werden.« Ich schniefte. „Elli, er fehlt mir und für ihn bin ich unsichtbar«, fuhr ich leise fort, während eine Träne unter meiner Sonnenbrille hervor lief.

»Leni, das Unglaubliche ist jetzt Wahrheit. Dass das alles hier so weit gekommen ist, hätten Jens und ich nicht erahnen können. Glaub mir, wir würden jetzt bei dir zu Hause sitzen mit all unseren Freunden und unseren Eltern. Es sollte ein unvergessliches Freundinnen-Wochenende werden. Gut, unvergesslich wird es wohl bleiben ... Guck nicht so auffällig hin, Hase, da bewegt sich was.« Die

Familie verließ nach einiger Zeit wieder die Boutique. John hielt das kleine Mädchen glücklich in seinen Armen, er drückte seine Tochter und streichelte ihr übers Haar. Die Mama trug edle Einkaufstaschen, in denen bestimmt die schönsten Kleider steckten.

»Was hast du nun vor?«, fragte Elli ratlos , die aufgrund ihrer mitfühlenden Traurigkeit mittlerweile auch ihre Sonnenbrille aufgezogen hatte. »Willst du das Bild trotzdem noch hinbringen oder sollten wir jetzt lieber hier verschwinden und alles schnell hinter uns lassen? Meinerseits würde ich es verstehen.« »So nicht«, sagte ich bestimmend, stand auf und tat so, als würden meine Hände eine Krone auf meinem Kopf richten. »Das Bild wird wie geplant abgegeben. Du sagst selbst immer, eine Prinzessin fällt hin, steht auf, richtet ihre Krone und läuft dann weiter. Ich stehe und werde laufen.«

Ohne weiter zu diskutieren, stand meine Freundin an meiner Seite, legte noch zehn Euro für den Kaffee auf den Tisch und dann überquerten wir die Straße. Vor dem Ziel stehend, schaute ich auf das Namensschild. ›Sonnenoase‹ war in großen goldenen Buchstaben zu lesen. Kaum drinnen, wurden wir gleich von einer gut gekleideten Frau gefragt, wie sie uns helfen könne. Ihre Frage kam bei mir nicht an, denn mein Blick fiel sofort auf das Bild an der Wand. Mein Werk hing dort. Lena in ihrem roten Kleid. Was für ein unbeschreibliches Gefühl. Noch einmal wurden wir höflichst gefragt, ob sie uns weiterhelfen könne.

»Ja, gerne«, antwortete Elli, die mich beobachtete und mir dann das Präsent für Horst aus der Hand nahm, um es ihr zu geben. »Für Herrn Sander, mit vielen lieben Grüßen aus

Dornenstein.« Ohne auf eine Reaktion von der Frau abzuwarten, schnappte mich meine Freundin an der Hand und zog mich aus dem Geschäft.

Wieder vor dieser Tür stehend, ohne Ziel und mit völliger Leere im Kopf, aber immer noch Hand in Hand, liefen wir schweigend durch einen Teil Berlins. Nicht fähig, auch nur in ein weiteres Geschäft zum Shoppen zu gehen und ohne zu merken, wie spät es wurde. Erst als die Kälte in unsere Knochen zog und unsere Arme Gänsehaut bekamen, fiel uns auf, dass keine von uns beiden einen Plan hatte, wo wir uns befanden. »Komm, Leni, lass uns Nick anrufen. Es ist schon spät. Nicht, dass Edith mit dem Essen wartet.«

»Gute Idee. Hoffentlich ist er noch bei der Arbeit. Bitte ruf du an«, bat ich sie und gab ihr kraftlos seine Visitenkarte. »Noch was, wenn wir im Taxi sitzen oder in der Villa angekommen sind, bitte keinen Satz über das, was vorgefallen ist. Lass uns einfach vergessen, was war. Heute ist mein Geburtstag. Wir werden diese Nacht feiern, als gäbe es kein Morgen. Egal, was gerade innerlich in mir vorgeht, auf meinem Programm steht jetzt einfach mal wieder zu leben. Kein Selbstmitleid. Mal wieder für meine besten Freunde da sein, anhören, wie es ihnen eigentlich geht. In den letzten Monaten hat sich alles nur um mich gedreht.«

»Oha, Hase. Denk bitte mal daran, unter welchen drei Bedingungen uns Jens hier alles organisiert hat. Zwing mich nicht, die Vernünftigere von uns beiden zu sein«, bemerkte sie und zog ihre Augenbrauen in die Höhe. »Mach dir keine Sorgen, Elli. Keine Kekse, kein Abenteuer und Unterwäsche wird eh überbewertet. Also zieh erst gar keine an!« Meine Worte verließen mal wieder unkontrolliert meinen Mund, doch es hatte Wirkung. Wir kugelten uns vor Lachen. Wie gut uns das tat.

Nick raste mit seinem Taxi um die Ecke, als würde er sich mit dem Teufel ein Rennen liefern. Mit quietschenden Reifen blieb er neben uns stehen, stieg aus, sah unsere erstaunten Gesichtsausdrücke und fragte dann, wo es denn brenne und ob es besser wäre, Jens anzurufen. Erneut lachten wir herzlich. Geduldig wartete Nick, bis wir uns beruhigt hatten, dann erklärte ich ihm, dass wir nur pünktlich zurück sein wollten, um der Einladung nachzukommen. »Ist das euer Ernst? Mein Feierabend hat vor einer Stunde angefangen«, sagte Nick. »Elli hat sich so komisch traurig angehört, also bin ich sofort los.« Die Sorgen waren anscheinend nur einseitig. »Und warum tragt ihr Sonnenbrillen? Falls es euch noch nicht aufgefallen ist, es ist keine Sonne mehr da. Noch was, Leni, ich wünsche dir alles Gute zum Geburtstag.« Dabei hielt er mir elegant die Autotür auf. »Echt schade, dass du schon Feierabend hast, aber danke, dass du uns trotzdem abgeholt hast. Wir wollen später noch mal um die Ecken, uns ein klein wenig herumtreiben, wenn du verstehst, was ich meine«, betonte ich den letzten Satz von der Hinterbank, als meine Hand die Sonnenbrille hochschob. Jetzt quietschten wieder die Reifen und das Taxi hielt. Nick drehte seinen Kopf zu mir und forschte gleichzeitig nach, ob auch wirklich alles in Ordnung sei.

»Wenn ich nicht wüsste, dass euch eben die Tränen vor Lachen gelaufen sind, könnte man glauben, du hast geweint, Leni. Um ehrlich zu sein, wäre es vielleicht besser, ich hole euch später ab und ihr verbringt den Abend bei mir in der WG? Keiner von euch beiden kennt sich hier aus und zufälligerweise hat ein Mitbewohner eine Fete am Start. Wir wohnen zu viert, Luise ist im elften Semester Tiermedizin, Susi ist ausgelernte Schornsteinfegerin, genau wie ihr Freund Tom. Die zwei haben ein Zimmer zusammen, dafür aber das größte. Jetzt zu meiner Wenigkeit: Ich bin gelernter Schreiner, restauriere alte Möbel und verdiene mir durch das Taxifahren nebenbei etwas dazu, um mir irgendwann meinen Traum vom eigenen Geschäft erfüllen zu können. Also, wie ihr seht, alles besser, als allein durch Berlin zu streifen, vor allem in der Nacht.« Ohne eine Antwort abzuwarten, drehte er sich wieder Richtung Straße und fuhr weiter.

»Okay, die Idee, allein zu zweit in Berlin, ist nicht so verlockend wie eine Party mit Menschen. Da könntest du sogar recht haben, Nick« bestätigte Elli, die an ihren Mann dachte und nur hoffte, dass der Abend einigermaßen glimpflich ausging.

»Na dann, um einundzwanzig Uhr wieder hier!«, rief er uns noch nach, als wir ausstiegen. Aktuell waren wir erst einmal erleichtert, hier pünktlich angekommen zu sein. Edith von Fabeck saß mit Andrea auf der Terrasse und winkte in unsere Richtung. Elli wechselte noch schnell ihre Sonnenbrille in die normale, schob sie zurecht, dann legten wir ein Lächeln auf und gesellten uns zu ihnen. »Schön, dass ihr zwei da seid. Kommt, nehmt Platz«, begrüßte uns ihre Enkelin. Die zwei haben aber auch nichts ausgelassen. Zu verlockend, was alles aufgetischt wurde. Wie ein kleines Buffet für Leute mit Geld, dachte ich. Man konnte aber auch sehen, dass alles von Herzen kam.

Edith erzählte einiges über Horst und seine Vergangenheit. Dass er es nicht immer einfach hatte, weil er als Baby adoptiert wurde. Dass seine Mutter bereits eine dreijährige Tochter hatte, als sie mit ihm schwanger wurde. Dass sein Vater sie unerwartet verlassen hatte, um mit einer anderen Frau in Amerika zu leben – und von seinen Kindern nichts mehr wissen wollte. Dass seine Mutter anschließend mit all ihren Problemen allein da stand und Horst zur Adoption frei gab. Keiner konnte sich vorstellen, wie verzweifelt diese Frau gewesen sein musste, wenn sie bereit war, eins ihrer Kinder in fremde Hände zu geben.

»Wie traurig. Hat er seine Mama denn nie gesucht?«, fragte ich nach. »Selbstverständlich, Leni. Dreißig Jahre lang hat er versucht, sie zu finden. Damals war es anders als heute. Es gibt keine Papiere mehr über diese Frau. Selbst wenn sie ihren Jungen irgendwann mal gesucht hätte, wäre es unmöglich gewesen, ihn zu finden. Er ist jetzt achtundfünfzig Jahre alt und hat sich nicht wirklich damit abgefunden. Seine Adoptiveltern waren gute Menschen, die später noch einen eigenen Sohn bekamen, aber nie einen Unterschied zwischen den beiden gemacht haben. Kurz vor seinem achtzehnten Geburtstag haben sie ihn aufgeklärt. Es fiel ihnen schwer, doch es wurde Zeit, die Wahrheit zu sagen. Sie gaben ihm eine Schatulle, handgefertigt, mit rotem Samt überzogen, die eine Melodie spielte, wenn man sie aufklappte. Das änderte nichts an seiner Beziehung zu seinen Eltern oder seinem Bruder Lennart. Der tödliche Unfall seines Bruders mit der gesamten Familie zerriss sein Herz. Tagelang ging er nicht vor die Tür und redete mit niemandem ein Wort. In dieser schlimmen Zeit gaben ihm seine Kinder Lea und John, die wiederum ihre Mama viel zu früh an Krebs verloren hatten, Halt. Trotz all seiner schweren Schicksale ist er ein Mensch, der immer nach vorne schaut. Nun habe ich genug aus dem Nähkästchen geplaudert. Erzählt ihr ein wenig von euch!« Damit fand Edith nun ein Ende für ihre Erzählung.

Was für ein Zufall, dass Jens ausgerechnet hier ein Zimmer für uns gebucht hatte. Hier, wo ich mehr über die Familie Sander erfahren habe, als mir lieb war. Gerne hätte ich mehr von John und seiner Frau herausbekommen, aber da auch noch nachzufragen, würde mir vielleicht einen Stich ins Herz versetzen. Also blieb mein Mund geschlossen, denn ich war einfach nur froh, meine Gefühle überspielen zu können und genauso sollte es auch bleiben. Andrea erzählte nun von ihren Eltern und davon, dass sie beruflich in Indien umherreisten. Es wurde ein ausgelassenes Essen. Die beiden waren so aufgeschlossen, dass ich es Andrea nicht abschlagen konnte, ein Bild von ihrem Anwesen zu malen, als ihre Oma gerade nicht da war und sie mich fragte. »Es soll ein Geschenk für meine Oma zu Weihnachten werden. Es wäre etwas sehr Persönliches für Edith. Unsere Begeisterung für deine Kunst, Lena, ist riesengroß.« Besser konnte es für mich nicht laufen. Kaum hier, schon den ersten Auftrag fest in der Tasche und das von so liebenswerten Menschen. Nachdem auch der Nachtisch – bestehend aus Quark, gemischt mit geschlagener süßer Sahne, ein paar darunter gerührten Erdbeerstücken und mit Erdbeeren, die mit feinster Vollmilchschokolade überzogen waren und als i-Tüpfelchen zur Verzierung dienten – gegessen war, wurde es Zeit, uns zu verabschieden, da Nick nicht auf uns warten sollte. Nicht wir, aber er kam zehn Minuten zu spät. Gerade wollte ich ihn anrufen, da fuhr auch schon sein Taxi vor.

»Sorry, Mädels. Manchmal ist ein Durchkommen in Berlin fast unmöglich. Einsteigen, anschnallen«, sagte er, als er uns die Türen öffnete. »Danke noch mal, dass du dich so lieb um uns kümmerst. Eigentlich kennst du uns ja nicht wirklich. Was sagen denn deine Mitbewohner, wenn wir einfach so auftauchen?«, erkundigte sich Elli. »Alles gut. Sie wissen schon Bescheid und freuen sich auf euch. Schaut, dort ist das Brandenburger Tor. Ihr kennt es nur aus dem Fernsehen, oder täusche ich mich da?« Doch unser Taxifahrer hatte recht. Das Tor ist das einzig verbliebene Berliner Stadttor und bekanntestes Wahrzeichen der Stadt.

Wir parkten in einer Tiefgarage. Von da aus waren es dann noch fünf Minuten zu Fuß. Von weitem hörte man von einer Dachterrasse laute Musik, Lachen und Stimmengewirr. Meine Freundin und ich schauten uns unsicher an, mit den Gedanken kurzfristig bei Jens. Doch nun waren wir hier und die Stimmung war so angeheizt, dass all unser Kummer Nebensache wurde. Einen Rückzieher zu machen war zu diesem Zeitpunkt so oder so unmöglich. Nachdem wir drei dazukamen, sangen alle für mich ein Geburtstagslied. Unglaublich, wie gut es meiner Seele tat. Wir wurden vorgestellt und super von allen aufgenommen. Nick hatte ein erstaunliches Leben, alles schien perfekt zu sein – die Wohnung, seine Freunde und sein Charakter. Alles fühlte sich vertraut an, wie zuhause in Dornenstein. Luise, Susi und Tom brachten uns Getränke und wir kamen ins Gespräch. Je mehr wir tranken, desto lockerer wurde Elli und sie berichtete von unserer Nacht mit den gestohlenen Keksen. Elli wurde zum Mittelpunkt der Aufmerksamkeit und erzählte weitere kleine Abenteuer von uns, während sie weiterhin trank. Zwischendurch verschwand meine Freundin mit Susi. Als sie zurückkamen, hatten beide eine ungewaschene, rußige, verdreckte Schornsteinfegeruniform an und sangen lauthals das Schornsteinfegerlied und alle sangen begeistert mit. »Komm, Leni, tanz mit mir!«, forderte sie mich auf und übertrug dabei den Ruß von ihren Sachen auf meine. Ein bisschen Glück konnte sicher nicht schaden. Also tanzten wir und hatten jede Menge Spaß bis zum frühen Morgen. Völlig erschöpft, betrunken und übermüdet kamen wir zu dem Entschluss, dass es besser sei, zur Villa zu fahren und ein paar Stunden Schlaf zu bekommen. Luise, die schon vor Stunden eingeschlafen war und nach zwei Tassen Kaffee wieder nüchtern wirkte, bot an, uns zu fahren. Dankbar für alles luden wir die ganze Gruppe von vierundzwanzig Gästen und vier WG-Bewohnern nach Dornenstein ein, um dort ordentlich zu feiern. Alle kannten Jens bereits durch Ellis Erzählungen. Jetzt war es sechs Uhr morgens und wir wurden vor der Einfahrt abgesetzt. Wir schlichen leise hinein und fanden eine Nachricht an unserer Zimmertür.

Hallo Leni,
Horst war gestern Abend noch hier, nachdem wir miteinander telefoniert hatten. Er ist so begeistert von deinem neuesten Bild, dass er bis Mitternacht hier vergeblich auf

dich gewartet hat. Er wollte dich unbedingt sehen, um sich bei dir zu bedanken. Horst wird um elf Uhr zum Frühstück kommen und hofft, Elli und dich zu treffen.

In diesem Moment wurde mein Kopf völlig klar. Zitternd schloss ich die Tür auf und zog Elli hinter mir her. »Geh du zuerst duschen, ich packe in der Zwischenzeit unsere Sachen«, sagte ich schnell zu ihr. Doch ihre Verwirrung war offensichtlich: »Was ist los, Leni? Warum freust du dich nicht, dass Horst kommt? Habe ich etwas verpasst?« Sie war gerade dabei, sich in einen Sessel zu setzen, aber ich konnte sie eben noch davon abhalten. »Werd bitte klar, Elli. Du hast vom Kopf bis zu den Füßen Ruß an dir, meinerseits sieht es nicht besser aus. Geh bitte duschen, dann erkläre ich dir alles.«

Gesagt, getan. Nachdem wir frisch geduscht und einigermaßen klar auf dem Bett saßen, statt in ihm zu liegen, wollte meine Freundin wissen, was los ist. »Du kennst mich, Elli. Wenn etwas anfängt, mich zu erdrücken, laufe ich los. Und so fühlt es sich gerade an. Wenn ich über John hinwegkommen will, muss ich alles, was mit ihm und seiner Familie zu tun hat, hinter mir lassen.« »Bedeutet das, dass wir übernächtigt, und sang- und klanglos wie Diebe, von hier verschwinden? Was soll Edith von uns denken?«, fragte sie offensichtlich ziemlich mitgenommen. »Ja genau, Elli, ich habe einen Zettel geschrieben. Wir legen ihn einfach unten an der Rezeption ab.«

Unsere Erklärung für die überstürzte Abreise lautete:

Liebe Edith,

unvorhergesehene Umstände zwingen uns leider dazu, früher als geplant abzureisen. Wir haben uns bei euch sehr wohl gefühlt und bedanken uns für alles. Bitte entschuldige uns bei Horst.

Liebe Grüße, Leni und Elli

»Na, dann los. Es ist erst sieben Uhr. Vielleicht schaffen wir es noch unbemerkt weg«, sagte Elli und hängte ihre Tasche über die Schulter. Sie streckte ihren Kopf aus der Tür, schaute nach links und rechts und gab mir das Zeichen, dass der Weg frei war. Ich fühlte mich wie ein Einbrecher. Während wir den Zettel an der Rezeption hinterlegten, bemerkten wir besorgt, dass wir Ruß- und Schuhabdrücke hinterlassen hatten. Doch abgesehen davon hatten wir Glück – außer einem Gast auf der Terrasse war niemand zu sehen. Als wir das letzte Stück der Einfahrt gingen, blieben wir stehen, um Luft zu holen. »Ich kann nicht mehr, Hase«, stöhnte Elli. Als wir außer Sichtweite der Villa waren, blieben wir kurz stehen. »Weißt du überhaupt, in welche Richtung wir laufen müssen, um zum Bahnhof zu kommen? Wäre es nicht besser, Nick anzurufen oder ein anderes Taxi zu nehmen?«, fragte Elli, die auf ihrer Tasche saß und noch immer eine deutliche Alkoholfahne hatte.

Tja, was machen wir nun, dachte ich laut, zurück war unmöglich, doch Nick würde noch schlafen und zu viel Alkohol in sich haben. Nicht gerade die besten Aussichten, doch mir würde hoffentlich gleich etwas einfallen. Doch bevor ich weiterdenken konnte, tauchte Luise mit dem

Auto neben uns auf und schaute uns fragend an. »Luise, dich schickt ein Engel. Könntest du uns bitte zum Bahnhof fahren? Eine Nachricht aus Dornenstein lässt uns früher abreisen«, sagte ich erleichtert.

„Gerne. Ihr seht im Moment rußfrei aus. Setzt euch besser hinten auf die linke Seite, da ist es nicht so nass wie hier vorne, nachdem ich die Sitze gereinigt habe. Eins muss man euch lassen, ihr habt überall Spuren hinterlassen. Ich wette, auch im Flur zur Terrasse hoch. Im Dunkeln ist mir das gar nicht so aufgefallen, außer an euren Gesichtern. Im Grunde könnt ihr nichts dafür. Wenn Susi nicht auf die Idee gekommen wäre, sich mit Elli als Schornsteinfeger zu verkleiden, hätten wir jetzt nicht das Desaster. Nick hat ein Foto als Scherz an Jens geschickt, wie ihr wild beim Tanzen abgeht. Dazu hat er geschrieben: ›So feiert man in Berlin. Wir freuen uns darauf, bei euch zu feiern‹. Elli und ich schlugen gleichzeitig die Hände vor das Gesicht und stöhnten. »Bitte nicht das auch noch. Was haben wir getan?«, fragte ich. Elli hörte nicht auf zu stöhnen und zu murmeln. Sie suchte wild nach ihrem Handy, aber keine Nachricht. »Nicht gut«, murmelte sie weiter. »Mein Mann wird uns nie wieder allein weggehen lassen. Wir sind erledigt.« Ich legte meinen Arm um Elli, um ihr ein Gefühl der Sicherheit zu geben und versuchte, beruhigend auf sie einzuwirken. »Elli, wir haben die drei Regeln fast befolgt. Du hattest deine Unterwäsche an und keine Kekse – nur Nummer drei ist vielleicht etwas schiefgelaufen. Aber du kennst Jens, er schmollt nie lange.« Elli nickte nun eifrig. »Oh ja, einmal hat er fünf Stunden nicht mit mir gesprochen. Das fühlte sich schlimm an und beklemmend.« In diesem

Moment klingelte auch noch mein Handy. Luise erstarrte vor Schreck, genauso wie wir hinten. Ich sah Elli an und sie schüttelte den Kopf. »Ich bin nicht da«, sagte sie. Ich schüttelte auch den Kopf. «Und, ist es Jens?«, fragte Luise neugierig. »Schlimmer, meine Mama«, antwortete ich und spürte, wie mein Finger zögerte, den Anruf anzunehmen. »Geh nicht dran«, bestätigte Elli mein Bauchgefühl. »Schreib ihr einfach ein paar nette Worte.« Sie hatte recht. Mein Magen krampfte sich vor schlechtem Gewissen zusammen. Sobald sich die Gelegenheit ergab, würde ich die Wahrheit sagen. So eine Lüge sollte nicht zwischen uns stehen. Das hatten meine Eltern nicht verdient.

Der Bahnhof kam in Sichtweite und die Aussicht, heute noch nach Hause zu fahren und womöglich von Jens abgeholt zu werden, verwirrte mein ohnehin chaotisches Kopfkarussell nur noch mehr. Am Schalter erfuhren wir, dass der nächste Zug erst in zwei Stunden Richtung Dornenstein fahren würde. Aber immerhin hatten wir Glück – sie nahmen unsere Zugtickets für den nächsten Tag zurück. »Noch zwei Stunden warten. Es ist so kalt und ich bin so müde!«, nörgelte Elli. »Wenn ihr wollt, leiste ich euch so lange Gesellschaft. Kommt, wir trinken einen Kaffee, den könnt ihr bestimmt gut gebrauchen«, schlug Luise vor. »Es tut mir leid, dass Nick das Foto an Jens geschickt hat. Er hat sich nichts dabei gedacht. Die beiden haben mehrmals telefoniert und über euch geredet. Am Ende hörte es sich fast freundschaftlich an. Wenn ihr wollt, zeige ich euch das Bild. Nick hat alle Fotos von letzter Nacht in die WG-Gruppe geschickt.«

Sie zückte ihr Handy und zeigte uns die Aufnahmen. Schon nach dem dritten Foto wurde uns klar, dass alles, was wir hier in Berlin erlebt hatten, selbst die Fußspuren in der Villa, die ausgelassene Party, nun einen bitteren Beigeschmack hatte.

»Also, ihr beiden. Es dauert noch zwei Stunden, bis der Zug kommt. Ich bin gespannt darauf, eure Geschichte im Ganzen zu hören. Was hat Berlin mit euch zu tun? Oder ihr mit Berlin? Und warum ist es so schlimm, wenn deine Mama anruft?«, erkundigte sich Luise und blickte abwechselnd von mir zu Elli. Ich nickte Elli zu und sie begann zu erzählen – von Anfang an. Vom Eilbrief, unserer Arbeit, unserem Unfall. Immer wieder erwähnte sie John und seine Familie. Meine Eltern, Krümmel. Ab dem Punkt hörte ich nicht mehr richtig hin, weil ich einfach eingeschlafen war. Erst als Elli den Satz sagte: »Es wird Zeit, dass Leni aufwacht.«, öffneten sich meine Augen. »Na, du Schlafmütze, ihr müsst los. Der Zug wartet nicht auf euch«, sagte Luise auffordernd. Als wir uns verabschiedeten, versprachen wir, uns wiederzusehen. »Grüß Nick und die anderen. Sag ihnen, wie leid uns das Chaos tut, das wir hinterlassen haben«, sagte ich, bevor wir in den Zug stiegen. Keine fünf Minuten später schlief Elli so tief und fest, dass man ihr leises Schnarchen hören konnte. Ich nahm ihr die Brille ab, deckte sie mit einer Jacke zu und beschloss, wach zu bleiben, um auf das Gepäck aufzupassen. Alles im Leben hinterließ Spuren. Die einen konnte man durch eine Reinigung entfernen. Die seelischen Spuren hingegen blieben bestehen, bis man aufhörte, sich etwas vorzumachen. Es würde dauern, bis mein Traummann in meinem Herzen verblasste. Ja, es würde immer Momente geben, in denen die Sehnsucht mich verzweifeln ließ. Aber es blieb mir nichts anderes übrig, als diese Momente auszusitzen. Das Wissen, dass er eine Familie hatte, könnte es leichter machen. Zuerst muss ich mein Leben sortieren, wie auch immer es aussehen mochte.

Als erstes sollte Jens wissen, dass wir heute früher kamen. Meine Nachricht war kurz, nur um ihm Bescheid zu geben, dass wir um siebzehn Uhr zurück sein würden. Als nächstes schrieb ich meiner Mama, erwähnte aber nicht, dass ich schon im Zug saß. Elli war noch verschlafen, als ich sie sanft weckte. Um den Anschlusszug zu erreichen, mussten wir etwas schneller laufen. Es blieben gerade mal drei Minuten für den Umstieg. Als wir weiterfuhren, wollte ich von den verschickten Nachrichten erzählen. Aber Elli schlief schon wieder, den Kopf auf dem kleinen Tisch.

ELLI IST VERSCHWUNDEN

Um ehrlich zu sein, ich mochte nicht in ihrer Haut stecken. Hoffentlich machte Jens nicht so einen auf schlimm beleidigt. Kurz vor Dornenstein weckte ich Elli erneut. Diesmal saß sie sofort kerzengerade im Sitz und schaute nervös aus dem Fenster. Um ihr die Spannung zu nehmen, erzählte ich ihr von der Nachricht, auf die keine Rückmeldung kam. »Du wirst sehen, er steht da und wird seine Prinzessin sehnsüchtig erwarten«, prophezeite ich und versuchte die Stimmung aufzulockern. Gleichzeitig bemerkten wir, dass Jens auf dem Parkplatz auf uns wartete. Aber seinem

Gesichtsausdruck nach zu urteilen, konnte man denken, dass er sich absolut nicht auf seine Prinzessin – geschweige denn auf mich – freute.

»Oha, den Umständen entsprechend, würde ich sagen. Es wäre angebracht, wenn ich ein Taxi rufe«, platzte es aus mir heraus. »Auf keinen Fall, Leni! Mitgegangen, mitgefangen. Lass mich jetzt nicht im Stich!«, zischte Elli erschrocken über sich selbst. Normalerweise fielen die beiden sich in die Arme, wenn einer von ihnen unterwegs war. Diesmal blieb das aus. Jens blieb stur am Auto stehen, hielt uns nur schweigend die Tür auf und setzte den Wagen in Bewegung, ohne auch nur eine Miene zu verziehen.

Wie zwei schuldbewusste Kinder saßen wir hinten und senkten unsere Köpfe. Bei mir vor der Haustür wurde die Situation nicht besser. Jens drehte sich nach hinten und sagte zu seiner Elli, ohne die geringste Erregung in seiner Stimme: »Wenn du möchtest, kannst du heute Nacht bei Leni schlafen. Es stand gestern schon fest, dass meine Freunde mich zu einem Männerabend abholen.« Oh weh, das hatte gesessen. Meine Freundin stieg ohne ein Wort aus. Ich vermutete, ihr Kloß im Hals hatte eine Größe von einem fetten Frosch, der jede Kommunikation unmöglich machte. Als Jens losfuhr, begannen ihr die Tränen nur so übers Gesicht zu rollen. Mit dem Entschluss, erst mal für sich allein zu sein, stellte sie ihre Sachen vor meine Haustür und ging Richtung Wald. Sie winkte ab, als sie meine Bereitschaft zum Mitlaufen erkannte. Dann verschwand Elli in der Dunkelheit.

Nachdem unser Gepäck einen Platz in der Wohnung gefunden hatte, beobachtete ich von meiner Terrasse aus den

Wald, in der Hoffnung, irgendwo meine Freundin zu entdecken. Aber es regte sich nichts, auch Stunden später nicht. Die Kirchturmuhr schlug Mitternacht. An ihrem Handy meldete sich jedes Mal die Mailbox.

Das war zu viel. Egal, was zwischen Elli und Jens vorgefallen war, mein Entschluss stand fest. Wie von allein, wählten meine Finger seine Nummer. »Was ist es denn diesmal?«, meldete er sich am anderen Ende der Leitung, müde und etwas genervt. »Elli ist verschwunden, nachdem du uns abgeliefert hast. Sie wollte allein sein und ist in den Wald gelaufen. Seitdem warte ich hier auf sie. Es ist kalt draußen und unheimlich ist es auch. Ohne auch nur ein Wort zu verlieren, legte Jens einfach auf.

Das war jetzt endgültig zu viel, meine Gedanken überschlugen sich dermaßen wild in meinem Kopf, dass man meinen Herzschlag hören konnte. Mit einer Jacke unter dem Arm und einer Taschenlampe in der Hand, die mir auch als Schutz dienen sollte, falls mich ein wildes Tier angreifen sollte, machte ich mich auf den Weg. Allein der Gedanke an die Dunkelheit im Wald ließ mich schaudern. Vor mich hin summend, um die Angst in den Griff zu bekommen, machte ich den ersten Schritt in den Wald. Doch kaum hatte ich ihn gemacht, spürte ich eine Hand auf meiner Schulter. Meine Reaktion war ein Schrei völliger Hilflosigkeit, so laut, dass mir selbst unheimlich zumute wurde.

»Leni, beruhige dich, du weckst deine Nachbarin noch auf, sei leise«, redete eine vertraute Stimme auf mich ein. Es war Jens, mein Retter. Gleichzeitig drehten wir uns erschrocken um, als bei Frau Engelbert die Rollläden hochgingen. Zum Glück konnte sie nicht um die Ecke schauen.

Wir hörten, wie sie rief: »Wer ist da?« Dann gerieten zwei Katzen in einen Streit und miauten wild und bedrohlich. Frau Engelbert dachte wohl, es wären die Katzen gewesen. »Mistviecher! Lassen einen alten Menschen nicht mal in Ruhe schlafen«, schimpfte sie vor sich hin, schloss das Fenster wieder und ließ die Rollläden herunter.

Still, nebeneinander laufend, machten wir uns auf die Suche. »Es tut mir alles so leid, Jens«, unterbrach ich das Schweigen. »Das Schlimmste für Elli ist, wenn du nicht an ihrer Seite stehst. Ich will nicht wissen, wo sie sich gerade befindet. Einsam, traurig und frierend. Mit den Gedanken bei dir.«

Es stimmte. Dort, wo wir auftauchten, passierten manchmal unvorhersehbare Ereignisse, die dann unkontrolliert ihren Lauf nahmen. Genau wie jetzt – ein unkontrollierter Angstschrei meinerseits, und schon gingen die Rollos hoch. Und Jens und ich suchten planlos hier im Wald herum. Genaugenommen waren wir wieder mal in einer Katastrophe gelandet, die wir nicht wollten.

»Von klein auf kennen wir uns schon. Hat Elli dir jemals einen Grund zur Eifersucht gegeben? Nein, sie hat Rotz und Wasser geheult, als du einmal fünf Stunden nicht mit ihr geredet hast. Wochenlang hat sie neben sich gestanden. Kannst du dich erinnern, Jens?« Berührt hielt er inne, doch bevor er sich äußern konnte, hörten wir ein leises Schluchzen. Und dann wieder ein trauriges Wimmern, als würde ein Tier weinen. Vorsichtig gingen wir den Geräuschen nach, bis wir Elli fanden. Sie saß zusammengekauert unter einem Baum und hatte zwei kleine Chihuahua-Welpen, die sich Schutz suchend an sie gekuschelt hatten, in ihren

Armen. »Mensch Süße, wir haben uns Sorgen gemacht. Bin ich froh, dich zu sehen. Entschuldige mein kindisches Verhalten. Es war nicht meine Absicht, dich so zu verletzen. Du wirst immer meine Prinzessin sein«, sagte Jens zu ihr und drückte sie liebevoll an sich. »Na, wer seid ihr denn? Wie kommt ihr zu Elli? Wie gemein können Menschen nur sein?« Kaum hatte der Satz meinen Mund verlassen, da brach Elli in Tränen aus. »Die will keiner haben. Ganz allein lagen sie hier unterm Baum, ohne ihre Mama. Bestimmt tut ihnen der Bauch vor Hunger schon weh. Durst werden sie auch haben«, schluchzte sie so hemmungslos, dass Jens sofort die Welpen in seine Jacke einwickelte, um sie zu wärmen. Dann sagte er, dass die beiden ab jetzt bei ihnen ein Zuhause gefunden hätten. »Nach allem, was du mit mir erlebt hast, nehmen wir jetzt auch noch die zwei Waisen mit. Womit habe ich einen Mann wie dich verdient?«, äußerte sie sich dankbar und streichelte die beiden Kleinen.

Kurzfristig musste ich an John denken, wie sehr ich mir immer noch wünschte, an seiner Seite zu sein. Wie traurig sich nun alles anfühlte. Jetzt liefen auch meine angestauten Tränen hemmungslos. Den ganzen Weg aus dem Wald heraus, sprachen wir nur über die beiden kleinen Notfälle. Jens schlug vor, ihnen erst einmal Katzenfutter zu geben und morgen richtiges Futter zu besorgen. Es war schon fast zwei Uhr, als sie glücklich mit dem Auto losfuhren. Ich ließ meinen übermüdeten Körper ins Bett fallen und schlief ein, ohne überhaupt noch einen klaren Gedanken zu fassen. Bevor sich meine Augen wieder öffneten, hatte ich zuerst ein sehr schlechtes Gewissen meinen Eltern gegenüber. Sie würden heute Krümmel vorbeibringen. Damit unser Miteinander nicht noch komplizierter wurde, musste ich jetzt mit der Wahrheit herausrücken. Oh je, es klingelte schon an der Tür. So früh hatte ich meine Eltern nicht erwartet. Erleichterung meinerseits, als unser Postbote Wilhelm vor der Tür stand. »Guten Morgen, Leni. Du warst gestern nicht da, als ich dir das Päckchen bringen wollte. Hier sind noch zwei Briefe aus Berlin dabei. Einer von Horst, wie das Päckchen und einer von Frau Edith von Fabeck. Wer ist denn diese Frau von Fabeck? Kennst du sie? Wie geht es John? Als er dich am Krankenhaus mit dem großen Strauß roter Rosen abgeholt hat, sah er aus wie ein verliebter Teenager. Es ist echt schade, dass ihr kein Paar geworden seid.«

Meine Augen weiteten sich und mein Kopf versuchte zu verstehen, was Wilhelm gerade gesagt hatte. »Wie kommst du darauf, dass er mich abgeholt hat? John wollte mich abholen, das stimmt. Dann hatte er meiner Mama telefonisch abgesagt. Da wirst du etwas verwechselt haben«, klärte ich ihn verwundert auf. »Hör mal, Leni. Es war genauso, wie ich es eben erzählt habe. John stand kerzengerade neben seinem weißen Mercedes und hat aufgeregt auf dich gewartet. Noch etwas anderes: Könnte es sein, dass du verreist warst?« Nun löcherte mich Wilhelm mit einer Frage nach der anderen. Automatisch nahm ich das Paket und die Post entgegen, nickte und ließ ihn einfach stehen.

Mein Puls überschlug sich. Sofort wurde das Päckchen geöffnet und zum Vorschein kam ein ausgefallenes weißes Kleid, in das ich mich augenblicklich verliebte. Dazu gab es eine Geburtstagskarte.

Hallo Leni,

gerne hätte ich dir dein Geburtstagsgeschenk persönlich überreicht. Da mein Besuch eine Überraschung sein sollte, habe ich mit deiner Mama telefoniert. Sie hat mir mitgeteilt, dass du eine starke Erkältung hast und im Bett liegst. Noch immer erwarte ich deinen Besuch und würde mich wirklich freuen, dich und Elli bald als meine Gäste begrüßen zu können. Doch für heute möchte ich dir alles Gute zum Geburtstag und viel Gesundheit wünschen.

Liebe Grüße, Horst

Regungslos und unfähig zu denken, verstand mein Gehirn nicht mehr das Geringste. Dauernd stellte ich mir selbst die Frage: »Warum, John? Und aus welchem Grund hast du mich vor dem Krankenhaus stehen lassen? Und wieso bist du erst gekommen, als schon eine Familie an deiner Seite war? Am liebsten hätte ich Elli auf dem Handy angerufen, doch das letzte bisschen Verstand, das mir noch geblieben war, riet mir davon ab. Jens und Elli brauchten erst einmal eine Pause von mir, redete ich mal wieder zu mir selbst. So weit war es schon gekommen. Warum log Mama Horst an? Lange hatte ich den Gedanken, dass meine Eltern ein dunkles Geheimnis vor mir hatten, gut verdrängt. Jetzt hatte sich die Schublade in meinem Kopf erneut geöffnet. Es war alles wieder gegenwärtig, belastender als je zuvor.

Die beiden Briefe, zusammen mit dem Kleid, verschwanden ungeöffnet unter meinem Bett in einem neuen Karton mit der Aufschrift: Finger weg! Meine Befürchtung bestand darin, dass, wenn ich einen der Briefe öffnete, nur noch mehr Unheil über mich hereinbrechen würde. Um mich abzulenken, fing ich an, in meiner Wohnung aufzuräumen. Es war Samstag. Heute traf ich meine Eltern. Endlich sollte es zu einer Aussprache kommen, die hoffentlich mein Gewissen erleichterte, sodass die Wahrheiten auch ihrerseits nunmehr auf den Tisch kommen würden. Draußen wurde es schon dunkel, als ihr Auto vorfuhr. Papa trug den Käfig von Krümmel. Mir blieb nicht verborgen, dass es ihnen nicht gut ging. »Was ist los mit euch? Ihr seht so mitgenommen aus«, fragte ich behutsam nach. »Ach, alles in Ordnung, Leni. Mama und ich werden heute noch nach Dänemark zu deiner Oma fahren. Ihr mal einen Besuch abstatten und Urlaub machen. Einfach mal raus und abschalten, Kleines. Wir haben eine Unmenge an Arbeit in den letzten Monaten bewältigt. Wir wissen schon gar nicht mehr, was es heißt, Urlaub zu machen.« »Ihr wollt was?«, fragte ich überwältigt. »Mama, du warst schon eine halbe Ewigkeit nicht mehr bei Oma. Deine Eltern sind vor über zwanzig Jahren umgezogen. Seitdem habt ihr sie vielleicht drei- oder viermal besucht, aber sie waren nie wieder hier. Warum eigentlich nicht? Und wann kommt ihr zurück? Weshalb nehmt ihr mich nicht mit? Was habe ich euch getan, dass ihr wie auf der Flucht vor mir seid?« »Leni, glaub mir, wenn der Zeitpunkt gekommen ist, werden wir dir alles erklären. Für uns ist es gerade auch nicht einfach. So, wir müssen jetzt los, Kleines. Es wird einige Stunden dauern, bis wir ankommen. Noch was, wir würden dich bitten, bei uns die Blumen zu gießen und nach dem Rechten zu sehen. Es wäre auch hilfreich, wenn du deine Sachen auf unserem Dachboden mal aussortieren könntest. Da ist seit Jahrzehnten nichts passiert. Was du nicht behalten möchtest, lass stehen. Das wird zusammen mit Dingen von uns entsorgt. All die alten Möbel stehen nur im Weg. »Papa will sein Büro auf dem Dachboden einrichten. Er weiß auch schon genau, wie alles werden soll«, bemerkte Mama, als wäre es vollkommen belanglos und reichte mir ihren Haustürschlüssel. Papa übergab mir Krümmel. »Wie jetzt, kommt ihr denn nicht mal fünf Minuten mit rein?«, hakte ich leise nach und schaute sie betrübt an. »Ich wollte etwas mit euch besprechen. Es wäre wichtig für mich.« »Leni, jetzt ist ungünstig. Wenn wir zurück sind, wird sich alles klären«, sagte Papa und gab mir einen Kuss auf die Wange.

Bei Mama war es nicht zu übersehen, wie schwer ihr der Abschied von mir fiel und wie sie damit kämpfte, ihre Tränen unter Kontrolle zu behalten. Kraftlos und mal wieder unendlich einsam, begab ich mich mit Krümmel gleich ins Schlafzimmer und legte mich hin. Okay, Krümmel durfte für eine Weile zur Begrüßung mit ins Bett. Gut, dass Elli das nicht sehen konnte. Nie wieder würde sie auf dieser Matratze schlafen. Doch meine Einsamkeit fühlte sich mit Krümmel nur noch halb so bitter an. Was Elli und Jens jetzt wohl machten? Vielleicht waren sie schick essen oder im Kino. Auf jeden Fall würden sie nebeneinander aufwachen und sich glücklich und geborgen fühlen. Das war wieder einer dieser Momente, in denen es sich anfühlte, als wäre mein Leben eben einfach nicht so, wie ich es mir wünschte.

Meine Eltern wollten nicht einmal mit mir einen Kaffee trinken. Es wurde nicht gefragt, wie es mit Elli in Hamburg war. Es gab keine Chance für mich, die Wahrheit zu sagen, aber war ja nicht schlimm. Nur wurde halt wieder eine Schublade in meinem Kopf vollgestopft mit unschönen Gedanken und dann zugedrückt, in der Hoffnung, dass sie nicht wieder von allein aufging. Mein Versuch, einfach einzuschlafen, misslang. Immer wieder lief es wie in einem Film vor mir ab, als John seine Tochter im Arm trug und seine Frau anlächelte, als wäre sie seine ganze Welt. Das Messer in meinem Herzen fühlte sich gerade an, als würde es jemandem Freude bereiten, es immer wieder leicht hin und her zu bewegen. Ohne lange darüber nachzudenken, holte ich meine Staffelei ins Wohnzimmer, setzte eine leere Leinwand darauf, legte Pinsel und Farbe bereit und kochte einen frischen Kaffee. Ich hoffte, dass mir in der Zeit, als der Kaffee durchlief, einfiel, was diesmal mein Gemälde ausdrücken sollte. Und schon begeisterte mich der Einfall, Leni und Jens zu zeichnen, diesen emotionalen Augenblick im Wald, der mich mehr als nur berührte: Jens, wie er die beiden Welpen mit solcher Liebe in seine Jacke einkuschelte und der dankbare, verweinte Gesichtsausdruck meiner Elli, als er sagte, dass die Kleinen jetzt ein Zuhause hätten. Genau dieser Moment sollte es sein. Beim Malen verschwanden all meine negativen Gedanken und so malte ich Stunde um Stunde. Jede Minute war eine Wohltat für mein Inneres. Wie in einem Rausch verging die Zeit und irgendwann fielen meine Augen zu, vor der Staffelei, auf dem Teppich, den Pinsel noch in der Hand.

Bevor ich aufwachte, sortierte mein Körper erst einmal seine Knochen. Genauso unbequem wie das eine Mal im Flur mit Elli nach den Keksen. Doch gelernt hast du nicht daraus, redete mein Kopf mal wieder mit sich selbst. Meine Augen betrachteten mein halbfertiges Werk mit vollster Zufriedenheit. Es spornte mich an, weiter zu malen. Die Dusche würde warten müssen, Kaffee wurde gekocht und der Pinsel geschwungen. Nur auf dieses Bild konzentrieren. Gut, dass mir das Aussehen der Welpen noch klar vor Augen stand.

Gegen Mittag meldete sich mein Magen bei mir. Er hatte gestern schon so gut wie nichts bekommen. Also legte ich den Pinsel nieder, warf noch einmal einen Blick auf die Leinwand und nickte. Dann begab ich mich in die Küche, um im Kühlschrank zu schauen, was meine Eltern so aufgefüllt hatten. Was sie immer taten, wenn ich nicht da war. »Echt jetzt?«, rief ich empört in den gähnend leeren Kühlschrank. Auch in den Schränken befand sich nichts Verwertbares. Weder eine Dosensuppe noch Nudeln, nicht mal Marmelade, die eh keinen Sinn machte – ohne Brot.

LENI UND DER DACHBODEN

Mein Entschluss stand fest: Der Dachboden bei meinen Eltern sollte sortiert werden. Warum nicht heute? Kein Problem! Mama hatte immer einen guten Vorrat an Essen zu Hause und wenn es nur etwas aus dem Gefrierschrank sein sollte. Egal, mein Magen war nicht wählerisch. Nachdem ich mich etwas frisch gemacht und umgezogen hatte, fuhr ich mit meinem superschönen Fahrrad zu dem Haus meiner Eltern, dass nur fünfzehn Minuten entfernt war. Mein Drahtesel bekam einen Platz hinter dem Haus, damit die Eltern von Elli, die nebenan wohnten, meinen Aufenthalt nicht bemerkten. Erst einmal nahm ich die Küche unter die Lupe und dabei kam allerhand zum Vorschein, als hätte man mich erwartet.

Mein letztes Stück Pizza nahm ich mit auf den Weg zum Dachboden. Seit Jahren hatte nicht einer von uns hier einen Fuß hineingesetzt. Anscheinend sollte meine Wenigkeit den Anfang machen. Denn alles, was meine Augen zuerst wahrnahmen, war, dass nicht nur Chaos in meinem Kopf herrschte, sondern auch hier.

Woher sollte ich wissen, wo meine Eltern die Sachen von mir damals eingelagert hatten? Ein Haufen Staub lag auf den Kartons, umgeben von unbeschreiblich vielen Spinnweben mit ihren Bewohnern. Genau eines dieser achtbeinigen Wesen lief nun über meinen Fuß und ich war bereit, einen lauten Schrei auszustoßen. Doch ich dachte die Nachbarn und der Schrei blieb mir im Halse stecken. Mein Blick fiel auf eine kleine Ecke weiter hinten, wo ein alter Spiegel eingestaubt herumstand und meine Neugierde weckte. Er musste bestimmt noch von meiner Oma sein, die in diesem Haus ihre Kindheit verbracht hatte, genauso wie ihre Eltern, die hier auch schon gelebt hatten. Als ich näherkam, erkannte ich, dass hinter dem Spiegel zwei Kartons standen, die schon drohten, in sich zusammenzufallen. Mit Bedacht hoben meine Hände den Spiegel und stellten ihn zur Seite. Er war bestimmt so alt wie das Haus selbst. Wenn er reden könnte, hätte er bestimmt genug Geschichten zu erzählen. Mit Spannung öffnete ich den ersten Karton. Es kamen uralte Kindersachen zum Vorschein, dem Alter nach zu urteilen, echte Raritäten. Dann öffnete ich den zweiten Karton, der Kinderspielzeug enthielt, das noch einen sehr guten Eindruck machte. Ich verschloss die beiden Kisten wieder und stellte alles zurück an seinen Platz. Ich schaute mich weiter um und entdeckte mein altes Schaukelpferd, das mir von meinem Opa übergeben wurde. Überall in jeder Ecke steckten kleine Schätze und ich fühlte mich, als würde ich in eine vergangene Zeit eintauchen.

Plötzlich kam mir Nick in den Sinn. Bevor hier alles zum Sperrmüll wanderte oder die Holzwürmer sich noch dicker fressen würden, wäre es für ihn wie ein Schlaraffenland – eine reale Chance, ein Geschäft zu eröffnen. Auch wenn es dauern würde, bis jedes einzelne Teil fertig restauriert wäre. Nick hatte wirklich etwas gut bei mir. Ohne ihn wären wir in Berlin verloren gewesen und meine Eltern müssten sich hier nicht allein um die Möbel kümmern. Nach einer gefühlten Ewigkeit hatte mich meine Lust zum Stöbern verlassen. Außer dem Schaukelpferd kam mir nichts bekannt vor. Für heute wollte ich meine Aktivitäten beenden und nach Hause fahren. Als ich dort ankam, fiel mein Blick auf die Uhr in der Küche: Es war bereits achtzehn Uhr. Nach einer ausgiebigen Dusche, die dringend nötig war, um den Staub und die Spinnennetze loszuwerden, öffnete ich Krümmels Türchen und tauschte sein Wasser und Futter aus. Ich legte meine Kleidung für die Arbeit am nächsten Morgen zurecht und stellte den Wecker. Doch dann wusste ich nichts mehr mit mir anzufangen. Endlich erreichte mein Handy eine WhatsApp. Egal, von wem sie sein mochte. Sie unterbrach meinen derzeitigen Stillstand. Oh, ein Foto! Es zeigte meine Eltern mit Rosa und Karl vor dem kleinen Haus. Sie sahen alle so fröhlich und ausgeglichen aus und das bereitete mir ein unbeschreibliches Glücksgefühl. Aber hoppla, da kam noch eine Nachricht, diesmal von Elli. »Na, Hase, wie geht es dir? Du glaubst ja gar nicht, wie sehr ich mich darauf freue, wenn du morgen wieder zur Arbeit kommst. Wie ist es mit deinen Eltern gelaufen?« Elli fuhr fort: »Jens ist wie immer. Als er das Foto von mir und Susi auf der Party gesehen hat, verkleidet als Schornsteinfeger, hat er gedacht, Susi sei ein Mann. So hat sich schon einmal ein Missverständnis zu meinen Gunsten aufgeklärt. Leni, sei nicht so traurig. Auch wenn es sich jetzt blöd anhört: Du wirst noch auf deinen Helden treffen.«

Die Wahrheit zu schreiben war für mich unmöglich, wollte ich sie nicht noch mehr in meine Geschichten hineinziehen. Meine Antwort an sie lautete: »Hey, Elli, hier ist alles geklärt. Meine Eltern machen Urlaub und ich bin nicht mehr traurig. Wie geht es deinen Welpen? Haben die Kleinen schon Namen?« Ich wartete kurz auf ihre Antwort.

»Also, Leni, die beiden sind einfach Zucker. Die kleine weiße ist ein Weibchen und heißt Gucci, der schwarze ist ein Rüde namens Strolch. Es ist, als würden sie schon immer hier leben. Jens' Herz haben die Rebellen im Sturm erobert. Jetzt sind wir eine richtige kleine Familie. Hdl, bis morgen.«

»Eine kleine Familie«, wiederholte ich ihren letzten Satz und spürte in jedem einzelnen Wort ihr Glück. Bevor die Gefahr bestand, dass mich Grübeleien noch emotionaler machten, ging ich ins Wohnzimmer und malte weiter an meinem fast fertigen Bild. Nach vier Stunden Arbeit strahlte mich mein Werk so an, dass ich mich glatt selbst in das Bild verliebte. Es drückte so viel Liebe aus, dass es Elli und Jens berühren musste. Zufrieden ließ ich mich ins Bett fallen. Natürlich war meine Nacht zu kurz und die letzten Tage steckten noch in meinen Knochen. Plötzlich hörte ich heftiges Fahrradklingeln, gefolgt von der Türklingel. Ohne zu überlegen, sprang ich aus dem Bett und lief zur Tür. Doch dort stand Elli bereits, die sich über die Terrasse Zugang verschafft hatte. Bevor ich überhaupt begriff, was passierte, spürte ich ihren Atem in meinem Nacken, weil sie gerade etwas sagen wollte. Ahnungslos entfuhr mir ein lauter Schrei voller Panik, als ich mich umdrehte. Meine Freundin starrte mich mit aufgerissenen Augen an und trat einen Schritt zurück. »Geht's noch, Leni? Willst du, dass ich taub werde?«, schimpfte sie, während ihre Hände wild umher hantierten. Es schien, als ob mein erster Tag nicht gut begonnen hatte. »Wieso kommst du mit so einem Alarm an?«, fragte ich forsch nach.

»Hase, wenn du deiner Uhr eines Blickes würdigen würdest, wüsstest du, dass wir normalerweise jetzt schon unterwegs zu Arbeit wären.« Mit einem entsetzten »Das kann doch nicht wahr sein« verschwand ich im Badezimmer und kehrte innerhalb von zwei Minuten wieder zurück. »Wir können los«, verkündete ich atemlos. Gehetzt fuhren wir so schnell, dass wir die verlorene Zeit wieder aufholten. Wir schafften es sogar noch, bei Lisbeth in der Bäckerei anzuhalten, um unser Frühstück abzuholen. Sie hatte bereits gehört, dass heute mein erster Arbeitstag war und hatte Brötchen mit Käse und einen Apfel für jeden von uns bereitgelegt. »Leni, ist das schön, dich wieder gesund zu sehen. Es hat lange gedauert, bis deine Knochen verheilt sind«, begrüßte sie mich herzlich. Wir bedankten uns bei Lisbeth, zahlten und setzten unsere Fahrt zur Schokoladenfabrik fort. Elli wandte sich an mich: »Hör mal, Hase, bevor wir reingehen und auf unser Team treffen, bereite dich darauf vor, dass sie dich ausfragen werden. Du warst lange nicht hier, sie haben nichts aus mir herauspressen können, aber sie wissen trotzdem einiges. Sie werden dich aus Neugierde bearbeiten, besonders wegen John. Das ist unausweichlich.«

Als letzte kamen wir am Band an. Elena, Linda, Bettina und Karin standen bereits zusammen. Ihre Blicke trafen uns. Mir wurde bewusst, dass ich nicht einfach schweigen konnte. Schließlich gehörten wir alle zusammen. Doch diesmal würde es wohl besser sein, wenn ich die Informationen nicht so ausführlich wie Elli preisgeben würde. Ich erzählte von der Nacht mit den Keksen, der Party in Berlin und dem Kurztrip. Elli lenkte ab, indem sie von den Welpen Gucci und Strolch erzählte. Bettina fragte, von wem wir die Plätzchen gestohlen hätten. Elli antwortete, dass wir dazu schweigen mussten, da es sich um eine nicht legale Substanz handelte. Schließlich kam die Frage auf, was aus meinem Traummann geworden sei und ob ich ihn in Berlin getroffen hätte. Linda fügte hinzu: »Er war doch so verliebt in dich, Leni.« Ich klärte auf: »Da war nichts und wird nie etwas sein. John hat eine Frau und eine Tochter. Sein Interesse galt nur meiner Kunst und meinen Bildern, nicht mir. Da müsst ihr etwas falsch verstanden haben.«

Bruno tauchte auf und begrüßte uns alle. Von jedem gab es eine freundliche Antwort. Dann belehrte er uns weniger freundlich über die Uhrzeit. »Wisst ihr, wie spät es ist? Wenn nicht, kann ich es euch sagen. Es ist halb acht«, mahnte er. »Seit einer halben Stunde müsste ich hören, wie das Band läuft und ihr diese leckeren Pralinen verpackt. Stattdessen drangen die Stimmen bis hinten ins Büro. Ach nein, erzählt das bloß nicht. Und wenn ihr dann noch zusammen lacht, ist das für meine Ohren keine Musik. Also lasst es sein, ich möchte jetzt etwas anderes hören als eure Stimmen. Leni, bitte tue mir den Gefallen und geh kurz in die andere Abteilung, um alle zu begrüßen. Am besten, bevor alle einzeln oder paarweise hier ans Band kommen, um irgendeine Geschichte zu hören.« Sofort arbeitete mein Team, bis ich um die Ecke verschwand und Bruno aus dem Sichtfeld geraten war. Dann hörten sie auf und überschütteten meine Freundin mit Fragen, denn sie glaubten alles, nur nicht, dass zwischen John und mir nichts gelaufen war. Sie kannten mich zu gut und hatten bemerkt, dass ich kurz vor dem Weinen war. Noch nicht bei Ute in der anderen Halle angekommen, hörten meine Ohren, dass unser Band wieder nicht lief. Klar wusste ich, warum. Deshalb fielen meine Begrüßungen an alle mehr als nur kurz aus. Gerade wollte Bettina bei Elli etwas nachfragen, verstummte aber schnell, als sie mich bemerkte.

In der Pause brach das Geschnatter los, zunächst harmlos. Elena begann: »Wie können Menschen nur so grausam sein und solch hilflose Wesen im Wald aussetzen und dann auch noch so? Man hätte sie zumindest ins Tierheim bringen können, wir haben sogar eins in Dornenstein.« »Da hast du vollkommen recht, Elena. Glaub mir, wenn ich die erwische, setzen die nie wieder ein Tier aus«, entgegnete meine Freundin empört. Als hätte ich es nicht gewusst, wurde meine kurze Abwesenheit beim Begrüßen schamlos ausgenutzt, um Elli auszuquetschen. »Leni, wir wissen, dass du traurig bist«, sagte Karin nun. »Wir dachten auch, dass er der Mann fürs Leben für dich sei und du eine berühmte, glückliche Künstlerin würdest. Weißt du, als mein Mann den Unfall hatte und nicht mehr nach Hause gekommen ist, habe ich geglaubt, dass mein Leben auch vorbei sei. Manchmal wäre es mir auch lieber gewesen, wenn es so gekommen wäre. Doch meine Familie und ihr hier habt mir unheimlich viel Kraft gegeben. Wer weiß, was sonst passiert wäre. Dafür bin ich euch noch heute dankbar und froh, dass mein Lachen wieder zurückgekehrt ist.« Betroffen schauten wir Karin an, während Linda sie liebevoll in den Arm nahm. »Was Karin dir damit sagen will, Leni«, übernahm Elena wieder das Wort, »ist, dass es Abschnitte im Leben gibt, die einem unaufhaltsam den Verstand rauben. Aber es geht weiter und irgendwann wirst du nicht mehr an John denken. Spätestens dann, wenn dir der Richtige über den Weg läuft.«

Meine Hände verdeckten mein Gesicht. »Nicht heulen, Leni. Reiß dich zusammen!«, sprach meine innere Stimme zu mir. Automatisch entfernten sich meine Hände von meinem Gesicht und mein Blick wanderte zu meinem Team. Es stimmte, mein Herz trauerte einer unerwiderten Liebe nach, aber das tat es schon länger. Und es tat auch nicht mehr so schlimm weh. »Danke für eure Anteilnahme. Ich weiß, sie ist ehrlich. Ach Mädels, was würde ich ohne euch tun?«

Weitere Unterhaltungen konnten nicht mehr stattfinden, denn die Pause war zu Ende. Das Läuten bedeutete, dass wir zurück an das Band mussten, um weiterzuarbeiten. Dann war endlich Feierabend. Auf dem Heimweg kam mir kurz in den Sinn, Elli von meinen Eltern, dem Kleid oder den Briefen zu erzählen, aber es war, als hätte eine Sperre in meinem Gehirn das verhindert. »Was hast du heute noch vor?«, erkundigte sich Elli bei mir. »Nichts. Die Arbeit hat mich ausgelaugt. Wenn ich meine Couch sehe, fallen meine Augen zu, bevor mein Körper sie berührt«, antwortete ich, obwohl es nicht stimmte. »Was hast du denn noch vor?«, kam es als Gegenfrage von meiner Seite.

»Gucci und Strolch werden mich erst einmal brauchen. Wenn du willst, könnten wir spazieren gehen. Was denkst du?« »Nein, das wird heute nichts. Sei nicht böse!«, antwortete ich. »Wie gesagt, etwas Schlaf wird mir guttun.«

»Schade. Dann verschieben wir es wenigstens auf morgen. Dafür werde ich heute noch eigenhändig deine Lieblingswaffeln backen. Okay, bleib mal stehen!«, forderte sie mich auf und bremste ihr Fahrrad ab. »Leni, du verheimlichst mir doch etwas. Du hast ein Geheimnis vor mir. Spuck es aus, egal was es ist«, drängte Elli. »Nein, da ist nichts, als könnte man vor dir ein Geheimnis haben«, widersprach ich ihrer Theorie, setzte mich wieder auf mein Fahrrad und fuhr weiter. An der nächsten Kreuzung trennten sich unsere Wege und sie rief mir noch nach: »Bis morgen.« Zuhause angekommen, betrachtete ich mein neuestes Werk unseres Traumpärchens. Es sollte eine Überraschung für Jens werden, der am 30. Oktober siebenundzwanzig Jahre alt wurde. Deshalb hatte ich auch vor, meiner Freundin nichts davon zu erzählen. Es sollte eine Überraschung werden. Es lohnte sich zwar nicht mehr wirklich, aber es war, als würde der Dachboden meiner Eltern mich magisch anziehen. Deshalb stand ich auch eine halbe Stunde später wieder dort oben, stellte mich in die Mitte und musterte jede Ecke genau. Am Schornstein angelehnt, fiel mir ein Sekretär auf, der mir gestern nicht aufgefallen war. Nachdem ich die erste Schicht Staub langsam beseitigt hatte, zog meine Hand eine Schublade auf. Viele alte vergilbte Fotos lagen lose herum, einige zeigten meine Großeltern, Oma, Mama, Papa und sogar mich als Baby. In der nächsten Schublade lag der Ehering meiner Oma von ihrem ersten Mann, Thomas Kunz, der mit einer anderen durchgebrannt war. Gut, dass sie ihren Karl gefunden hatte. Bei der Hochzeit hatte sie seinen Namen Hufgard angenommen. Er war immer für sie und meine Mama da, ein herzensguter Mensch, der Mama sogar adoptierte. So wurde der Name Kunz Vergangenheit und nie wieder erwähnt. Es war das erste Mal, dass mir diese Geschichte durch den Kopf ging. Meine Mama hatte einen Papa, an den sie sich bestimmt nicht mehr erinnern konnte. Einer, der nicht einmal in all den Jahren nach ihr gefragt hatte. Einer, der nicht auf ihrer Hochzeit der Brautführer war und nicht das Geringste von mir, seinem Enkelkind, wusste. Mama sprach nie über diese Zeiten. Es lagen noch mehr Erinnerungen in dem Sekretär. Dokumente, die man eigentlich nicht einfach so zurückließ, wenn man ging. Erinnerungen aus der Zeit, als Oma ihr Leben noch hier verbracht hatte. Eigentlich wusste ich gar nichts über sie, genauso wenig wie sie über mich. Dabei waren wir doch verwandt und außer dass

Mama, Oma und ich die gleichen roten Locken und die gleichen blauen Augen hatten, wussten wir sehr wenig voneinander.

Als nächstes wurde eine ungewöhnlich kunstvoll bemalte Truhe in Augenschein genommen. Sie war anscheinend für einen Jungen angefertigt worden, denn es offenbarten sich beim Öffnen einige Babystrampler, die mit dem Namen Johannes bestickt waren. Sie sahen noch unberührt aus, ordentlich in Tüten verpackt, als sollten sie auf keinen Fall einstauben. Als seien sie sehr wichtig für jemanden. Ein kleiner Ball, ein Mobile aus Holz und ein Blechauto lagen ebenfalls sauber umhüllt von Papier in dieser Kiste. Nachdem alles genau so zurückgelegt wurde, wie ich es vorgefunden hatte, hörte ich, dass sich im Deckel der Truhe etwas befand. Noch einmal klappte meine Hand ihn auf und zu. Eindeutig, da stimmte etwas nicht. Nun inspizierte ich jeden Zentimeter des Deckels und siehe da, ein unscheinbarer Hebel, der sich beiseiteschieben ließ, genau wie auf der anderen Seite, wurde sichtbar. Ein Geheimfach öffnete sich. Es war ein doppelter Boden! Im ersten Augenblick überrascht, zuckte meine Hand kurz zurück, dann nahm sie einen Brief, adressiert an Frau Else Sommer, Hardenbergstraße 9 in 33133 Dornenstein. Absender: Thomas Kunze. Gestempelt in Los Angeles. Oha, den hat Oma ihrer Tochter anscheinend vorenthalten, aus welchen Gründen auch immer, dachte ich. Noch ein Brief. Auf dem Umschlag stand nur: Geburtsurkunde von Johannes, 2. Januar – kein Jahr.

So sehr es auch in meinen Fingern kribbelte, bereit dazu diesen Umschlag zu öffnen, um das Geheimnis zu lüften.

Es stand mir nicht zu. Nein, so viel Respekt vor meiner Familie bestand schon meinerseits. Nur noch ein kleines, gesichertes Päckchen, das sich beim Öffnen vom Deckel gelöst hatte, holte ich hervor, so vorsichtig wie möglich, um keine auffälligen Spuren zu hinterlassen. Das, was ich jetzt sah, konnte einfach nicht sein. Ob ihr es glaubt oder nicht, es war die gleiche Schatulle mit rotem Samt wie die, die Horst mir geschenkt hatte. Auch beim Öffnen spielte sie dieselbe Melodie wie meine. Klar, dass auch hier ein Geheimfach eingebaut worden war. Beim Herausziehen der Schublade öffnete es sich und enthüllte zwei Haarsträhnen – eine rote Locke und eine eher rotblonde Locke. Der emotionale Zusammenbruch meiner Mama, als sie die Schatulle bei mir gesehen hatte – sie kannte sie aus ihrer eigenen Kindheit. Sie muss irgendeine Erinnerung bei ihr geweckt haben, anscheinend keine gute, so blass, wie sie in dem Moment geworden war. »Oje, oje. Nein, nein, nein, was ist das hier alles? Und warum stoße ich ausgerechnet jetzt auf all die Geheimnisse, als wäre es mit der Gegenwart nicht schon schwer genug?«, begann ich, mit mir selbst laut zu reden. »Okay, der Reihe nach!«, sagte ich. »Meine Oma gibt mir Rätsel auf, meine Eltern verbergen etwas und mit meiner Freundin kann ich nicht reden. Mein Leben ist dahin.«

Ich vermisste meine Eltern in diesem Augenblick sehr. Daher beschloss mein Inneres kurz, dass ein Anruf nicht schlecht sein könnte. »Sommer«, meldete sich Mama am anderen Ende. »Ich bin es, Leni. Du hattest mich gebeten, auf dem Dachboden meine Sachen zu sortieren. Außer meinem Schaukelpferd ist nichts hier, von dem ich annehmen könnte, dass es von mir ist. Wenn ihr die alten Holzmöbel wirklich loswerden wollt, wüsste ich jemanden, der sich sehr darüber freuen würde. Aber erzähl erst mal, wie es dir und Papa so geht.« »Uns geht es richtig gut. Die Luft, das Nichtstun, Rosa verwöhnt uns komplett. Das Verhältnis zwischen meiner Mama und mir ist so innig, dass wir uns wie zu Hause fühlen. Karl läuft gerade mit Papa am Strand. Schade, dass du nicht hier bist. Oma denkt viel an dich. Vielleicht kommen die beiden nach unserem Urlaub mit nach Dornenstein für ein oder zwei Wochen.« »Echt jetzt?«, entfuhr es mir freudig. »Du glaubst gar nicht, wie glücklich mich das machen würde, Mama. Wann kommt ihr wieder nach Hause?« »Wieso fragst du? Geht es dir nicht gut, Leni? Gibt es etwas, das ich wissen sollte?«, forschte sie besorgt nach. »Nein, nein, alles in bester Ordnung. Der Dachboden hier, all die Sachen von Oma und dir, da überfiel mich kurz mal die Sehnsucht nach euch. Grüß die anderen von mir, ich will jetzt nach Hause.« »Wir bleiben noch ungefähr eine Woche. Es gibt einige Dinge zu klären. Wir vermissen dich auch. Ich habe dich lieb, Leni. Bis bald.« Dann legte sie auf.

Meine Lust auf noch mehr Abenteuer und Ungereimtheiten war für heute gedeckt. So begab ich mich auf den Heimweg. Krümmel hörte die Tür ins Schloss fallen und fing sofort an zu quieken. »Scheiße, Krümmel, dich habe ich ja total vergessen.« Sofort, als ich seinen Käfig öffnete, lief er mir auf den Arm. »Es tut mir außerordentlich leid. Du, mein bester Freund, der immer zuhört und nie widerspricht. Das hast du nicht verdient«, sagte ich zu ihm, während meine Hand ihn zärtlich streichelte und er sich an mich kuschelte. Genauso schliefen wir auf der Couch zusammen ein. Es konnte sein, dass ein innerer Alarm mich geweckt hatte, damit mir nicht dasselbe wie gestern Morgen passierte. Denn den Wecker hatte ich nicht gestellt. Der Tag fing doch schon einmal besser an, ganze zehn Minuten früher aufgestanden, als ich musste. »Das läuft doch«, stellte ich beruhigt fest und sah, dass Krümmel von allein in seinen Käfig gewandert war.

Dass an meinem Körper dieselben Klamotten hafteten wie gestern, störte mich nicht sonderlich. Na gut, eine Dusche könnte mir nicht schaden, sagte ich zu meinem Spiegelbild. Im Radio, das eigentlich in der Früh immer lief, spielten sie eins meiner Lieblingslieder: ›Mad World‹ von Gary Jules. Lauthals mitsingend konnte man mich bestimmt auch draußen vernehmen, aber irgendwie fühlte es sich verdammt gut an. Ein guter Song nach dem anderen wurde gespielt. Wieder vor dem Spiegel, die Zähne frisch geputzt, gestylt und gekämmt, lächelte ich meinem Gegenüber zu. Diesmal stand ich bereits vor der Tür und begrüßte Elli mit einem Lächeln. Sie lächelte zurück und wünschte mir einen guten Morgen. »Sag mal, wo warst du gestern? Wolltest du dich nicht ausruhen?«, fragte sie. „Wir hatten zwar keine Verabredung, aber ich wollte trotzdem nach dir sehen, ob alles in Ordnung ist. Du hast auf mich so traurig gewirkt. Du bist unglücklich verliebt und ich habe nichts Besseres zu tun, als dir ständig von Jens und meiner kleinen Familie zu erzählen. Du zeigst dich so stark, auch bei der Arbeit. Heute wird es nicht so unangenehm werden.«

Wir fuhren schweigend nebeneinanderher. Wir holten unsere Brötchen, zogen uns um und kamen am Band an, das sofort zu laufen begann. Es waren acht lange Stunden. Hier und da wurden Gespräche geführt, kurz gelacht, aber alles sehr dezent.

Ich versuchte ständig, die neuen Geheimnisse in eine der Schubladen meines Kopfes zu stecken. Sie schienen jedoch überfüllt zu sein, sodass sich immer wieder eine neue öffnete, wenn ich eine zuschob. Ich nahm an, dass Bruno sich entweder am Geräusch des laufenden Bands erfreute oder dass die Gerüchteküche bereits bei ihm angekommen war und er nun auch über einiges Bescheid wusste – oder vielleicht sogar beides. Er lief von Abteilung zu Abteilung und verteilte an jeden Mitarbeiter Pralinen, abgestimmt auf dessen Geschmack. Er wusste tatsächlich von jedem einzelnen, welche seine Lieblingssorten waren. Unglaublich, aber wahr. Ich wollte meine mit nach Hause nehmen, denn Hunger oder Gelüste verspürte ich nicht.

Genauso schweigend wie am Morgen fuhren wir nach Feierabend wieder los, bis wir an der Kreuzung ankamen, wo sich eigentlich unsere Wege trennten. Gerade als ich Elli noch einen schönen Tag wünschen wollte, bremste sie ihr Fahrrad abrupt ab und sah mich ärgerlich an.

»Leni, meine Entschuldigung ist bei dir angekommen, oder etwa nicht? Denkst du, es geht spurlos an mir vorbei, wenn du vor anderen verbergen musst, wie du dich fühlst? Keine Ahnung, was in den letzten Tagen bei dir passiert ist, aber du bist so in dich gekehrt, dass es dich innerlich verrückt macht. Meinst du, ich merke das nicht? Hallo, ich bin es Elli, deine Freundin!«

Unsere Blicke trafen sich und es war nicht einfach, ihrem Blick standzuhalten. Unklar war meinerseits, wo ich mit meinen Erzählungen beginnen sollte und wo sie enden sollten, oder ob überhaupt etwas berichtet werden sollte. In meinem Kopf öffneten sich gleichzeitig alle Schubladen und ich spürte, wie sich die Farbe in meinem Gesicht veränderte. Das, was nun in meinem Kopf vor sich ging, bereitete mir pure Angst. Deshalb, egal ob ich erzählte oder nicht, es konnte so oder so falsch sein. »Hör mal, Elli, du musst doch bestimmt nach Hause zu deinen zwei Kleinen. Es könnte eine Weile dauern, alles darzulegen und so ein Drama ist es auch nicht. Oder siehst du mich weinen? Habe ich nicht schon heute Morgen erwähnt, dass ich schon groß bin und du dir keine Sorgen um mich machen musst?« Mit diesen Worten versuchte ich mich zu rechtfertigen, ohne auf ein Feedback meiner Freundin zu warten. Auf der weiteren Heimfahrt fuhr Elli hartnäckig hinter mir her. Ich wollte gerade meinen Schlüssel ins Schloss stecken, als sie sich unerwartet hinter mir bemerkbar machte.

ELLI WILL ES WISSEN

»Hase, solltest du denken, dass ich mich so einfach abschütteln lasse, dann irrst du dich gewaltig. Wenn du denkst, dass ich einfach aufgebe, dann bist du wirklich nicht die hellste Kerze auf der Torte. Jetzt rein, mein Körper verlässt deine Wohnung erst wieder, wenn mein Kopf versteht, was hier los ist. Versuche nicht noch einmal zu lügen. Koch erst mal einen Kaffee!« Sie beharrte darauf, die Wahrheit zu erfahren.

»Strolch und Gucci, wer kümmert sich jetzt um die beiden? Sie sollen nicht wegen mir auf dich warten«, fragte ich laut. »Dummerchen, merkst du nicht, dass du aus der Nummer nicht mehr rauskommst?«, bestätigte mir meine Freundin und brachte es noch einmal aus ihrer Perspektive auf den Punkt. »Gestern sagte mir schon mein Bauchgefühl, dass du mich brauchst. Deshalb kümmern sich meine Eltern heute um die kleinen Rebellen. Daher gibt es jetzt zu unserem Kaffee deine Lieblingswaffeln, die ich dir versprochen habe.«

Wie angewurzelt schaute ich zu, wie der Kaffee langsam in die Kanne lief, immer noch unfähig, einen klaren Gedanken zu fassen oder etwas von mir zu geben. Erst als sie mit ihren Fingern durch meine Haare strich, wurde ich weich. Wir setzten uns hin und ich schaffte es ohne zu heulen, der Reihe nach zu erzählen, welche Ereignisse mich derart aus der Bahn geworfen hatten. Das Kleid, die Briefe, der Urlaub meiner Eltern, ohne Chance auf eine Aussprache, und dann vom Dachboden mit all seinen mysteriösen Geheimnissen. »Unglaublich, Leni. Wenn ich dich nicht besser kennen würde, könnte man denken, du bindest mir gerade einen gewaltigen Bären auf«, sagte sie ungläubig. »Echt jetzt, der Papa deiner Mama ist mit einer anderen Frau nach Los Angeles abgehauen? Das weiß wohl keiner aus Dornenstein, sonst wäre es ja mal irgendwann bei mir angekommen. Doch, da war was, aber nur, dass deine Oma nicht immer in Dornenstein gelebt hat, sonst nichts. Hase, wenn auf dem Strampler nicht Johannes stehen würde, könnte es sich auch um die Vergangenheit von Horst handeln. Die Schatulle, sein Geburtstag am 2. Januar, sein

Papa ist auch nach Amerika abgehauen, deshalb wurde er zur Adoption freigegeben und seine Mama ist unbekannt verzogen. Alles würde passen, bis auf den Namen: Johannes. Ist aber auch beruhigend, sonst wäre John ja dein Cousin, was ja der absolute Horror wäre, oder nicht?«

»Nur das nicht auch noch«, bestätigte ich ihre Äußerung mit wildem Herzrasen, »aber es passt wirklich zusammen, selbst das Unbehagen gegenüber der Familie Sander. Seitens meiner Eltern fing alles an dem Tag im Krankenhaus an, als sie die kleine Schatulle zu Gesicht bekommen haben. Die ist handgefertigt, ein eigenartiger Zufall, und ausgerechnet jetzt fahren meine Eltern nach Dänemark.«

»Leni, wenn es auch alles noch undurchsichtiger macht, aber hast du nicht etwas von einem Kleid und Briefen erwähnt? Könnte auch sein, dass sie etwas zur Aufklärung beitragen. Davon abgesehen, schlimmer kann es nicht werden«, sagte Elli nach kurzem Überlegen.

Kurzerhand holte ich die Kiste, auf der ›Finger weg‹ geschrieben stand, unter meinem Bett hervor und besänftigte Krümmel, der schon an seiner Tür hing und zeigte dann alles Elli. »Oha, Hase, das Kleid ist ja atemberaubend, so zart und elegant, als hätte Horst es höchstpersönlich für dich angefertigt.« Jetzt las sie die Karte und meine Augen lauerten auf ihre Reaktion, die nicht lange auf sich warten ließ. »Oha«, wiederholte meine Freundin und schob ihre Brille hoch. »Aus der Nummer kommt deine Mama nicht mehr raus. Er wollte an deinem Geburtstag vorbeikommen und sie hält ihn fern von dir, mit der Ausrede, du seist krank. Ob das dein Papa auch alles weiß? Darüber machen wir uns später Gedanken. Welchen Brief willst du zuerst öffnen?«, fragte Elli und schaute mich auffordernd an. Der von Edith sollte es sein. Beim Öffnen kam noch ein Umschlag von Andrea zum Vorschein. Als erstes den von Edith. Ich las ihn laut vor:

Hallo Leni,
aus welchen Gründen auch immer du und deine Freundin so übereilt hier abgereist seid, es wäre schön gewesen, hätten meine Enkelin und ich die Chance gehabt, uns von euch verabschieden zu können. Horst schien auch etwas irritiert zu sein, als Andrea ihm eure Abreise mitteilte. Wegen der Schornsteinfegerspuren müsst ihr euch keine Gedanken machen. Ich empfand es eher als erheiternd. So etwas hatten wir hier in der Villa auch noch nicht. Gerne würde ich eure Geschichte zu diesen Spuren erfahren. Wann immer ihr möchtet, mein Haus steht euch offen. Nicht als Gäste, sondern als Freunde. Auf hoffentlich baldiges Wiedersehen.
Liebe Grüße, auch an Elli
Edith

Nun öffnete ich die Post von Andrea. Sie enthielt keinen Brief, sondern ein weihnachtliches Foto vom letzten Jahr, wie das Datum darauf erkennen ließ. Es zeigte Edith und sie auf der Terrasse, wie sie Tiere im Schnee fütterten. Ein Pärchen stand Hand in Hand im Park und schaute den beiden dabei zu. Es gab so viele Kleinigkeiten auf dem Bild, von den kleinen und großen Tieren bis hin zur weihnachtlichen Dekoration. Dieses Märchenhafte auf eine Leinwand zu übertragen, würde mehrere Tage in Anspruch nehmen. Tatsächlich war der Auftrag in Vergessenheit geraten, obwohl meine Freude am Anfang so euphorisch war. Auf der Rückseite stand kurz und knapp:

Hallo Leni,
ich hoffe, du hast dein Versprechen nicht vergessen. Es wäre schön, euch beide bald mal wiederzusehen.
Bis bald, Andrea

Als mein Kopf sich hob, signalisierte ich meiner Freundin, dass ich fertig war mit lesen. Sie nahm das Foto nun genauestens in Augenschein. Während sie die Rückseite las, breitete sich ein breites Lächeln auf ihrem Gesicht aus. Sie erwähnte äußerst zufrieden mit sich selbst, dass sie ja auch überall gerne wieder gesehen werde. »Also, so auffällig können wir doch gar nicht sein«, bestätigte sie mit einem Nicken und biss mittlerweile herzhaft in die dritte Waffel. Da lag der letzte Brief auf dem Tisch – von Horst. Aufgeregt nahm ich ihn in die Hand und las abermals vor:

Liebe Leni,
erst einmal meinen herzlichsten Dank für dieses kreative, kunstvolle Gemälde, das meine Boutique darstellt. Durch deine Schmetterlinge, so schön in all ihren Farben, machst du das Bild zu einem Kunstwerk. Bedauerlich, dass wir uns nicht persönlich bei Edith kennengelernt haben. Ich hoffe, du bist wieder genesen. Dein gesundheitlicher Zustand hat sich nicht so gut angehört, als ich mit deiner Mama telefonierte. Vielleicht würde dir ein Besuch bei mir leichter

fallen, wenn ich dir schreibe, dass auch dein Freund ein gern gesehener Gast bei mir auf Schloss Elisabeth ist.

Liebe Grüße, Horst

»Na, nun sei mal froh, dass ich heute hartnäckig an dir drangeblieben bin, Hase. Sonst würden die Briefe immer noch ungeöffnet im Karton liegen. Jetzt mal ehrlich, eine Katastrophe waren sie ja nun echt nicht. Er liebt das Bild von dir, das bestimmt irgendwo öffentlich hängt, wo es viele Menschen bewundern können. Was für eine Werbung! Besser kann es doch nicht laufen für dich.« »Andrea hat dich an den Auftrag von ihr erinnert, der unter Garantie auch genug Geld einbringt. Das Einzige, was nicht in meinen Kopf will, ist, wie Horst darauf kommt, dass du einen Freund hast. Okay, warum solltest du auch keinen haben? Meinerseits kann ich es immer noch nicht verstehen, Leni. Was hat sich deine Mama nur dabei gedacht, dich so zu hintergehen und so negativ in dein Leben einzugreifen. Verdammt, Leni, die Zeit ist nur so dahin gerast. Hast du Lust, mit zu meinen Eltern zu kommen, um mit Gucci und Strolch eine Runde zu laufen? Wir bringen dich dann auch zusammen nach Hause. Dann könnten wir unsere Unterhaltung weiterführen.« Sie sah mich mit so bittenden Augen an, dass ich unmöglich ablehnen konnte. Also machten wir uns gemeinsam auf den Weg. Jede führte einen der Welpen an der Leine, was ihnen natürlich gar nicht gefiel, sie wollten lieber spielen und herumtollen, statt an der Leine zu laufen. Dauernd sagte eine von uns: »Schau mal, wie süß!« oder so etwas wie: »Das werden noch ganz Große.«

Eine andere Unterhaltung gab es nicht mehr, die beiden standen voll im Vordergrund. Sie waren so witzig und taten mir so unheimlich gut, dass all mein Chaos für eine Zeit vergessen war. Als die drei mich vor der Haustür ablieferten, gab ich meiner Weggefährtin einen Kuss auf die Wange und bedankte mich für alles. Jetzt fing es auch noch an zu regnen. Eilig, mit den Hunden auf den Armen, machte Elli sich los. Mit einem »Bis morgen!« und zwei kurzen, kräftigen Lauten von den Kleinen verabschiedeten wir uns.

Ohne Umwege befreite ich Krümmel, der mittlerweile auf dem Rücken lag und einen auf leblos machte, um zu demonstrieren, wie schlecht es ihm bei mir geht, aus seinem Käfig. Es wurde frisch abends und es regnete noch immer in Strömen.

Aber die Heizung schon anzumachen, wäre eindeutig zu früh. Mein Bauch erinnerte mich daran, dass es Zeit wurde, eine Kleinigkeit zu essen. Durch den Flur laufend, blieb meine Aufmerksamkeit am Spiegel hängen. Er präsentierte mich in kompletter Größe.

Wenn ich ehrlich sein sollte, gefiel es mir, dass sich meine Figur zum Positiven verändert hatte. Mindestens gefühlte fünf Kilo hatte mein Körper in diesen anstrengenden Monaten durch die vielen Ereignissen verloren, die für ein ganzes Jahr gereicht hätten.

Da ich gestern noch schnell einkaufen war, schmeckte meine Mahlzeit zu so später Stunde umso besser. Morgen war Mittwoch. Eigentlich könnte eine viertägige Arbeitswoche auch reichen. Klar, ich mochte meine Arbeit, keine Frage, und was für ein Glück, dass meine Freundin in meinem Team war. Doch würde ich behaupten, ich hätte die Monate zu Hause nicht genossen, so wäre es gelogen gewesen.

Im Bett liegend, schwirrte John durch meinen Kopf. Mit geschlossenen Augen sah ich ihn klar vor mir. Beim Aufwachen am nächsten Morgen waren meine letzten Gedanken auch meine ersten. Wütend auf mich selbst, weil ich all das nicht abstellen konnte, nahm ich einen Schluck Kaffee, der noch viel zu heiß war und spuckte ihn reflexartig in die Spüle. Es war schon unheimlich, dass mein Herz sich an jemanden klammerte, der nicht das Geringste von mir wollte, aber dass ich dabei auch noch zu verzweifeln drohte, war zu viel.

Bei der Arbeit verlief es ebenfalls nicht zu meinem Besten. Immer wieder öffnete sich irgendeine Schublade in meinem Kopf – ohne meinen Willen. Dann stand ich bewegungslos am Band, ohne es selbst zu bemerken. Ich hatte schon längst die gesamte Aufmerksamkeit meines Teams auf mich gezogen. Doch das blieb mir verborgen. Die Glocke zur Pause hörten meine Ohren auch nicht. So blieb ich einfach stehen, ohne mich zu bewegen. Erst als mein Name gerufen wurde, fiel mir auf, wie sehr ich neben mir stand. So wie der Tag angefangen hatte, so zog er sich bis zum Feierabend hin. Zu meinem Glück passte es, dass es auch schon wieder regnete.

So schnell waren wir schon lange nicht mehr mit dem Fahrrad nach Hause gefahren. Zuhause angekommen, triefte meine Kleidung so heftig vor sich hin, dass es besser war, sie im Flur auszuziehen. Kein Wunder, dass der Sommer beliebter war als der Herbst. Klar, nach einiger Zeit hatte man sich auch an die Kälte gewöhnt. Wir fuhren auch im Winter, wenn es schneite, nur mit passender Kleidung. Ab morgen würde ich wieder eine Regenjacke und Überzieher für die Schuhe mitnehmen.

Welche Freude, als Krümmel angerannt kam, um mich zu begrüßen. Seit gestern Abend blieb sein Käfig nämlich offen. Er war stubenrein, ging zum Schlafen in sein Häuschen und machte keinerlei Ärger. Bei der Kälte blieb die Terrassentür nicht mehr offen, so konnte auch kein ungebetener Gast wie eine Katze hereinkommen und denken, Krümmel stünde auf der Speisekarte. Gut, dass wir ab November an der Arbeit morgens um sechs Uhr anfingen, statt um sieben. So konnten wir früher nach Hause. Das war eine gute Regelung von Bruno. Dann hatte man mehr vom Tag. Wir mussten auch nicht die gesamte Pause einarbeiten, er schenkte jedem Arbeiter eine Viertelstunde am Tag, einfach so. Bruno konnte, wenn er wollte, der beste Chef sein, den man sich vorstellen mochte. Aber wehe, eines seiner alten Bänder machte Probleme, dann lief er wie ein nervöses Bündel in der Halle hin und her, führte eine Praline nach der anderen zum Mund, darauf wartend, dass der Techniker es hoffentlich noch schaffte, die Maschine zum Laufen zu bewegen.

Mama schickte für ihre Verhältnisse richtig viele Bilder von allen. Je länger und intensiver die Fotos von mir betrachtet wurden, umso mehr bemerkte ich eine positive Veränderung meiner Eltern. Auf einem der Bilder konnte man sehen, wie sie Hand in Hand am Strand standen und gemeinsam aufs Meer schauten, in dem sich ein Sonnenuntergang spiegelte. Mein Papa hatte ein breites Lächeln im Gesicht – ein ungewohnter Anblick. Selbst in meiner Erinnerung war es schon Jahre her, dass sie so glücklich miteinander aussahen. Trotzdem schrieb meine Mama nichts über eine geplante Rückreise.

SORGE UM LENI

Nachdem ich alles für den nächsten Tag vorbereitet hatte, lag ich erschöpft im Bett. Doch an Schlaf war nicht zu denken. Ich erhob mich wieder, baute meine Staffelei auf und beendete das Bild von Elli und Jens, das mittlerweile getrocknet war. Dann legte ich alles ordentlich weg und packte mein neuestes Werk als Geschenk für Jens ein. Alles lag bereit und ich wusste, dass es noch Zeit gehabt hätte, aber ich wollte es nicht unvollendet lassen. So stellte ich das Foto von der Villa, das Andrea in die Post gelegt hatte, als nächstes Motiv auf die Leinwand. Immer gut, wenn man wusste, wie alles ungefähr werden soll.

Die Zeit verflog und Elli klingelte, um mich wie jeden Morgen abzuholen. Doch diesmal stand sie schon an der Terrassentür, bevor ich überhaupt zur Tür gehen konnte. »Manno, so schnell kann ich gar nicht bei der Tür sein, wie du schon wieder an der Terrassentür stehst.« »Du hast doch nicht schon wieder verschlafen, Leni. Lass mich raten, du hast die ganze Nacht gemalt?«, fragte sie. Verdattert sah ich sie an. »Oh Hase, dieser Ausnahmezustand bei dir sollte sich nicht noch mehr ausbreiten. Meinerseits bestehen Befürchtungen, dass, wenn sich in deinem Leben nicht grundlegend etwas verändert, du irgendwann nur noch vor einer leeren Leinwand stehst und sie nicht verzaubern kannst. Willst du das?«, nuschelte Elli vor sich hin. »Bei Bruno werde ich dich wegen irgendwas krankmelden. Ab morgen erscheinst du pünktlich, ist eh Freitag. Das wirst du überleben«, sagte sie.

Ich stimmte zu und legte mich dann erst einmal schlafen. Später war ich erleichtert, dass ich nicht zur Arbeit musste. Es machte mir Spaß, nur noch zu malen. Keine Überlegungen, keine Gespräche, keine Erklärungen, warum etwas so war. Elli hatte recht: Einfach vor der Leinwand stehen und malen, nur kein schlechtes Gewissen gegenüber der Arbeit haben, im Gegenteil, es fühlte sich gut an.

Nachdem meine Freundin Feierabend hatte, schickte ich ihr eine WhatsApp-Nachricht und teilte ihr mit, dass es am nächsten Tag auch nichts mit der Arbeit würde, da mein Bauch schmerzte und es besser wäre, wenn sie nicht vorbeikäme. Vielleicht sei es Magen und Darm. Doch dann änderte ich meine Meinung und schickte eine weitere Nachricht: »Elli, vergiss alles, was eben bei dir ankam. Sag Bruno, dass ich zwei Wochen Urlaub brauche, da es mir sowieso nicht gut geht und etwas Familiäres geklärt werden muss.«

Ich bekam sofort eine Antwort: »Waaassss? Denkst du ab und zu auch mal nach? Es ist Herbst, da ist die meiste Arbeit bei uns. Aber bitte, wenn es dein Wille ist, wird die Nachricht genauso bei Bruno ankommen. Ich werde später berichten, was er dazu sagt.«

Es interessierte mich ab diesem Moment nicht mehr die Bohne, welche Auswirkungen diese Entscheidung haben könnte. Ungeduscht und mit einer Tasse Kaffee in der

Hand, betrachtete ich den Anfang meines neuen Werkes mit Genugtuung. So schwang sich der Pinsel mal in die eine Ecke und dann in die andere und es fühlte sich an, als ob er von allein wüsste, worauf es ankam. Hätte sich Krümmel nicht zwischendurch bemerkbar gemacht, hätte die Gefahr bestanden, dass er verdurstet wäre, weil sich kein Tropfen Wasser mehr in seinem Napf befand. Der Arme, was er für eine Rabenmutter hatte. Nebenbei vertilgte ich eine Tafel Schokolade und kochte frischen Kaffee.

Erst am späten Abend fiel mir auf, dass ich Elli vergessen hatte. Auf meinem Handy befand sich eine Nachricht von ihr: ›Du hast deinen Urlaub! Bruno hat schon heftig vor sich hin gebrodelt. Er weiß aber auch, wie es sich anfühlt, wenn jemand unglücklich verliebt ist. Du sollst ihn das nächste Mal selbst anrufen. Er möchte solche Sachen nicht über andere erfahren. Leni, wenn du mich brauchst, dann sag Bescheid. HDL.‹

Ohne dass mich diese Nachricht berührte, malte ich begeistert weiter bis tief in die Nacht hinein. Gerade wollte sich mein Körper ins Bett fallen lassen, als mein Blick auf Krümmel traf, der sich mit seinem Mini-Stofftier schon breitgemacht hatte. Der Anblick war einfach so süß, dass er mir ein Lächeln ins Gesicht zauberte. Meine Hände nahmen ihn vorsichtig hoch und setzten ihn im Käfig ab. Doch die Tür blieb auch weiterhin offen. Endlich im Bett, schaute ich auf das Bild, das John zeigte, als er das erste Mal vor meiner Tür stand – komischerweise, ohne dabei traurig zu werden. Genauso wie der heutige Tag verlaufen war, gestalteten sich auch die nächsten. Außer hin und wieder einem Telefonat mit Elli oder meinen Eltern blieb es ruhig um mich. Ach ja, Wilhelm brachte auch mal Post, aber es war nur Werbung.

Das Wochenende verging und die Woche danach auch. Längst war mein Gemälde für Edith fertig. Ohne mich wieder einmal selbst loben zu wollen – besser wäre unmöglich. Es wurde auch als Geschenk verpackt und neben das für Jens gestellt, ohne irgendwelche Emotionen. Da mir nach stundenlanger Überlegung absolut nichts mehr einfiel, malte meine Hand, was in meiner Seele vorging. Die Nacht wurde zum Tag und umgekehrt. Dadurch war mir Ellis wildes Klingeln und Klopfen völlig entgangen. Noch immer schlafend, vernahmen meine Ohren Stimmen wie aus der Ferne, die miteinander redeten. Je näher sie kamen, umso vertrauter wurden sie. Mit Unbehagen öffneten sich meine Augen und ich erschrak, als meine Eltern vor meinem Bett standen. Sofort fiel mir mit Schrecken ein, wie es in meiner Wohnung aussah. Das Bild neben meinem Bett mit John darauf, das schon einmal im Keller seinen Platz gefunden hatte, weil Mama meinte, dort sei es besser aufgehoben. Wie meine Erscheinung auf beide wirkte, wollte ich nicht hören. Sofort zogen meine Hände die Decke über den Kopf. »Leni, deine Freundin hat uns angerufen, weil sie sich sehr große Sorgen um dich macht und nicht mehr weiterweiß. So wie es aussieht, sind diese Sorgen nicht unbegründet. Du gehst nicht mehr ans Handy und antwortest auf keine Nachrichten. Wir sind seit zwei Tagen aus Dänemark zurück und es war unmöglich, dich zu erreichen. Wir waren in großer Unruhe, deshalb haben Papa und ich uns entschlossen, den Schlüssel, den du uns mal für Notfälle gegeben hast, zu benutzen.« »Für uns ist das hier ein Notfall, Süße. Lass uns reden, bitte!«, bat mein Papa und versuchte, mich damit zu erreichen.«

Langsam senkte ich meine Decke etwas nach unten. »Am besten wäre erst einmal eine Dusche«, murmelte er und hielt mir, seiner nicht besonders gut riechenden, erwachsenen Tochter, Kleidung zum Mitnehmen hin. Mit gesenktem Kopf bewegten sich meine Füße langsam und kaum hörbar den Flur entlang ins Bad. Mama machte Frühstück und frischen Kaffee. Nach dem Duschen setzte ich mich schuldbewusst, mit schlechtem Gefühl und übermüdeten Synapsen im Gehirn, die nicht richtig wach werden wollten, an einen liebevoll hergerichteten Frühstückstisch mit duftenden Brötchen und selbst gemachter Marmelade von Oma.

Ein wild zusammengestellter Blumenstrauß rundete das Ganze ab. Mama zupfte die Blumen noch vorsichtig zurecht, alles nur, um mir eine Freude zu machen. Sie hatte in der Zwischenzeit meine komplette Küche aufgeräumt und die frische Luft in der Wohnung roch so gut, weil alle Fenster geöffnet waren. Oh ja, das Schamgefühl meinerseits meinen Eltern gegenüber war so stark, dass der kurzfristige Gedanke an Flucht aufkam. Erst nach dem Frühstück, das fast ohne Worte verlief, wechselten wir ins Wohnzimmer, wo immer noch meine Staffelei mit einem Bild stand, das ich in einem sehr fragwürdigen Zustand der Verwirrung gemalt hatte. Jeder Mensch konnte dies erkennen. Mein Vater stand davor und begutachtete mit Adleraugen mein Werk. »Mein Gott, ich wusste bis eben nicht, dass wir in unserer Familie eine so außergewöhnlich kreative und begabte Tochter haben. Es ergibt gleich alles einen Sinn, wenn man versteht, was man sieht. Aus meiner Sichtweise drückt es aus, dass der Klimawandel unser Ende sein wird, wenn wir Menschen uns nicht ändern. Leni, deine Gedanken sind so realistisch sichtbar, dass ich Gänsehaut bekomme«, sagte er.

Sofort gesellte ich mich zu ihm, um zu verstehen, was ihn so begeistert hatte. Mein Gehirn wusste gar nicht mehr richtig, wie es am Ende aussah. Es zeigte einen Bauern auf seinem Feld, der seine Ernte einbrachte. Ordentlich zusammengeschnürte Heuballen waren gestapelt, rechts am Rand überall Tiere abgebildet, die sich über die Reste der Ernte freuten und auf einer kleinen Wiese in der Sonne ausruhten. Ein kleines Haus war zu sehen, in dem die Bäuerin sich aus dem Fenster lehnte und zufrieden ihrem Mann zuschaute. Nebenan lümmelten sich acht kleine Schweine und vier Kühe freudig spielend herum.

Um es kurz zu machen, das Bild zeigte vier verschiedene Ansichten in einem. Den ersten Teil hatte mein Vater erklärt. Die nächsten drei waren identisch und zeigten das Gleiche. Nur wurden es immer weniger Tiere, weniger Heuballen, die Bäuerin und der Bauer schauten immer verzweifelter. Die Ernte wurde weniger, die Bäume verloren ihre Blätter. Am Ende war nur noch ein Heuballen zu sehen, nur eine Kuh, nur ein Schwein und keine anderen Tiere mehr. Die Farben verblassten immer mehr und wurden zum Schluss grau. Zu guter Letzt befand sich in der Mitte ein weinendes Auge, aus dem ~~die~~ Tränen das Gemälde herunterliefen.

Aus Papas Sichtweise konnte es sich um ein Bild mit dem Thema Klimawandel handeln. Dabei zeigte es, wie ich mein Leben in den letzten Monaten gesehen habe. John, ein einfacher Bauer, der mit mir glücklich und zufrieden in einer eigenen Welt lebte.

»Papa und ich wissen nicht wirklich, wie wir dir alles erklären sollen, Leni. Es ist auch für uns alles nicht so einfach«, sagte Mama jetzt und riss mich aus meinen Gedanken heraus. »Aber gut, alles fing in einer Zeit an, als ich selbst noch ein kleines Mädchen war. Mein Papa verschwand einfach spurlos von einem Tag auf den anderen. Keiner redete mehr über ihn und wenn doch, dann nichts Gutes. Damals verstand ich das alles nicht. Rosa, selbst noch eine junge Frau und im achten Monat schwanger mit Johannes, meinem Bruder, und mit mir allein, war überfordert. Sie hatte keine Arbeit und kein Geld, dafür aber genügend Sorgen. Es fiel ihr nicht leicht. Du weißt ja, wie es ist. Es gibt Entscheidungen, die, egal wie sehr man es sich wünscht, nicht rückgängig zu machen sind. So hat deine Oma schweren Herzens entschieden, ihren Sohn, meinen Bruder, deinen Onkel, zur Adoption freizugeben. Kurz danach lernte sie Karl kennen. Zusammen versuchten sie alles, um herauszufinden, wer Johannes aufgenommen hatte. Immer wieder liefen sie zu den zuständigen Behörden, doch keiner von ihnen durfte Auskunft geben, schon gar nicht ohne Geburtsurkunde, die komischerweise unauffindbar war. So zogen wir nach Dornenstein, in das Haus meiner Großeltern, die uns gerne aufnahmen. Die ersten zwei Jahre hat Rosa noch viel geweint, weil sie sich so schuldig fühlte und nicht wusste, wie es ihrem Baby ergangen war. Sie redete nicht viel mit mir oder Karl, bis er ihr einmal sagte, dass er sich nicht mehr mit anschauen konnte, wie verschlossen und traurig sie geworden war.

Er liebte mich wie seine eigene Tochter und ja, auch er hat alles versucht, Johannes zu finden. Karl hat bis vor zehn Jahren immer wieder in Abständen von zwölf Monaten Annoncen in jeder Zeitung in Berlin und Umgebung schalten lassen. Rosa fing langsam wieder an, fröhlicher zu werden. Sie backte Kuchen und Kekse zu Weihnachten, sang mit mir Kinderlieder und nach einigen Jahren waren wir eine ganz normale Familie. Die Erinnerungen an meinem richtigen Papa verblassten und die an ein Baby namens Johannes auch, aber mir fehlte jemand an meiner Seite. Weiter konnte Mama sich nicht äußern, weil das Erzählen ihrer Kindheit sie sehr mitnahm, genau wie mich. Ab da übernahm Papa. »Leni, erinnerst du dich daran, als wir dich im Krankenhaus besucht haben? Wie du uns stolz diese rote Schatulle gezeigt hast? Deine Mama besaß auch so eine kleine Schatulle, mit rotem Samt überzogen und der gleichen Melodie. In ihrer Kindheit war sie dann spurlos verschwunden, genau wie ihr Papa. Sie hat immer geglaubt, er hätte sie mitgenommen. Dabei hat Rosa sie irgendwo vor achtundfünfzig Jahren versteckt und sie weiß bis heute nicht mehr wo. Für Johannes hatte sie genau dieselbe hergestellt, mit derselben Melodie und in dem Geheimfach lag ein Bild, auf dem man sie mit Johannes auf dem Arm sehen konnte. Sie hoffte, dass er die Schatulle behalten dürfte. Als deine Mama sie bei dir in der Hand sah, kam ihre Erinnerung zurück. Sie dachte sofort, es wäre ihre gewesen. Als du den Deckel dann noch aufgeklappt hast und die

Melodie von ›Weißt du, wie viel Sternlein stehen‹ spielte, bin auch ich davon ausgegangen, dass sie deiner Mama gehört hat. In diesem Moment sah Else so blass und zusammengefallen aus, dass mein Verdacht sich verhärtete. Erst als wir zu Hause im Garten zusammensaßen, fügten sich bei ihr noch mehr Puzzleteile aus ihrer Kindheit zusammen. Sie erinnerte sich schwach an ein Baby, auf das sich alle gefreut hatten. Seitdem ging es deiner Mama wie dir, viele Fragen, keine Antworten. Um alles zu verstehen, sind wir nach Dänemark gereist. Am zweiten Tag hat Rosa alles unter Tränen erzählt. Sie trägt seit so vielen Jahren diese schwere Last mit sich herum. Eine Mama mit einer nicht endenden Sehnsucht nach ihrem Kind. Je älter deine Oma wird, desto mehr Angst schürt es in ihr. Von Jahr zu Jahr wird es schlimmer. Als wir ihr von der Schatulle erzählten, wurde sie unruhig und glaubte, dass es nur die von Johannes sein könnte, da sie die von deiner Mutter versteckt hatte, um nicht mehr die Melodie hören zu müssen, die sie so sehr an Johannes erinnert hatte.«

Nun brauchte auch Papa erst einmal Luft, dann fuhr er fort: »Else hat versucht, Horst von dir fernzuhalten, weil sie nicht einsortieren konnte, wie er an die Schatulle gekommen war und was er damit zu tun hat. Dann war da noch John, der sich unglücklicherweise auch noch ausgerechnet in dich verliebt hat und du auch noch in ihn. Das war zu viel für uns. Deshalb brauchten wir Klarheit, bevor wir mit dir reden konnten. Viel erreicht haben wir zwar nicht, außer, dass wir jetzt von Johannes wissen. Aber ein Gutes hat der Urlaub trotzdem gehabt: Deine Mama und ich haben gemerkt, wie sehr wir uns als Paar vermissen.

Vor lauter Arbeit und Terminen haben wir uns aus den Augen verloren. Jeder Tag in Dänemark war so lebenswert mit deiner Mama, den Gefühlen und schönen Momenten, dass wir schon überlegt haben, zu Rosa zu ziehen. Natürlich nur, wenn du mitkommst. Rosa und Karl sind bei uns, sie freuen sich auf dich. Und auch wenn es schon spät ist, fänden die beiden es schön, dich zu sehen. Aber dieses Thema verschieben wir auf ein anderes Mal. Jetzt weißt du alles bis ins Kleinste, was uns beschäftigt hat. Wir hätten von Anfang an ehrlich zu dir sein müssen, aber glaub mir, Leni, du bist das Beste, was uns in unserem Leben passiert ist. Doch genug über uns geredet. Jetzt zu dir. Warum siehst du so schlecht aus, lässt niemanden mehr herein, hast keinen Handykontakt, nicht mal mit Elli? Noch nie sah deine Wohnung so ... na ja unaufgeräumt aus.«

Unaufhaltsam kullerten mir Tränen übers Gesicht, erstmals ohne eine Reaktion darauf, weil ich euch hier nicht beschreiben kann, wie armselig sich mein Inneres anfühlte. Nach einem kurzen Moment fing mein Mund an, alles zu beichten: »Keine Ahnung, wie lange ihr bleiben wollt, aber meine Geschichte ist etwas länger. Okay, das mit John und dem Eilbrief ist ja alles kein Geheimnis und über meine Liebe zu ihm wusstet ihr ebenfalls Bescheid. Klar habe ich auch gespürt, dass diese Schatulle Mama, genauso wie dich, emotional aus der Bahn geworfen hat. Zum ersten Mal hattet ihr ein Geheimnis vor mir und mein Bauchgefühl hat es sofort erkannt. Aber mein Gehirn wollte es partout nicht wahrhaben, weil ihr meine Eltern seid, die noch nie etwas vor mir verborgen hattet. Um die Wahrheit zu sagen, ein Liebesbrief von John, den unser Postbote Wilhelm ins

Krankenhaus brachte, hat mich im siebten Himmel schweben lassen. So sehr, dass all meine Probleme, die in meinem Kopf herumschwirrten, in einer Schublade verstaut wurden. Dann kam die Überraschung von euch mit Peppone. Wenn ihr wüsstet, wie mein Herz in diesem Moment geschlagen hat, nur in der Hoffnung, dass meine Augen ihn sehen und er vielleicht sogar neben mir sitzen würde, einfach als Überraschung. Aus welchen Gründen dann auch immer, meinte er ja, er müsse absagen. Na ja, ihr könnt euch vorstellen, wie es in mir aussah und ich Idiot habe ihm noch eine WhatsApp geschickt, woraufhin er mich einfach blockierte.« Nun stand der Mund meiner Mama offen, ihre erste Reaktion, seitdem ich mit meiner Beichte begonnen hatte.

»Natürlich sind meine Synapsen im Gehirn nicht mehr richtig gelaufen«, fuhr ich fort. »Ohne es zu wollen, haben Elli und ich mal etwas zu tief ins Glas geschaut, sind durch Dornenstein gezogen, aber nichts Außergewöhnliches war passiert.«

Nun tauschten meine Eltern vielsagende Blicke aus. Sie wussten es. Klar, in Dornenstein wussten alle alles. Es könnte auch sein, dass die beiden sich nicht wirklich sicher waren. Spätestens jetzt wussten Mama und Papa aber Bescheid. Meine Hoffnung bestand darin, dass sie niemals erfahren würden, dass eigentlich nur die leckeren Kekse schuld waren. Niemals würde ich diesen Teil meiner Geschichte erwähnen. Nun schauten sie wieder zu mir. Es ging weiter, jetzt kam der Teil mit Berlin in meiner Beichte vor. »Genau genommen haben meine Freundin und ich Hamburg noch nie gesehen, aber Berlin. Jens und Elli fanden, es sei eine ausgesprochen gute Idee, mir ein Wochenende in Berlin zum Geburtstag zu schenken. Das habe ich euch nicht erzählt, weil ihr so komisch auf die Familie Sander reagiert habt und das aus heiterem Himmel. Keine Ahnung, warum mir diese dicke Lüge über die Lippen gekommen ist, aber in einem könnt ihr euch sicher sein: Ich werde nie wieder lügen. So schlecht fühlte sich mein Inneres noch nie an. In einer Villa namens Sonnenschein bei Edith und ihrer Enkelin Andrea haben Elli und ich übernachtet. Im Gepäck hatte ich ein Bild als Geschenk für Horst mitgenommen, das ich am selben Tag noch in seiner Boutique für ihn abgegeben habe. Dann folgte ein Stadtbummel und am nächsten Tag sind wir schon wieder nach Dornenstein zurückgekehrt. Okay, okay, die Wahrheit ist, John ist uns über den Weg gelaufen, mit seiner Frau und seiner kleinen Tochter. Ihr Familienglück war unübersehbar. Er hat uns nicht bemerkt, deshalb wollte ich nach Hause. Seitdem ist es mir egal, was um mich herum geschieht. Keine Angst, meine Gedanken sind nicht dauernd bei ihm. Wenn ich allein bin und male, fühlt sich alles so einfach und unbeschwert an. Kein Nachdenken, keine Unterhaltungen, keine Erklärungen, keine Traurigkeit. Natürlich weiß ich, dass es so nicht weitergehen kann. Nach meinem Urlaub, wann immer er auch zu Ende ist – mein Zeitgefühl ist etwas durcheinander – werde ich wieder ganz normal arbeiten gehen.«

Meine Eltern bemerkten meine Niedergeschlagenheit und so, als wäre es Gedankenübertragung bei uns allen gleichzeitig, standen wir auf und hielten uns so lieb wie nur möglich, was sich unbeschreiblich gut anfühlte, so vertraut und beruhigend wie früher. Nachdem wir zusammen schnell meine Küche aufgeräumt hatten, fuhr ich noch mit zu meinen Eltern, um Oma und Opa zu sehen. Die beiden warteten immer noch auf mich. Denn nun hoffte ich, allen eine kleine Last von den Schultern zu nehmen, indem ich ihnen zeigte, wo Rosa vor achtundfünfzig Jahren alles versteckt hatte und jetzt nicht mehr wusste, wo es sich befand. Kaum hatte Papa den Wagen vor dem Haus geparkt, öffnete sich schon die Haustür und die beiden kamen freudig auf uns zugelaufen. Eine Begrüßung, die nicht herzlicher hätte sein können. Jetzt war es an der Zeit zu gestehen, dass meine Hände neugierig in ihren Sachen auf dem Dachboden gestöbert hatten – um es milde auszudrücken. Gerade als sich meine Familie im Wohnzimmer niederlassen wollte, kam es quälend aus mir heraus: »Wir müssen zuerst auf den Dachboden.«

Die Erklärungen könnten später folgen, dachte mein Gewissen. Natürlich wollten die vier wissen, um was es ging, doch ich lud sie ein, mich einfach zu begleiten. Beim Öffnen der Dachbodenluke rieselte Staub herunter, wie schon beim letzten Mal. Da nur eine kleine Lampe Licht spendete, wirkte die Atmosphäre diesmal eher gruselig. Kleine Tiere huschten über den Boden und man hörte es in jeder Ecke rascheln. Entschlossen, unter den wachsamen Blicken der anderen, steuerte ich auf die Truhe zu. Ich hob den Deckel hoch und öffnete den doppelten Boden. Nachdem sich alle hinter mir versammelt hatten, tauchte zuerst die Schatulle auf, die ich meiner Mama hinhielt, gefolgt von der Geburtsurkunde von Johannes, die Oma bekam.

Jetzt sollten sie erst einmal Zeit bekommen, das Ganze zu verarbeiten.

Mit offenem Mund und feuchten Augen standen sie da – ohne Ausnahme. Rosa drückte ihre Dankbarkeit aus, indem sie mich fast erdrückte, als sie mich liebevoll hielt. Karl strich mir über meine roten Locken und Papa brummelte etwas wie: »Unglaublich, aber wahr.« »Rosa, fehlt dir nicht noch eine Kleinigkeit?«, fragte ich beiläufig. „Wie meinst du das, Leni? Könnte es sein, dass nach all den Jahren noch etwas in der Kiste war, dass du gefunden hast und ich vergessen habe?«, fragte Rosa nun mich. »Um genau das geht es, Rosa.« Zum letzten Mal griff ich in die Kiste, holte einen Umschlag heraus und überreichte ihn Mama. Denn für sie war er bestimmt, nur hatte es mehr als fünfzig Jahre gedauert, bis die Post den Empfänger erreichte.

»Mama, schau auf dem Brief nach, wer ihn geschickt hat und für wen er war!« Ihre Augen trafen die ihrer Mutter fragend, doch sie sagte nichts. »Else, den habe ich verdrängt, wie all die anderen Sachen und dann einfach nicht mehr gefunden. Es tut mir leid.« Es war ein kläglicher Versuch Rosas, sich zu rechtfertigen, warum der Brief nie erwähnt worden war. Mama öffnete den Umschlag ihres Vaters, las ihn zuerst leise für sich selbst und dann für alle, deren Ohren mittlerweile die Größe von Rhabarberblättern erreicht hatten.

Liebe Else,

es tut mir leid, dass ich dich und deine Mama mit einigen Sorgen allein lassen musste. Doch es gab für mich keine andere Möglichkeit. Ich lasse von mir hören.

Rosa war sichtlich schockiert über diese lieblose Nachricht und fluchte im Stillen vor sich hin, während sie die Hand meiner Mama hielt. Karl, ebenfalls enttäuscht, nahm seine Else, die noch immer wie vom Donner getroffen dastand, mitfühlend in die Arme. Unübersehbar war ihre Liebe, die alle drei füreinander empfanden, obwohl all die Jahre eine unausgesprochene Last die Familie begleitet hatte. Schweigend schauten mich nun alle Augen im Raum erwartungsvoll an. Als Antwort kam nur ein leichtes Zucken meiner Schultern. »Ich bin nur durch Zufall auf alles gestoßen, als ich von Mama aufgefordert wurde, hier meine Sachen zu holen, weil Papa ein Büro einrichten will und jetzt alles hier raus muss.«

Nun verließen wir den Dachboden. Nachdenklich und berührt von allem, was die Truhe ans Tageslicht gebracht hatte, setzten wir uns noch zusammen ins Wohnzimmer. Oma war erschöpft, aber hielt die Geburtsurkunde immer noch fest umklammert. »Rosa, was möchtest du nun mit der Geburtsurkunde machen? Hast du schon einen Plan?«, sprudelte es aus mir heraus, voller Neugierde und Aufregung. »Es liegt nun auf der Hand, dass Horst Sander dein Sohn und John Sander dein Enkel ist. Es gibt genug Beweise. Seine Adoptiveltern haben aus Johannes einfach Horst gemacht.«

Schon während der Satz aus meinem Mund kam, spürte ich erneut dieses messerscharfe Stechen in meiner Brust. Die Vorstellung, dass John mein Cousin sein könnte, brachte meine Gedanken und Gefühle durcheinander. Mein Verstand versuchte dagegen anzukämpfen, aber meine Seele hatte ihren eigenen Willen.

Mama lehnte sich an Papas Schulter und schlief vor Erschöpfung ein. Mittlerweile war es Mitternacht. Oma hatte auch keine Antwort mehr parat, da sie ebenfalls nicht mehr klar denken konnte. Karl nahm Rosa bei der Hand und bat sie höflich, sich hinzulegen. Wir vereinbarten, uns am nächsten Tag wieder zu treffen, um als Familie zu beraten, wie es weitergehen sollte »Warte, Leni, ich fahre dich nach Hause«, sagte Papa, als er aufstand. »Nicht nötig, ich laufe die paar Minuten gerne«, antwortete ich und ließ die Tür ins Schloss fallen.

Auf dem Weg nach Hause begleitete mich eine junge Katze. Sie lief einfach neben mir her und gab mir das Gefühl, nicht allein zu sein. Von weitem konnte ich sehen, dass in meiner Wohnung das Licht brannte. Das machte mich stutzig und ängstlich zugleich. Es war zwar möglich, dass wir bei unserem Aufbruch vergessen hatten, das Licht auszumachen, aber ehrlich gesagt konnte ich mich nicht mehr wirklich daran erinnern, ob es heute überhaupt an gewesen war. Trotzdem drehte ich den Schlüssel im Haustürschloss sehr behutsam und geräuschlos um. Genauso leise betrat ich meine Wohnung. Mein Gehör registrierte den Fernseher, der lief. Da wusste ich, dass etwas nicht stimmte, denn wir hatten die Wohnung definitiv nicht mit einem laufenden Fernseher verlassen. Einbrecher – und das in Dornenstein? Hoffentlich hatte Krümel sich versteckt.

Diese Situation überforderte mich. Automatisch griff ich nach einem Regenschirm, der rechts neben mir im Ständer stand, um mich zu verteidigen. Unbeweglich stand ich im unbeleuchteten Flur, bereit für einen möglichen Kampf. Plötzlich öffnete sich völlig unerwartet mit einem Ruck die Tür zu meinem Schlafzimmer direkt neben mir. Der Regenschirm, der mir als Verteidigung dienen sollte, flog durch die Luft und meine Beine rannten, so schnell sie konnten, aus dem Haus, begleitet von meinen Angstschreien. Ein Stück weiter entfernt hörte ich Elli rufen: »Bleib stehen, Leniii!«

Während ich rannte, drehte sich mein Kopf in Richtung ihrer Stimme. Der Rest von mir lief weiter. In dem Moment, in dem ich die Situation für mich hätte klären können, fiel ich prompt über die Katze, die mich nach Hause begleitet hatte. Sie lief kreischend und fauchend umher und verursachte so viel Lärm, als wären Dutzende Katzen um sie herum. Das hatte zur Folge, dass bei Frau Engelbert und Frau Leise gleichzeitig die Rollos hochgingen und sich kurz danach ihre Türen öffneten. Die beiden älteren Damen wohnten einander fast gegenüber und mochten sich. Sie hatten nun Gesprächsstoff für mindestens eine Woche.

»Alles gut, Leni hat sich vor einem Waschbären erschrocken, der durch die offene Terrassentür in die Wohnung gekommen ist und Krümmel fressen wollte!«, rief Elli den alten Damen zu, und zwar so laut, dass sich eine weitere Tür gegenüber öffnete und Herr Schröder fragte, wo der Bär sei. »Kein Bär, ein Waschbär, Herr Schröder, der

Krümmel fressen wollte. Aber alles in Ordnung, er ist schon wieder Richtung Wald gelaufen. Es besteht keine Gefahr mehr«, wiederholte Frau Engelbert und nickte Frau Leise zu. Sie wünschten einander noch eine ruhige Nacht. Frau Leise bedankte sich ebenfalls und lud ihre Nachbarin gleichzeitig zum Frühstück ein. Nacheinander schlossen sich drei Haustüren und die Straße wurde wieder ruhig.

»Leni, es ist alles gut!« Elli näherte sich mir mit fragendem Blick, um mir zu helfen. »Das frage ich dich, Elli. Was um Gottes willen machst du in meiner Wohnung und wie bist du diesmal hineingekommen? Kannst du nicht einfach wie ein normaler Mensch klingeln und einfach wieder gehen, wenn niemand die Tür öffnet?« Ich beantwortete meine eigene Frage mit: »Alles ist gut«, als sie näherkam. Doch ehrlich gesagt, so war sie eben. Und das stellte sich ja wieder einmal als kleine Katastrophe heraus.

»Es tut so gut, endlich Kontakt mit dir zu haben. Ich versuche dich seit Tagen zu erreichen, sowohl per Handy als auch persönlich an deiner Tür. Ich war verzweifelt und besorgt um dich. Als ich keine Reaktion von dir bekam, blieb mir nichts anderes übrig, als deine Eltern zu informieren. Als selbst von ihnen keine Antwort kam, beschloss ich, noch einmal persönlich bei dir vorbeizuschauen. Da sich die Tür nicht öffnete, habe ich mich durch das angelehnte Kellerfenster gequetscht. Ich war kurz davor stecken zu bleiben, aber das ist jetzt egal.« Unsere Blicke trafen sich und bei dem Gedanken, dass sie fast im Kellerfenster stecken geblieben wäre, musste ich lachen. Ein Lachen, das durchaus peinlich war. Mit großen Augen stand Elli nun da und mein Lachen wurde noch schlimmer. Nicht gerade sanft zog sie mich an meiner Jacke in die Wohnung. »Willst du, dass hier erneut sämtliche Türen aufgehen? Leni, du bist mir mehr als eine Antwort schuldig. Du hast dich so verändert. Erzähl mal, warum du mich nicht mehr sehen wolltest. Ich kann dir gar nicht beschreiben, wie sehr du mir gefehlt hast all die Tage. Es fühlte sich an, als wäre mir mein Zwilling abhandengekommen.«

Das war der eine Satz meiner Freundin, der meine Lachattacke beendete. Mir wurde klar, wie ernst sie es meinte, als sie nun um mein Bein herumhantierte, das beim Sturz etwas abbekommen hatte. »Vermisst Jens dich nicht?«, fragte ich und versuchte, von allem abzulenken. »Hase, wechsle nicht das Thema. Bei mir zieht deine Masche nicht. Los, erzähl mir, was in den letzten Tagen passiert ist. Du bist so verändert. Jetzt berichte endlich!«, forderte sie mich auf und drückte dabei das Pflaster etwas fester auf mein Bein. »Okay, du kochst einen Kaffee. Den werden wir definitiv brauchen. Und ich versuche alles in Kurzfassung zu erklären, was sich in den letzten Tagen bei mir abgespielt hat", antwortete ich ruhig.

Es dauerte eine Weile und draußen wurde es bereits wieder Tag. Eine weitere schlaflose Nacht. Am Ende meiner Erzählung schaute Elli mich an, als hätte sie gerade einen Vulkanausbruch erlebt. Sie fand das erste Mal ihre Worte wieder, schob ihre Brille zurecht und sagte: »Ist das dein Ernst? Horst ist dein Onkel und John ist dein Cousin, ausgerechnet John? Ihr seid genetisch verwandt? Wir haben uns das zwar eh schon gedacht. Aber bist du dir sicher?" Sie schaute mich aufgeregt und fragend zugleich an. Mit einem kräftigen Achselzucken und einem Kopfnicken bestätigte ich alles. Dabei drehte sich das Messer in meinem Herzen erneut. Es hatte etwas Endgültiges an sich. Bevor ich gleich in Tränen ausbrach, nahm ich meine Freundin bei der Hand und bestimmte, dass es jetzt besser sei, schlafen zu gehen. Jede von uns versank in ihren Gedanken und schlief schließlich ein.

Es war bereits spät am Morgen, als mein Handy eine WhatsApp-Nachricht erhielt. Mama wollte, dass ich zu ihnen komme, um zu erfahren, welche Entscheidungen getroffen worden waren. Ich dachte, wir hätten vereinbart, dass die ganze Familie zusammen darüber entscheiden sollte, wie wir vorgehen würden.

»Na toll«, brummte ich weiter vor mich hin wie eine übellaunige Zicke. Ich stand auf und sah zu Krümmel, der auf dem Rücken lag und so tat, als sei er wieder einmal tot – obwohl sein Käfig sauber war und sein Napf gefüllt. Für mich war das unverständlich. Elli hatte sogar die Tür seines Käfigs offengelassen. Meine Hand krabbelte über seinen Bauch. Er genoss meine Aufmerksamkeit und bedankte sich mit einem Geräusch, das fast wie ein Schnurren klang. »Komm schon, Elli, beweg dich. Wir gehen zu meinen Eltern und hören uns an, was sie für einen Plan geschmiedet haben – ohne mich mit einzubinden«, sagte ich und stand auf. Nach einem ausgiebigen Strecken bewegte sich Elli langsam aus meinem Bett. »Wie sieht es mit Frühstück aus?«, fragte sie, während sie in Richtung Badezimmer ging. »Kein Problem. Meine Mama wird uns schon nicht verhungern lassen«, beruhigte ich sie und zog meine Schuhe an. Gemeinsam gingen wir los. Elli gehörte sowieso schon zur Familie, deshalb sollte es kein Problem sein, dass sie mich begleitete.

Ich stellte Elli meiner Oma vor. »Du bist genauso hübsch geworden wie unsere Leni. Kommt rein, ihr seht verschlafen aus. Der Tisch ist noch gedeckt. Frühstückt erst einmal«, drängte uns Rosa, während sie an einigen Koffern vorbei in die Küche ging. »Deine Eltern und Karl werden bald hier sein. Die drei sind gerade noch unterwegs, um einige Besorgungen zu erledigen.« Lasst es euch schmecken! Ich muss selbst auch noch einkaufen gehen. Bis dann, ihr zwei«, sagte sie gut gelaunt und fing an, beim Hinausgehen ein Lied zu singen. Mir blieb fast das Stück Croissant im Hals stecken, das gerade genüsslich in meinen Mund gewandert war: »Hallo, ist denn hier gar nichts mehr normal?« So vergnügt und unbeschwert hatte sich Oma noch nie benommen. »Okay, es ist lange her, dass wir uns gesehen haben …« Weiter konnte ich nicht reden.

Meine Eltern und Karl betraten nacheinander das Haus und versammelten sich anschließend bei uns in der Küche. »Könnte mir jetzt mal einer erklären, wieso im Flur gepackte Koffer stehen? Und was habt ihr alle plötzlich noch zu erledigen?« Es kam eine Frage nach der anderen von mir, bis Oma, die sich mittlerweile auch wieder eingefunden hatte, mich unterbrach.

»Also, Leni, deine Eltern, Karl und ich werden Montag mit dem Auto nach Berlin fahren, um ein für alle Mal zu klären, ob Horst mein Sohn ist. Übernachten werden wir bei Edith von Fabeck in der Villa Sonnenschein. Mama hat erzählt, wie du von dem Ort geschwärmt hast. Da du schon zwei Wochen Urlaub hattest, gehen wir davon aus, dass Bruno es nicht gerade berauschend finden würde, wenn du schon wieder mit Abwesenheit glänzt. Deshalb haben wir gemeinsam beschlossen, ohne dich zu fahren, auch wenn es uns schwerfällt, da du ja auch dazugehörst.«

»Vielen Dank, Rosa!« Empört blickte ich sie an. »Man hätte fast denken können, dass ihr genau diese Kleinigkeit vergessen habt. Sieht aus, als hättet ihr eine längere Reise geplant, bei den vielen Koffern. Heute ist Samstag und ihr fahrt erst am Montag und habt trotzdem schon alles gepackt?«

»Deine Oma ist nervös, Leni. Wir werden ungefähr eine Woche in Berlin bleiben. Aber auch für dich hätten wir eine Aufgabe in der Zeit, wo wir abwesend sind«, erklärte meine Mama und versuchte zu schlichten, wobei sie über meine Locken strich.

»Du und Elli, ihr habt doch diesen Nick, den Taxifahrer, kennengelernt. Sagtest du nicht, dass er eventuell die Holzmöbel vom Dachboden gebrauchen könnte? Es wäre eine große Hilfe, wenn du dich darum kümmern könntest.«

»Ich werde mich darum kümmern, aber nur, wenn ihr mich jeden Tag auf dem Laufenden haltet. Dann sollten die Möbel noch leer geräumt werden. Es sind hier und dort noch allerhand persönliche Dinge drin. Es wäre auch gut zu wissen, welcher Preis euch so vorschwebt.«

»Leni, ich werde dir gerne helfen. Nach der Arbeit fahren wir gleich hierher. Meine Mama kann etwas für uns mitkochen. Gut, dass unsere Eltern gleich nebeneinander wohnen.« Elli war sogleich Feuer und Flamme und unterstütze selbstlos meine Planungen. Wie glücklich ich mich fühlen konnte, so eine beste Freundin wie sie zu haben – unvorstellbar, ein Leben ohne sie.

Papa fing an zu lachen und erwähnte, dass sie die Möbel schon am Morgen leergeräumt und ein wenig Ordnung auf dem Dachboden geschaffen hatten, damit alles übersichtlicher sei. »Den Preis kannst du selbst bestimmen. Wir wollen nichts von dem Geld. Und wenn du die Möbel Nick schenken willst, dann ist das auch in Ordnung.«

In diesem Augenblick klingelte ein Handy. Jens rief an, um Elli daran zu erinnern, Gucci und Strolch zu versorgen, da er seiner Schwester beim Umzug helfen wollte. Das stellte sich mit den beiden Rackern als unmöglich dar. Mit einem »Wir sind gleich da!« legte meine Freundin auf und schaute zu mir herüber. Ein Nicken meinerseits bestätigte, dass ich mitkam. Das zauberte wiederum ein Lächeln in ihr Gesicht. Klar waren die vier etwas enttäuscht über meinen frühen Aufbruch, aber mit dem Versprechen, am nächsten Tag wiederzukommen, gaben sich alle zufrieden und wir machten uns auf den Weg. Draußen musste ich erst einmal tief Luft holen.

»Unglaublich, Elli. Wie kann es sein, dass John mein Cousin sein soll? Ich will es nicht glauben. Als würde es nicht reichen, dass er eine Familie hat. Nein, jetzt ist er auch noch ein Stück meiner Familie. Und da frage ich mich jeden Morgen, was bei mir nicht stimmt. In meinem Leben herrscht nur Chaos und diese Wahrheit setzt der Sache noch die Krone auf.« Nun entwich meinem Auge eine Träne und meine Freundin nahm mich schweigend an die Hand, was sich richtig gut anfühlte. Sie wusste genau, wie sehr es mich quälte, auch ohne viele Worte. Gucci und

Strolch veranstalteten einen Freudentanz, als wir um die Ecke kamen und ihr Frauchen sahen. Sie hüpften auf der Couch hoch und runter. Es machte mein Herz so weich, dass mein Lachen so ehrlich und herzlich herauskam, dass selbst Jens anfing zu feixen, als er sich verabschiedete. Er wünschte uns viel Spaß beim Spazierengehen. Ein besseres Zuhause hätten die zwei wahrhaftig nicht finden können.

BESUCH AUS BERLIN

Unsere Aufmerksamkeit galt den beiden Kleinen, bis Elli anfing, Jens' Geburtstag zu planen. »Leni, das mit den Möbeln für Nick ist doch eine perfekte Gelegenheit, unser Versprechen einzuhalten und ihn einzuladen. Jens würde sich bestimmt auch freuen, den Taxifahrer kennenzulernen. Außerdem wäre dann etwas mehr Stimmung auf seinem Geburtstag, wenn du verstehst, was ich meine«, sagte meine Freundin und zwinkerte mir mit einem Auge zu. Das war wieder einer dieser Momente, wo ich eine Entscheidung treffen sollte, die meine weiteren Wege begleiten würde. Doch warum eigentlich nicht, dachte ich mir. Ablenkung ist die beste Medizin gegen Liebeskummer und davon war noch genug vorhanden. »Wie stellst du dir das denn so vor? Habt ihr schon etwas geplant? Es ist nur noch eine Woche«, bemerkte ich nur mal so am Rande. »Hase, du weißt doch, wie seine Geburtstage sind – die Familie, seine Freunde. Das heißt nicht, dass er nicht feiern kann. Im Gegenteil, alle, die immer anwesend sind, liegen mir am Herzen und so eine Fete steckt tief in meinem Kopf. Doch es ist schon ein kleiner Unterschied zu Berlin. Außerdem kannst du gleich das Geschäftliche mit Nick über die Bühne bringen. Du weißt schon, dass einige Möbel auf dem Dachboden uralt sind und einen gewissen Wert haben. Oha, Leni, alles innerhalb von einer Woche zu organisieren, könnte schon eine kleine Herausforderung für uns darstellen. Egal, wir schaffen das zusammen. Wie gut, dass du an meiner Seite stehst«, sagte meine Freundin zu mir.

Diese Sätze von ihr an mich waren eigentlich ungewöhnlich, denn normalerweise waren das eher meine Worte an sie. »Elli, wir schaffen das!«, entgegnete ich sehr überzeugend und wir umarmten uns. Es war mittlerweile dunkel geworden. Die drei brachten mich nach Hause. Bei der Verabschiedung gab ich Elli mein Versprechen, mich am nächsten Tag gleich um Nick zu kümmern.

Beim Reingehen wäre Krümmel fast zu meinem Opfer geworden. Er lag kaum sichtbar hinter der Tür auf dem Rücken, mit seinem Teddy in den Pfoten. Mit einem Ausfallschritt über ihn konnte ich mich gerade noch aufrecht halten. Obwohl er mich genau gehört hatte, blieb er unbeweglich liegen. Meine Hand streichelte sanft über seinen Bauch. Nach kurzer Zeit öffnete Krümmel seine Augen und streckte alle vier Pfoten von sich. Vielleicht sollte ich ihm ein Weibchen besorgen. Irgendwie machte mich diese Idee glücklich.

Unter die Sache mit John musste ich jetzt wohl oder übel einen klaren Schlussstrich ziehen und es könnte sein, dass es noch etwas dauerte, bis mir wirklich bewusst wurde, dass die Familie Sander ab jetzt zu meiner Familie gehörte.

Irgendwann würden wir uns irgendwo gegenüberstehen, vielleicht auf einer Familienfeier. Allein der Gedanke daran ließ tausend Schmetterlinge in meinem Bauch Samba tanzen. Meine flache Hand schlug sofort gegen meine Stirn, noch bevor der Befehl von meinem Gehirn dazu kam.

»Oh nein, Leni, du bist hoffnungslos verloren. Man kann echt nur hoffen, dass irgendetwas passiert, dass du mal wieder sortiert durchs Leben gehen kannst«, sprach meine innere Stimme zu mir.

Gedankenverloren stand ich vor meinem besten Werk, dem Bild der Gefühle. Je länger meine Augen es anschauten, umso mehr überzeugte es mich. Ab jetzt sollte mein Kopf nur noch fokussiert auf Jens' Geburtstag sein. Nicht nur ihn wollte ich mit dem Bild überraschen, nein, es sollte noch etwas für beide zusammen dazukommen. Egal, was bei Nick an Geld rauskam, es sollte für die zwei sein. Etwa tausend Euro wären schon ein Träumchen.

Eine kleine Liste mit Dingen, die am nächsten Tag erledigt werden mussten, wurde angefertigt. Morgen war Sonntag, mein letzter freier Tag. Unvorstellbar wieder zu arbeiten. Ehrlich gesagt, fand ich die Auszeit sehr angenehm. Auf der anderen Seite bekam mein Gesicht auch ein Grinsen, denn eigentlich gab es nichts Schöneres, als mit meiner besten Freundin in einem guten Team zusammenzuarbeiten, umringt von den besten Pralinen. Bitte, wer hatte schon so ein Glück.

Meine Liste wurde immer länger und länger und dann kam mir die Idee: Ein Wellness-Wochenende mit Gucci und Strolch für die beiden, irgendwo am Meer, weit weg von mir. Vielleicht reichte das Geld auch für eine Woche – ach nein, lieber nicht übertreiben, sonst wären Elli und ich zu lange getrennt. Okay, erst einmal abwarten, ob Nick überhaupt Interesse an den Möbeln hatte. Keine Ahnung, was mit mir los war. Doch so positiv aufgewühlt, fühlten sich meine Synapsen schon lange nicht mehr an. Klar, dass mein Schlaf sehr unruhig war. Hin- und hergerissen zwischen all meinen Gedanken. Jede einzelne Schublade im Kopf öffnete sich mal länger, mal kürzer. Kurzfristig schoben sich auch mal zwei auf einmal auf, bis es so weit war und ich es satthatte, mich dauernd im Bett von einer Seite zur anderen zu drehen. Trotz aller Müdigkeit befand ich mich wieder im Wohnzimmer, nahm mein letztes Gemälde von der Staffelei und ersetzte es durch eine leere Leinwand. Mir fiel aber absolut nichts, aber auch gar nichts ein, was meine Hände malen könnten. So wurde ich Stunden später auf der Couch sitzend, mit dem Pinsel in der Hand, vor der leeren Leinwand wach. »Oha, Krümmel, du bist ja auch hier«, brummelte ich vor mir hin. Das Ergebnis der erfolglosen Nacht: Der Pinsel war nicht einmal in Farbe getaucht worden. Aber auch bei einem Schriftsteller blieb mal ein Papier leer, weil der nächste Geistesblitz auf sich warten ließ. »Mir wird schon wieder etwas Kreatives einfallen.« Da war ich mir sicher. Doch jetzt würde ich erst einmal die Liste abarbeiten.

Als Erstes stand: Nick Bescheid sagen. Die WhatsApp war schnell geschrieben und raus damit. Der Anfang war gemacht. Als zweites standen meine Eltern drauf. Also machte ich mich eilig fertig, packte Krümmel in seine kleine Reisetasche und begab mich mit dem Fahrrad auf den Weg. Es war ein wunderschöner Herbsttag. Die Sonne schien so schön, selbst Krümmel schaute aus seinem Körbchen und streckte seine Schnauze nach oben. Er liebte es, wenn wir gemeinsam unterwegs waren. Meine Eltern hatten auch keinerlei Probleme mit ihm. Na ja, und Omas Reaktion auf ihn würde ich ja gleich sehen oder hören. Papa öffnete die Tür und grinste, als er Krümmel sah. Sofort nahm er die Tasche an sich. »Else, schau mal, wen Leni mitgebracht hat!«, rief er in Richtung Küche. Neugierig schaute Rosa, die gerade um die Ecke kam, in die Tasche. Als sie erkannte, dass sich eine Ratte darin befand, trat sie erschrocken zwei Schritte zurück. »Leni Sommer, das ist nicht dein Ernst. Wo hast du denn diese Kanalratte her? Warum nimmst du nicht lieber einen von Ellis Hunden? Sie hat doch zwei gefunden. Warum schleppst du dieses Vieh eigentlich mit dir herum? Oh Gott, lass es nicht wahr sein – eine Ratte als Haustier. So weit ist es schon gekommen.«

»Rosa, Krümmel ist doch keine Kanalratte«, erwiderte meine Mama und nahm ihn jetzt in Schutz, wobei sie die Tasche öffnete und er ihr dankbar auf die Schulter krabbelte. »Leni hat ihn aus dem Tierheim. Er war mal eine Laborratte und schau doch mal, wie schlau er ist und seine kleinen Kulleraugen. Für uns gehört er zur Familie und glaub mir, auch du und Karl werden sich an ihn gewöhnen.« Die letzten Worte betonte meine Mama, wobei Krümmel sich an sie kuschelte, als würde er jedes Wort von ihr verstehen.

»Na ja, süß ist er ja«, bemerkte Karl, wobei er ihm mit dem Finger sanft über den Rücken strich. Etwas blass um die Nase nahm jetzt auch Oma allen Mut zusammen und berührte ihn zaghaft. Als sie ihren Finger wieder zurückziehen wollte, streckte Krümmel sein kleines Pfötchen hinterher. Es war eine Aufforderung seinerseits an Rosa, ihn weiter zu streicheln. Damit hatte er sie schon um den Finger gewickelt. Jetzt kamen Sätze von ihr wie: »Nun, er ist schon süß für eine Ratte und schau mal, wie er mich anschaut.«

»Na, dann haben wir das ja schon einmal geklärt«, seufzte ich erleichtert. »Kommt, wir gehen mal gemeinsam auf den Dachboden. Nick ist schon informiert und es wäre besser, noch einmal über alles zu reden. Es könnte sein, dass er und seine WG am Wochenende zu Jens' Geburtstag kommen. Wenn das der Fall ist und er Interesse hat, nimmt er bestimmt schon einiges mit.« »Wenn sich das mal nicht gut anhört. Ein Traum, wenn sich da oben alles von alleine leert. Dann wird renoviert und ein anständiges Büro für uns entsteht«, schwärmte Papa und ließ seinen Träumen freien Lauf.

Auf dem Dachboden hatten sich alle Mühe gegeben. Alles war aufgeräumt und sortiert, bis in die kleinste Ecke. »Das alles, was hier auf der Seite steht, kann dein Bekannter mitnehmen«, sagte Oma, wobei sie auf das meiste zeigte, was sich auf dem Boden befand. Unzählige Schränke, Sekretäre, Truhen, zwei antike Leuchter, die noch von meinen Großeltern waren, eine außergewöhnliche, handgefertigte Kinderwiege, die mir vorher noch gar nicht aufgefallen war und noch einige andere Raritäten warteten auf ein neues Zuhause. »Ihr wisst schon, dass einige der Sachen bestimmt ihren Wert haben?«, fuhr ich fort. »Von euch allen vieren stehen hier Erinnerungen herum. Deshalb frage ich euch, was wollt ihr ungefähr dafür haben?«

Die vier schauten sich gegenseitig an und grinsten. »Leni, wir haben die letzten Jahre nicht viel Zeit miteinander verbracht«, sagte Opa, wobei er seinen Arm um meine Schulter legte. »Das wird sich hoffentlich in der Zukunft ändern. Wir sind alle froh, wenn diese Erinnerungen auf dem Dachboden unkompliziert verschwinden. Jeder von uns hat sich rausgesucht, was ihm am Herzen liegt. Und egal, welche Summe du bei dem Verkauf erzielst, es ist dein Geld. Mach damit, was du willst.« »Ihr seid ja wohl die allerbesten«, ließ ich verlauten und drückte jeden Einzelnen von ihnen.

Es klingelte an der Tür – das konnte nur Elli sein. Sofort rannte ich die Treppe hinunter und vernahm schon das Quengeln von Gucci und Strolch. Die beiden Hunde liefen sofort zu Mama, die immer noch Krümmel auf der Schulter hatte. Neugierig schauten die beiden ihn an, wobei sie freudig mit den Schwänzen wedelten. Nach kurzer Überlegung nahm ich Krümmel und setzte ihn neben mich auf den Boden.

Meine Freundin ermahnte mich, vorsichtig zu sein. Nicht, dass er Gucci oder Strolch beißen würde. Klar machte ich mir Gedanken um meinen kleinen Freund, aber siehe da, alle Sorgen waren umsonst. Krümmel kletterte einfach auf Guccis Rücken und es sah aus, als freuten sich alle drei. »Na, das läuft doch«, bemerkte Elli stolz. Von allen Seiten hörte man nur: »Sind die drei nicht süß?« oder »So was hätte ich nicht für möglich gehalten«.

Nachdem sich alle beruhigt hatten und am Küchentisch saßen, redeten wir noch ein wenig über Berlin. Rosa war innerlich unruhig. Man konnte es ihr ansehen, dass sie am liebsten sofort zu Horst fahren würde, um ihn einfach in die Arme zu nehmen. Wie muss es sie all die Jahre gequält haben, nicht zu wissen, wo ihr Kind war und wie es ihm ginge? Klar würde ich mir wünschen, dass John nicht mein Cousin wäre, doch wenn die Chance bestand, dass Oma nach so vielen Jahren endlich ihren Frieden mit sich machen konnte, dann sollte es so sein. Nachdem Elli und ich noch bei meinen Eltern zu Mittag gegessen hatten, brachen wir auf. Gerade sollte Krümmel in seine Tasche verschwinden, da kam Strolch angewetzt, als wollte er sagen: »Nun bin ich dran.« Es tat mir echt leid, aber draußen war Krümmel in seiner Tasche sicherer. »Und denkt daran, grüßt mir Edith, Andrea und Horst recht lieb«, gab ich ihnen noch mit auf den Weg.

Meine Aufregung stieg. Morgen waren die vier in Berlin und spätestens übermorgen kannten wir die Wahrheit. »Was ist los, Leni? Könnte es sein, dass du schon wieder an John denkst?«, fragte Elli nachdenklich. »Gut, dass wir ab morgen pünktlich um sechs Uhr am Band stehen und arbeiten. Sonst würdest du diese Woche nicht überleben. Bis dann, Süße. Bitte denk daran, eine Stunde früher als sonst.«

Nachdem ich alle meine Sachen für die Arbeit zurechtgelegt hatte, stand ich wieder vor der leeren Leinwand. Sicherheitshalber holte ich den Wecker aus dem Schlafzimmer, weil so etwas wie verschlafen und dann zu spät zur Schicht kommen – nein, das sollte in nächster Zeit besser nicht vorkommen. Klar klingelte der Wecker pünktlich im Wohnzimmer. Und ja, die Leinwand zeigte nicht einen Pinselstrich. Egal, aufstehen, duschen und Kaffee trinken, bevor Elli erschien. Es regnete mal wieder und mein Wunsch nach einem kleinen Auto wurde immer größer. Nur nicht vom Wetter stressen lassen, es ist ein wundervoller Tag, lächelte ich meinem Spiegelbild zu. Kaum hatte ich meine Regenkleidung übergezogen, klingelte es. Mit einem überschwänglichen »Guten Morgen, meine beste Elli!« riss ich die Haustür auf. Erschrocken zuckte sie zusammen, auf jeden Fall war sie jetzt wach. »Hase, was läuft denn bei dir heute Morgen nicht rund?«, stotterte meine Freundin immer noch irritiert vor sich hin. »Komm, schwing dich auf dein Fahrrad und dann los, unsere Brötchen holen«, forderte ich sie gut gelaunt auf. Durch den Regen war eine Unterhaltung nur schwer möglich, also holten wir eilig unsere Brötchen bei Lisbeth und innerhalb einer Viertelstunde standen wir am Band.

Oha, an die Mädels und ihre berechtigte Neugierde, was mich betraf, hatte ich gar nicht mehr gedacht. Doch da standen sie, ihre Blicke auf mich gerichtet. Das war wieder einer dieser Momente, in denen man vielleicht nicht unbedingt etwas sagen möchte. Aber es gab keine andere Wahl, weil jedes Mitglied im Team alle Sorgen mit den anderen teilte.

Es war erst kurz nach sechs Uhr und unsere Maschine lief nicht. Und natürlich kam Bruno um die Ecke. »Guten Morgen, Leni, schön dich wieder hier begrüßen zu dürfen«, sagte er in meine Richtung. »Nur, damit es klar ist: Innerhalb von zwei Minuten läuft das Band und eure geschickten Finger verpacken diese Pralinen. Wir haben einen großen Auftrag. Leni, berichte in der Pause, was du alles erlebt hast. Aber jetzt los, Bewegung!« Bruno betonte das letzte Wort etwas lauter und klatschte dabei einige Male in die Hände. Das war mehr als deutlich – die Maschine lief sofort an und die Arbeit wurde erledigt. Doch alle waren auf mich fixiert. Das zeigte, dass Elli wirklich nur das Nötigste über mich berichtet hatte. In der Pause erzählte ich meinem Team alles – von John, der Möglichkeit, dass Horst Sander mein Onkel sein könnte und so weiter. Linda und Bettina schlugen gleichzeitig die Hände vors Gesicht – vermutlich, weil sie Geschwister waren. »Und weiter?«, forschte Elena neugierig nach. Nichts Weiteres kam von mir. Nun wartete ich darauf, dass alle wieder aus Berlin zurückkehrten. »Was für ein Pech du aber auch hast, Kleines.« Jetzt mischte sich auch Karin ein. Gerade hoffte ich auf ein Wunder. Aber die Pause war vorbei. An diesem Tag gab es von Bruno keine Pralinen für uns am Band. Die Auftragslage reichte für die nächsten Wochen, jede Praline wurde gebraucht und die Frauen arbeiteten ohne Murren, weil sie wussten, dass auch wieder andere Zeiten kommen würden. Nachdem der ersehnte Feierabend da war, hatten wir das Glück auf unserer Seite. Die Sonne schien und das Laub spielte in all seinen Farben im leichten Wind. So machte das Fahrradfahren richtig Spaß. An der Kreuzung wollte Elli gerade Tschüss sagen, als mein Handy eine Nachricht empfing. Sofort winkte ich sie mit der Hand wieder zurück und jubelte, nachdem ich die Worte von Nick gelesen hatte. »Von wem ist denn die Nachricht, Leni? Sag schon!«, forderte mich meine aufgewühlte Freundin nun auf. »Okay, unser Plan könnte aufgehen. Nick und die anderen kommen. Insgesamt sind es leider nur acht Personen – einige müssen dummerweise arbeiten. Aber jetzt kommt das Beste: Es wäre schön, wenn wir heute noch Bilder von den Möbeln schicken könnten, damit er ungefähr weiß, wie viel Geld er einstecken muss«, fasste ich die WhatsApp-Nachricht in Kürze zusammen.

»Worauf warten wir noch? Los, wir holen Gucci und Strolch bei mir ab, laufen zu meinen Eltern, die bestimmt noch etwas für uns zu essen haben. Dann gehen wir rüber in das Haus deiner Eltern auf den Dachboden und machen Fotos, während wir Jens' Party noch einmal durchgehen«, bestimmte Elli. Im selben Moment saß sie schon wieder auf ihrem Fahrrad und fuhr los. Mein Gefühl sagte mir, dass sie aufgeregter war als ich. Nachdem wir alles genau der Reihe nach erledigt hatten, rief mich meine Mama an. Sie informierte mich darüber, was sie alles erlebt hatten, wie nett Edith sei und dass es morgen zu einem Treffen mit Horst kommen würde. Danach werde sie sich wieder melden. Kaum hatte ich da aufgelegt, rief Nick an. Er wollte alles haben, seine Begeisterung sprühte nur so durch das Handy. Er fragte, ob ich mit sechstausend Euro zufrieden sei. Er wüsste, dass die Möbel etwas mehr wert seien, aber sie müssten ja auch erst einmal aufgearbeitet werden. Natürlich erklärte ich mich mit sechstausend Euro einverstanden.

Dann redeten wir über Übernachtungsmöglichkeiten. Auch in dieser Hinsicht brauchte er sich keine Gedanken zu machen. Das sollten wir auch noch hinbekommen. Mit keiner Silbe erwähnte ich gegenüber Elli das viele Geld, obwohl sie mich die ganze Zeit löcherte. Der Betrag würde jetzt sogar für eine volle Woche Urlaub mit den Hunden reichen. Schade nur, dass es ohne mich stattfinden würde. Aber es kam meinerseits von ganzem Herzen. Endlich zu Hause streckte ich alle vier Gliedmaßen von mir. Ich hatte verdammt viel erledigt. Trotzdem begab ich mich noch an meinen Laptop, um den Urlaub für die beiden zu planen. Nach ewiger Suche und Vergleichen wurden meine müden Augen doch noch fündig. Ein Fünf-Sterne-Hotel in Italien, hundefreundlich, für zwei Personen im Doppelzimmer, für sieben Tage, all inclusive, für zweitausendzweihundert Euro. Das war perfekt. Mein Finger zögerte noch ein wenig, bevor ich auf die Taste ›Bestellen‹ drückte. Entweder, weil mein Geld vom Sparbuch erst einmal dafür herhalten musste oder weil es wieder mal unvorstellbar für mich war, ohne meine Katastrophenfreundin zu überleben. Plötzlich zuckte mein Finger ungewollt wie von selbst auf ›Bestellen‹. Ein Blitz durchlief meinen Körper vor lauter Aufregung und ein Grinsen huschte über mein Gesicht. »Na, läuft doch, Leni Sommer«, sprach ich zu mir selbst.

Alles lief nach Plan und in meinem Kopf herrschte eindeutig weniger Chaos, seitdem fast alles in meiner Familie geklärt war. Doch immer wieder drehte sich das Messer in meinem Herzen, wenn John bildlich vor mir auftauchte. Dann redete ich mir ein, auf dem besten Weg zu sein, um mit der Angelegenheit geschmeidig umzugehen. Manchmal war es nicht schlimm, sich selbst etwas vorzumachen, um den Schmerz zu lindern, bevor er einen zerriss. Dann würde die Zeit das Ihrige dazutun und die Vergangenheit ließ zum Schluss alles verblassen. »Ach Leni, du bist schon ein Opfer«, sprach mein Inneres zu mir, während ich auf das Bild neben meinem Bett starrte, auf dem John zu sehen war. Ach, es tat trotzdem gut, einfach mal in meinem Bett einzuschlafen. Bei genau diesem Gedanken holte sich mein Körper seinen verdienten Schlaf.

Die nächsten Tage verflogen nur so vor lauter Vorbereitungen, dem Organisieren, dem ganzen Machen und Tun. Elli freute sich so sehr und alles funktionierte so gut, dass ich nur hoffte, dass auf der Party Katastrophen jeglicher Art ausblieben. Am Mittwoch teilte mir meine Mama mit, dass sich unser Verdacht bestätigt hatte und Horst wirklich ihr Bruder war. Oma und er hatten sich in den Armen gelegen und geweint. Sie wollte alles in ein paar ruhigen Minuten ausführlich erzählen, wenn sie am Sonntag nach Hause kamen. Sie schickte noch ein paar Bilder von Oma und Horst sowie von allen zusammen, einschließlich Edith und Andrea. Wenn ich behaupten würde, es hätte mich nicht berührt, würde ich lügen. Meine Familie fühlte sich weit entfernt von mir an und in diesem Moment breitete sich ein Unbehagen in meiner Magengegend aus.

Heute war Samstag. Jens hatte zwar erst morgen Geburtstag, doch wir fanden es besser, reinzufeiern. So hatte jeder den Sonntag zur Erholung und keiner musste sich für Montag Urlaub nehmen. Nick kam pünktlich um vierzehn Uhr mit einem großen Transporter und einem Lächeln im Gesicht bei meinen Eltern an. Begleitet wurde er von Luise, Susi und Tom, die aufgeregt winkten. Hinter ihnen hielten Franzi, Joshua, Meike und Lisa in einem weiteren Auto aus Berlin. Die Begrüßung fühlte sich an, als wären alte Freunde wiedervereint und bereit zu feiern. Doch zuerst gab es noch Arbeit zu erledigen. Alle Möbel mussten in den Transporter geladen werden, damit genug Zeit zum Ausruhen blieb, bevor Jens' Geburtstagsfeier stattfinden konnte. Wir liefen alle die Treppen rauf und runter, froh darüber, dass es hauptsächlich um kleinere Stücke ging, während die Männer die schweren Teile trugen. Als wir fast fertig waren, erfüllte der Duft von frisch gegrillter Bratwurst die Luft, ein erstaunliches Aroma für Oktober. »Elli, könnte es sein, dass deine Eltern den Grill angemacht haben? Es riecht so gut nach Bratwurst«, sagte ich und hielt mit einem Regal in den Händen inne, während ich sie fragend anschaute.

Alle standen still und warteten auf Ellis Antwort. »Ja, es riecht gut. Aber meine Eltern haben nichts gesagt. Weißt du was, ich gehe mal nachsehen«, antwortete meine Freundin und verschwand. Während Elli weg war, nutzte ich die Gelegenheit, um mit den anderen alleine zu sprechen.

»Bevor Elli zurückkommt, muss ich euch etwas sagen. Nicht nur Jens bekommt ein Geschenk von mir, sondern es gibt auch eins für beide zusammen – einen Urlaub. Die beiden stehen immer zu mir, sind ein Teil meiner Familie, egal was passiert. Und Elli sollte auch nicht wissen, wie viel Nick für die Möbel bezahlt hat. Sie würde mich damit löchern, was ich mit dem Geld vorhabe und glaub mir, sie würde es merken, wenn ich flunkere. Also halten wir das Geldgespräch lieber unter Verschluss«, erklärte ich und sie stimmten alle grinsend zu. Dann rief jemand. »Alle bitte mal ruhig sein!«, flüsterte Lisa und schaute in die Richtung der näherkommenden Stimme. Plötzlich tauchte aus der

Dachbodenluke Ellis Vater Hannes auf und lud uns zum Essen ein. Mit knurrenden Mägen waren wir alle dankbar für die Einladung und nahmen sie gerne an. Elli saß bereits am gedeckten Tisch und genoss ihr Essen mit einem Grinsen. Das Buffet umfasste Kartoffelsalat, grünen Salat, Bratwurst, Steak und Brötchen. Das war es, was ich an meiner Freundin liebte – ohne ein Wort zu sagen, hatte sie für eine unglaubliche Mahlzeit gesorgt. Ich bedankte mich für das Essen und versprach Lotte, Ellis Mutter, dass ich es wieder gutmachen würde. »Leni, das musst du nicht. Alles, was wir für euch tun, machen wir gerne. Unsere Tochter hätte keine bessere Freundin finden können«, sagte Lotte und fuhr mir liebevoll durch die Haare. Bei fast allen Möbeln, die nach dem Mittagessen bewegt und im Transporter gesichert wurden, wandte sich Nick an seine Freunde und sagte: »Okay, Leute, gehen wir wieder hoch. Jeder muss noch zweimal von oben nach unten und wieder zurück, dann sind wir fertig. Und was machen wir danach?« Fast wie einstudiert riefen alle im Chor: »Party!« Oh nein, ich hoffe, es geht alles gut, dachte ich kurz, aber was konnte schon schiefgehen? Ich war von der mitreißenden guten Laune der anderen erfasst und hatte nicht einmal meine Eltern im Kopf, die morgen Abend zurückkamen. Alles fühlte sich so schön an – die vielen Menschen, alle glücklich und zufrieden. Und ja, ich hoffte, dass mein Geschenk Jens und Elli gefallen würde. Nachdem das letzte Möbelstück im Transporter gesichert war, informierten wir die anderen über ihre Schlafplätze, eine Aufgabe, die Elli gerne übernahm. Einige würden bei meinen Eltern übernachten, die eine ganze Etage mit separatem Eingang für sie hatten. Zwei würden bei mir bleiben und Elli hatte bereits Schlafplätze im Wohnzimmer für die anderen beiden hergerichtet. Jetzt war es an der Zeit, dass sich alle fertig machten. Es dauerte weniger als eine Minute, bis sich alle entschieden hatten, wo sie schlafen würden. Susi und Tom verabschiedeten sich von Elli, während Nick, Luise und ich den Weg zu meiner Wohnung antraten. Die anderen freuten sich darauf, bei Lotte und Hannes zu übernachten. In meiner Wohnung angekommen, erschrak Luise heftig, als sie Krümmel im Flur entdeckte. Er lag mal wieder regungslos auf dem Rücken neben seinem kleinen Teddy, der zeigen sollte, dass ihm die Einsamkeit auf Dauer nicht guttat.

»Leni, was ist denn mit der kleinen Ratte los? Gehört sie dir?«, murmelte Luise leise vor sich hin. Sie wollte Krümmel vorsichtig mit dem Finger berühren, um zu sehen, ob sie noch lebte. Bevor ich irgendetwas sagen konnte, öffnete Krümmel seine Augen und krabbelte ziemlich frech Luise auf die Schulter. »Na, was für ein Glück, du lebst ja, mein Kleiner«, flüsterte sie und streichelte vorsichtig sein Fell. Nick schloss Krümel ebenfalls in sein Herz und spielte liebevoll mit ihm, bis er dran war mit Duschen. Gerade machten wir uns startklar, als Nick mir einen Umschlag in die Hand drückte.

»Wie verabredet, die sechstausend Euro, Leni. Und danke noch mal, dass du an mich gedacht hast. Damit habe ich eine realistische Chance, einen guten Anfang für ein eigenes Geschäft zu haben.« »Weißt du, Nick, die Party bei euch bleibt unvergessen. Wenn du deinen Laden eröffnest, hoffen wir auf eine Einladung von dir«, fügte ich hinzu.

»Nicht erst, wenn mein Geschäft eröffnet wird. Es wird schon vorher eine Helferparty geben, zu der seid ihr alle nach Berlin eingeladen«, mischte sich nun Luise ein. »Alles klar, das läuft ja richtig gut«, ließ ich verlauten und nahm die beiden Geschenke. Sicherheitshalber kam Krümmel in seinen Käfig und die Tür wurde verschlossen. »Wer weiß, in welchem Zustand wir heute Nacht zurückkommen. Wenn jemand auf dich fällt, bist du erledigt«, sagte ich zu ihm. Nick wollte wissen, was sich im größeren Geschenk befand. »Ein Gemälde von Jens und Elli, als sie die beiden Hundewelpen gefunden haben. Ihr könnt euch gar nicht vorstellen, wie süß die sind. Krümmel darf sogar auf ihrem Rücken sitzen, wenn sie laufen. Die drei sind einfach unbezahlbar«, erklärte ich.

»Jetzt hast du mich aber neugierig gemacht auf die beiden«, bemerkte Luise, die ein großes Herz für Tiere hatte. »Superlieb, dass wir bei dir schlafen können. Es ist so schön, mal aus Berlin rauszukommen. Am liebsten würde ich länger bleiben«, fuhr sie fort und träumte vor sich hin. »Wir haben auch alle zusammengelegt und einen Gutschein für eine Woche in der Villa Sonnenschein besorgt«, fügte sie noch hinzu, was bei mir sofort die Alarmglocken läuten ließ. »Echt jetzt, ihr habt einen Gutschein? Dann sind die beiden noch länger unterwegs. Wochenlang ohne Elli an meiner Seite. Da kann man nur hoffen, dass sie nicht selbst auch noch einen Urlaub gebucht haben«, überlegte ich laut. Nick und Luise lachten über meine überraschte Reaktion. Es war bereits viel los im Garten meiner Freunde, als wir ankamen. Auf der Terrasse und im Haus liefen Menschen hin und her. Alle aus unserem Team saßen gut gelaunt mit Bruno an einem Tisch und unterhielten sich. Ich stellte meinen Besuch vor und die Chemie zwischen ihnen stimmte sofort. Es wurde gelacht, Geschichten erzählt und getrunken. In einer anderen Ecke stand Jens mit seinen Arbeitskollegen, jeder mit einem Bier in der einen Hand und einer Wurst in der anderen.

»Hey, da seid ihr ja endlich!«, riefen unsere Freunde aus Berlin und begrüßten uns. Plötzlich kamen Gucci und Strolch um die Ecke gerannt und alles drehte sich für einen Moment nur um sie. Auf dem Weg in die Küche fanden meine Geschenke für die beiden einen Platz auf dem Geburtstagstisch zwischen all den anderen hübsch verpackten Präsenten.

»Da bist du ja, Leni. Ich suche dich schon überall. Hier ist ein Tequila Sunrise. Glaub mir! Der ist so lecker, aber Vorsicht, er hinterlässt Spuren«, ermahnte mich Elli gut gelaunt und hielt mir ein prall gefülltes Glas Cocktail mit einem breiten Grinsen hin. Der Tequila Sunrise schmeckte wirklich so gut, dass ich Lust auf mehr bekam. Es waren etwa vierzig Gäste da und je später der Abend wurde, desto ausgelassener wurde die Stimmung. Ich fühlte mich so glücklich und vergnügt wie schon lange nicht mehr und genoss die Cocktails etwas zu sehr.

Um dreiundzwanzig Uhr lag ich schließlich auf der Couch im Wohnzimmer, fix und fertig und bereit zum Einschlafen. Elli und Nick wollten gerade in die Küche, um Kaffee für alle zu kochen, als Elli mich entdeckte und besorgt auf mich zukam. »Leni, ist alles gut bei dir? Sag was!«, fragte sie erschrocken und rüttelte an meinen Schultern. »Oha, alles gut, nur nicht schütteln!«, flüsterte ich. »Mir ist schlecht, einer von den Tequila Sunrise war anscheinend nicht in Ordnung. Lasst mich einfach hier liegen. Und keinen Tropfen mehr für mich.« »So nicht, Hase! Du hast genau zehn Minuten, um klarzukommen. So lange brauchen wir, um Kaffee zu kochen. Es ist halb zwölf, das heißt: Jens hat gleich Geburtstag und wird seine Geschenke auspacken. Also hoch mit dir. Auf dem Rückweg nehmen wir dich mit raus«, erklärte Elli hektisch.

In meinen Gedanken sagte ich zu mir selbst: »Zehn Minuten, eine echt kurze Zeit, um sich zu erholen. Okay, Leni, reiß dich zusammen und steh auf!« Ich schaffte es aufzustehen, setzte mich jedoch sofort wieder hin. Mir war klar, dass ein einziger Schritt ausreichen würde, um alles aus meinem Magen zu befördern, was ich in den letzten Stunden zu mir genommen hatte. Meine Freundin beobachtete mich von der Tür aus und kam schließlich mit einem Eimer und einem heißen, duftenden Kaffee in der Hand näher. »Na, Leni, ist dir schlecht? Komm, wir gehen erst einmal ins Bad. Nick versorgt alle mit Kaffee zu der Torte, die gleich kommt.«

Mit dem Eimer vorm Gesicht schaffte ich es gerade so ins Badezimmer. Ohne etwas zu sagen, ließ ich alles herauskommen, was an diesem Tag in meinen Bauch gewandert war. Elli hielt dabei die ganze Zeit meine Haare zusammen, wie wir es immer machten, wenn einer von uns sich übergeben musste. Denn Haare mit Kotze waren wirklich das Letzte, was man in solch einer Situation gebrauchen konnte. An der frischen Luft und mit einem Kaffee in der Hand, fühlte ich mich schon etwas besser. Es waren noch fünf Minuten, bis Jens endlich seine Geschenke auspacken durfte. Er stand bereits an einem Tisch voll liebevoll eingewickelter Päckchen und einige davon lagen neben ihm auf dem Boden. Seltsamerweise griff er zuerst nach meinem Geschenk und begutachtete das verpackte Gemälde von allen Seiten. Alle zählten die letzten zehn Sekunden bis zum Beginn seines Geburtstags rückwärts. Als die Null erreicht war, sangen alle ›Happy Birthday‹ für Jens. Bis jetzt lief alles nach Plan, ohne jegliche Katastrophen. Doch das sollte sich in den nächsten Minuten ändern. Jens begann, mein Geschenk auszupacken. Man konnte an ihren Gesichtern erkennen, wie emotional Elli und er auf das Gemälde reagierten. Sie winkten mich zu sich, um sich zu bedanken. »Du bist die allerbeste Freundin, die man sich wünschen kann«, sagte Jens gerührt. »Du hast den ersten Moment festgehalten, als wir Elli im Wald mit Gucci und Strolch gefunden haben. Ein unvergessliches Erlebnis.«

Überall hörte man Zustimmung und Anerkennung für das Gemälde. Nun öffnete er den Umschlag mit dem Gutschein und Elli und Jens waren nicht mehr zu halten. Alle klatschten, sogar mein Papa, der unerwartet durch das Gartentürchen kam, gefolgt von Mama, Oma und Opa. Doch dann tauchte die Katastrophe auf – genau die Frau, die John in Berlin in die Boutique von seinem Vater begleitet hatte, natürlich in Begleitung von Horst und John Sander. Ein Gefühl der Ohnmacht überkam mich, das Messer in meinem Herzen drehte sich hin und her, der Schmerz und die Situation waren unerträglich. Meine Freunde waren immer noch mit den Geschenken beschäftigt und hatten nicht mitbekommen, dass meine Familie und John eingetroffen waren.

Wie benommen schlich ich durch das Haus nach draußen – schweigend – und nahm automatisch noch zwei Cocktails mit. Ohne ein bestimmtes Ziel lief ich weinend durch Dornenstein und fand mich schließlich außerhalb des Dorfes an einem Ort mit einer Bank wieder. Ein uralter, großer Baum bot mir Schutz und ich erkannte, dass dieser Platz voller Erinnerungen war. Elli und ich hatten uns hier während unserer Schulzeit getroffen. Viele Stunden hatten wir hier verbracht, um zu reden und zu lachen. Diese Bank war ein Teil unserer Geschichte und ich wünschte mir, ich könnte die Zeit zurückdrehen, um mit meiner Freundin hier zu sitzen und zu lachen. Wie konnte meine Familie mir das antun? Hätten sie nicht einfach bis morgen warten können, so wie es auf meinem Plan stand? Warum ausgerechnet heute, auf diesem Geburtstag, an dem alles so gut gelaufen war und ich mich endlich wieder glücklich fühlte? Meine Tränen liefen, als nähmen sie an einem Wettlauf teil. Kälte durchdrang meinen Körper und meine innere Verzweiflung schien grenzenlos. Warum musste ausgerechnet John Sander auftauchen, dieser gut aussehende Mann, der mein Herz durcheinanderbrachte? Ich wusste zwar, dass er mein Cousin war, aber mein Herz wollte es einfach nicht akzeptieren. Die Cocktails, die ich mitgenommen hatte, leerten sich und es fiel mir schwer, klar zu denken. Ohne es zu merken, schlief ich ein. Keine Ahnung, wie lange ich geschlafen hatte, aber plötzlich hörte ich Ellis Stimme und schlagartig wurde ich wach. »Mensch, Hase, hier bist du, allein und ausgekühlt. Alle suchen dich seit Stunden. Deine Familie und John machen sich große Sorgen. Was machst du nur für Sachen?«, fragte Elli besorgt und legte eine mitgebrachte Decke um mich. Sie rieb meine Arme und die Wärme tat so gut. Langsam hörte mein Zittern auf. Gerade wollte ich mich erklären, warum es für mich unmöglich war zu bleiben, da sagte Elli diesen einen Satz. »John ist nicht dein Cousin, er ist nicht der leibliche Sohn von Horst Sander. Er ist sein adoptierter Sohn.« Es dauerte einen Moment, bis ihre Worte bei mir ankamen. Dann hob ich meinen Kopf und schaute sie ohne Worte fragend an. »Dein John ist genauso in dich verliebt wie du in ihn. Verstehst du das denn nicht?«, fragte sie. Jetzt erklärte sie mir die Situation genauer. »Okay, du verstehst überhaupt nichts. Erinnerst du dich an den Unfall, bei dem Horsts Bruder Lennart mit seiner Frau und Tochter ums Leben gekommen ist? Im anderen Auto saß die Familie Schmidt, die ebenfalls tödlich verunglückte. Sie hatten einen Sohn namens John, der nicht im Auto war. Horst war tief getroffen von dem Leid des kleinen Jungen und empfand sofort väterliche Gefühle ihm gegenüber. Deshalb gibt es keine Fotos oder Presseartikel von John. Er sollte wie ein normales Kind bei ihm aufwachsen. Außerdem ist die Blonde nicht seine Frau, sondern seine Schwester Lea und die Kleine ist ihre Tochter. Sie haben ein sehr gutes Verhältnis und John liebt seine kleine Nichte. Das ist der Grund, warum die drei so vertraut wirkten. Ich kann dir auch erklären, warum John sich nicht mehr gemeldet hat und dir aus dem Weg gegangen ist. Er stand vor seinem Auto auf dem Krankenhausparkplatz und hat auf dich gewartet wie ein verliebter Teenager. Als er gesehen hat, wie liebevoll Jens dich begrüßt hat und du ihm einen Kuss gegeben hast, dachte er, Jens sei dein Freund. Er war überrascht und erleichtert, als ihm heute klar wurde, dass Jens mit mir verheiratet ist.«

Ungläubig sah ich sie an und ich wusste in diesem Augenblick nicht wohin mit mir. Aber das Wichtigste war, dass mein Traummann mich liebte – dieser Satz blieb in meinem Kopf hängen. Ein unbeschreibliches Gefühl von Glück durchströmte mich und es verstärkte sich, als John mit meiner Familie näherkam. Ohne nachzudenken lief ich auf sie zu, bis ich atemlos und noch immer völlig verstört vor John, dem Mann meiner Träume, stand. Er sah mich unbeschreiblich liebevoll an und ich konnte unsere Herzen schlagen hören. Dann flüsterte er mir mit seiner männlichen Stimme zu, wie sehr er mich liebte, vom ersten Moment an, als er mich gesehen hatte. Zärtlich nahmen wir uns in die Arme und genossen diesen Augenblick der erfüllten Liebe, der eine gefühlte Ewigkeit hatte auf sich warten lassen.

Ende